Jan Zweyer

FAKE NEWS

Jan Zweyer

FAKE NEWS

Thriller

LAGO

Bibliografische Information der Deutschen Nationalbibliothek
Die Deutsche Nationalbibliothek verzeichnet diese Publikation in der Deutschen Nationalbibliografie. Detaillierte bibliografische Daten sind im Internet über http://dnb.d-nb.de abrufbar.

Für Fragen und Anregungen
info@lago-verlag.de

1. Auflage 2021

Türkenstraße 89
80799 München
Tel.: 089 651285-0
Fax: 089 652096

Dieses Werk wurde vermittelt durch die Textbaby Medienagentur, www.textbaby.de

Redaktion: Matthias Teiting
Umschlaggestaltung: Marc-Thorben Fischer
Umschlagabbildung: shutterstock/MidSummerDay
Satz: Christiane Schuster | www.kapazunder.de
Druck: CPI books GmbH, Leck
Printed in Germany

ISBN Print 978-3-95761-206-9
ISBN E-Book (PDF) 978-3--95762-294-5
ISBN E-Book (EPUB, Mobi) 978-3--95762-295-2

Wir produzieren nachhaltig
www.m-vg.de

Weitere Informationen zum Verlag finden Sie unter
www.lago-verlag.de
Beachten Sie auch unsere weiteren Verlage unter www.m-vg.de

1

Seinen richtigen Namen kannten nur wenige.

Natürlich seine Familie in Wisconsin, einige Freunde und auch die Leute, die ihn mit dieser Mission betraut hatten.

Alle anderen nannten ihn kurz Ben oder bei formellen Anlässen Mister Schelsky.

Schelsky war im eigenen Porsche Cabrio unterwegs, einem weißen 911er von 1974. Er liebte diesen Wagen und fuhr mit offenem Verdeck zu schnell durch die milde Nacht.

Der Deutsch-Amerikaner drehte die Musik lauter und ließ sich von einem Springsteen-Song einlullen.

Er sah das Blaulicht hinter sich näher kommen und verringerte seine Geschwindigkeit. Der Polizeiwagen überholte, und Schelsky bremste etwas zu heftig, als ihn eine rote Kelle zum Anhalten aufforderte. Die Glock rutschte vom Beifahrersitz in den Fußraum.

Shit.

Zu spät, sie zu verstecken.

Zwei Typen stiegen aus dem Wagen vor ihm aus und kamen langsam über die Landstraße auf den Porsche zu.

Schelsky beugte sich rechts herunter, um die Glock aufzuheben und sie in das Schulterhalfter zu schieben. Nachdem er sich wieder aufgerichtet hatte, blendete ihn der Schein einer Taschenlampe.

Hatte der Polizist die Waffe gesehen?

Das Blaulicht schleuderte zuckende Blitze in die Nacht.

Schelsky schob sich das Sakko vor den Bauch und kletterte aus seinem Auto.

Schnell realisierte er, dass die zwei Typen, die vor ihm standen, keine Zivilpolizisten waren.

Auf der Stirn des Kleineren perlten feine Schweißperlen. Kein Bulle schwitzte nachts um kurz vor drei bei Temperaturen um die fünfzehn Grad am Rand einer Landstraße im Nirgendwo. Niemand schwitzte überhaupt um diese Zeit.

Das vermeintliche Polizeifahrzeug entpuppte sich als altersschwacher Ford und das Blaulicht auf dessen Dach als billiger Nachbau aus dem Internet.

Der Kleine warf einen neugierigen Blick auf das Nummernschild des Porsches und dann ins Innere.

Einen zu neugierigen Blick.

Der andere, ein groß gewachsener Schlaks, wedelte mit einer eingeschweißten Plastikkarte vor Schelskys Nase herum, wohl in der Annahme, der würde ihm abnehmen, dass es sich um einen Polizeiausweis handelte. Der Kerl zitterte, seine Augen tränten.

Schelsky hatte keinen Zweifel. Die beiden waren auf Turkey und planten, sich die Kohle für den nächsten Schuss zu verdienen.

»Sie wissen, warum wir Sie angehalten haben?«, fragte der Kleinere. Seine Stimme klang verwaschen. »Sie sind zu schnell gefahren.«

Schelsky seufzte. Er wusste, was nun kam, und hasste die zwei dafür, dass sie ihm keine Wahl ließen.

Die beiden Möchtegernganoven würden ihm einen fingierten Strafzettel präsentieren und ihn, sobald er seine Geldbörse gezückt hatte, mit einer Spielzeugpistole bedrohen und ausrauben, um dann feixend und voller Vorfreude in ihre Karre zu steigen und zu flüchten.

Gerne hätte er sie mit fünfzig Euro abhauen lassen.

Das Dumme war nur, er hatte zehntausend in seiner Brieftasche. Geld, das ihm nicht gehörte. Viel zu viel, um es den Junkies zu schenken.

Und sie hatten ihn gesehen. Möglicherweise auch die Glock.

Sie könnten ihn vielleicht identifizieren.

Außerdem kannten sie das Kennzeichen des Porsches.

Zu viele Gründe.

Fuck.

»Wären Sie mit einer Verwarnung von zwanzig Euro einverstanden?«

Der Kleinere grinste.

Schelsky nickte, griff in sein Sakko und zog die Glock mit dem Schalldämpfer hervor.

Sein Gegenüber hörte auch dann nicht auf zu grienen, als ihn der Schuss zwischen die Augen traf.

Mit eingefrorener Miene fiel er mit dem Gesicht auf den Asphalt.

Der Größere blieb wie erstarrt stehen. Schelsky sah, wie es in ihm arbeitete.

Doch er dachte zu langsam.

»Sorry«, meinte Schelsky und erschoss auch ihn.

Ein dritter Schuss zertrümmerte das verräterische Blaulicht.

Schelsky ließ die Leichen, wo sie lagen, und hielt sich abseits vom Ford.

In der Ferne bellte ein Hund.

Donner grollte und Wetterleuchten zuckte. Erste Tropfen fielen.

Der Regen würde seine DNA-Spuren hoffentlich wegspülen. Wenn nicht, war es auch nicht tragisch. Einen Ben Schelsky gab es in Deutschlands Polizeicomputern nicht. Eigentlich gab es ihn nirgendwo.

Er kehrte zum Porsche zurück, schloss das Verdeck und fuhr ohne Eile los.

Ein ärgerlicher Zwischenfall, nicht mehr.

Schelsky entsorgte die Glock nach einer gründlichen Reinigung und mit einem gewissen Bedauern in einem Baggersee, an dem er dreißig Minuten später vorbeifuhr.

Es war eine gute Waffe.

Er würde sich wieder ein identisches Modell beschaffen.

Der Obdachlose war zitternd vor Angst liegen geblieben. Eine Ewigkeit später kroch er hinter dem Gebüsch hervor, wo er sich beim Herannahen der Fahrzeuge versteckt hatte. Bullen ging man besser aus dem Weg.

Er lief über die Straße, durchsuchte die beiden Toten, fand ein Smartphone und eine Geldbörse mit einigen Scheinen. Er steckte das Telefon und die Kohle ein und ließ das Portemonnaie achtlos fallen. Dann hastete er zurück zu seinem Versteck, griff sein Bündel und verschwand in der Nacht.

2

»Bist du endlich fertig?« Margarethe Halla stützte sich mit der rechten Hand am Treppengeländer ab. Sie rief nun schon zum zweiten Mal nach ihrem Sohn, der oben in seinem Zimmer herumkramte. Es war kurz vor sechs Uhr morgens. »Wir müssen los. Der Flieger geht in drei Stunden.«

»Meine Digitalkamera. Hast du sie gesehen?«, kam es prompt zurück. »Ich kann doch nicht ohne die Kamera …«

»Sie liegt hier unten im Flur auf der Vitrine«, antwortete Margarethe genervt. Ihr Sohn hatte die Angewohnheit, alles und jedes im Haus an den unmöglichsten Plätzen zu verstreuen. Irgendwann hatte es Margarethe aufgegeben, dem Jungen hinterherzuräumen. Da ihre Ermahnungen nichts nutzten, sondern nur Auseinandersetzungen provozierten, hatte sie sich dazu durchgerungen, seine verlegten Sachen dort zu lassen, wo sie waren. Sie hoffte, dass dem Vierzehnjährigen die ständige Sucherei lästig werden und er Ordnung halten würde. Bis heute hatte sich diese Strategie jedoch als völliger Fehlschlag erwiesen. »Ich stecke sie ein. Jetzt beeil dich. Wir haben nicht mehr viel Zeit.«

Sie warf einen prüfenden Blick in den Flurspiegel. Ihr gefiel nicht, was sie sah: Die dunklen Ringe unter ihren Augen zeugten von unzureichendem Schlaf, der leichte Bauchansatz von zu wenig Sport und falscher Ernährung.

Fünf Minuten später steuerte Margarethe Halla die Limousine ihres Vaters in Richtung Autobahn. Sie fuhr vorsichtig, überholte kaum und ignorierte die spöttischen Bemerkungen ihres Sohnes. Der wies mehrmals darauf hin, dass sie bei ihrem Fahrstil nie im Leben den Flughafen in Düsseldorf rechtzeitig erreichen würden.

Schließlich platzte ihr der Kragen. »Du weißt, dass ich Opas Benz nur ungern fahre. Der Wagen ist mir zu unübersichtlich. Meiner ist in der Inspektion. Wenn du nicht die Klappe hältst, nimmst du beim nächsten Mal die S-Bahn. Verstanden?« Mit ihrer barschen Reaktion maskierte sie ihre Bedenken, Jens allein in einen Flieger zu setzen.

Nach der Trennung von Jens' Erzeuger war Margarethe mit ihrem Sohn zurück in ihr Elternhaus in Recklinghausen gezogen. Ihr Vater hatte sich darüber gefreut. Schon lange hatte er erwogen, das Haus aufzugeben, das ihm nach dem Tod seiner Frau zu groß und vor allem fremd geworden war. Nun aber, da Margarethe und Jens mit ihm unter einem Dach wohnten, lebte er gern in dem großzügigen Gebäude im Norden der Stadt.

Trotz ihrer zurückhaltenden Fahrweise erreichten sie rechtzeitig ihr Ziel. Margarethe Halla lenkte das Auto in eines der Parkhäuser. Sie hasste solche Bauwerke. Dunkel, enge Kurven, eigenwillige Verkehrsführung. Besonders ungern fuhr sie in die Hochgaragen am Düsseldorfer Flughafen. Schon die Zufahrten dorthin waren eine Zumutung. Hinweisschilder mit kryptischen Bezeichnungen. Hupende, drängelnde Taxen.

»Hier ist ein freier Platz«, rief Jens. Seine gespielte Selbstsicherheit war dem Reisefieber gewichen. Er rutschte aufgeregt auf seinem Sitz hin und her.

»Der ist mir zu eng«, erwiderte Margarethe. »Wir fahren weiter nach hinten. Da ist es nicht so voll.«

»Aber Mama. Dann müssen wir ja kilometerweit latschen. Und das mit dem Gepäck.«

»Du hast einen Trolley und einen Rucksack. Mehr nicht. Also stell dich nicht so an.« Sie lenkte den Wagen fast bis ans Ende des Parkhauses. Hier standen nur wenige andere Fahrzeuge. Margarethe Halla hoffte, dass dies auch bei ihrer Rückkehr so sein würde.

Sie hatte den Motor noch nicht abgestellt, da sprang Jens schon aus dem Benz. »Beeil dich«, bettelte er. »Sonst kommen wir zu spät.«

»Keine Panik«, lachte Margarethe. »Wir haben noch jede Menge Zeit.«

Heute begannen die Sommerferien, und Jens würde gleich nach London reisen. Allein. Das erste Mal stieg er ohne Begleitung in ein Flugzeug. Sein Großvater hielt sich seit einigen Tagen in der englischen Hauptstadt auf, um dort einen alten Freund zu besuchen. Ihr Sohn wollte mehrere Wochen bei ihnen bleiben und dann mit seinem Opa wieder nach Deutschland zurückkehren.

Die Warteschlange am Schalter war kurz, weshalb das Einchecken wenig Zeit in Anspruch nahm. Wenige Minuten später hielt Jens seine Bordkarte in der Hand.

Margarethe, die ihrem Sohn das Prozedere erklärt hatte, beobachtete ihn, wie er die Sicherheitskontrolle passierte. Danach drehte er sich um, winkte ihr zu und stapfte in Richtung Abfluggate.

Unschlüssig blieb sie noch einen Moment vor der Sicherheitsschleuse stehen, um sich dann wieder auf den Weg zu ihrem Fahrzeug zu machen. Was sollte denn passieren, beruhigte sie sich. In London wartete ihr Vater, und in der Düsseldorfer Abflughalle würde Jens sicher nicht verloren gehen. Außerdem hatte sie ihm mehrmals eingeschärft, sich am Gate sofort an eine der Mitarbeiterinnen des Bodenpersonals zu wenden, was ihr Sohn murrend akzeptiert hatte. Er sei kein Kind mehr, hatte er gemeint.

Die Parkboxen links und rechts neben dem Benz ihres Vaters waren glücklicherweise nicht belegt. Sie würde problemlos ausparken können.

Einige Meter entfernt stiegen zwei Männer aus einem dunklen Transporter. Margarethe schenkte ihnen keine Aufmerksamkeit, sondern suchte in ihrer Handtasche nach dem Wagenschlüssel. Als sie ihn nicht fand, schob sie ihre Hand in die Tasche ihrer Jacke. Natürlich war der Schlüssel dort. Aber noch etwas steckte darin: die Digitalkamera ihres Sohnes.

Was für ein verdammter Mist! Sie hatte nicht daran gedacht, Jens die Kamera zu geben. Der Junge hatte sich so über das Geschenk seines Großvaters gefreut. Die erste Reise, die er allein unternahm. Was hatte er für Bilder schießen wollen: den Tower, Piccadilly Circus, Trafalgar Square. Für einen Moment erwog sie, zurück in das Flughafengebäude zu laufen. Doch was hätte das genutzt? Der Sicherheitsbereich bliebe ihr ohne gültiges

Flugticket verwehrt. Ob man den Jungen wegen einer vergessenen Digitalkamera ausriefe, erschien ihr mehr als fraglich.

Ihr fiel ihre Freundin Marlies ein, die als Flugbegleiterin arbeitete. Hauptsächlich flog sie auf den innereuropäischen Strecken. Vielleicht kam Marlies ja in den nächsten Tagen nach London und konnte sich mit Jens' Großvater am Londoner Flughafen treffen? Sie griff zum Handy und wählte Marlies' Bochumer Nummer. Sie hatte Glück. Marlies war zu Hause.

»Du musst dich beeilen«, meinte ihre Freundin, nachdem Margarethe das Malheur geschildert hatte. »Ich bin nur bis zum Nachmittag in meiner Wohnung. Um sechs Uhr muss ich in Köln sein. Dann geht es erst nach Barcelona, und morgen Mittag bin ich in Heathrow. Ich bleibe bis Mittwoch in London. Wenn du willst, nehme ich die Kamera mit. Aber dein Vater muss sie in meinem Hotel abholen. Zeit, um sie ihm zu bringen, habe ich nicht.«

»Das ist kein Problem. Danke. Ist es dir recht, wenn ich kurz nach Mittag komme? Ich wollte mir in Düsseldorf ein paar neue Schuhe kaufen. Wo ich schon einmal in der Stadt bin …«, entschuldigte sie sich. »Ich könnte gegen halb zwei in Bochum sein.«

»Dann schwing die Hufe.«

Margarethe verstaute ihr Handy wieder in der Handtasche. Sie wollte die Kamera dazulegen. Da fiel ihr das leuchtende Display auf. Das Teil war nicht ausgeschaltet. Hatte Jens daran gedacht, das Ladegerät mitzunehmen? Und wenn nicht? Was nützte ihm ein Fotoapparat, dessen Akku erschöpft war? Sie suchte nach einer Möglichkeit, das Gerät abzuschalten, konnte jedoch ohne ihre Brille die Buchstaben auf dem Gehäuse nicht entziffern. Sie musterte die Kamera genauer, sah einen großen Knopf und drückte. Der Blitz flammte auf. Sie erschrak und sah sich um. Weiter hinten schauten Männer zu ihr hinüber, scheinbar ebenso überrascht wie sie. Sie hob entschuldigend einen Arm. Das war nicht der Ausschaltknopf gewesen. Aber direkt daneben befand sich ein zweiter, kleinerer. Sie legte den Zeigefinger darauf. Es piepste kurz und das Display wurde dunkel.

Sie stieg ein und startete den Wagen. Gegen halb acht hatte sie das Flughafenlabyrinth verlassen.

3

LH 832 war um 9.30 Uhr in München gestartet und pünktlich um 10.40 Uhr in Düsseldorf gelandet. Nachdem die Anschnallzeichen erloschen waren, stand der Passagier auf Platz 3d auf und zog aus der Gepäckklappe einen schwarzen Lederrucksack hervor, den er lässig über seine Schulter hängte. Dann wartete der Mann, der unter dem Namen Abdul Moussa reiste, dass sich die vordere Tür öffnete.

Beim Aussteigen nickte er der Stewardess zum Abschied zu. Reisende der Businessklasse gehörten zu den Ersten, die die Maschine verlassen durften. Er wandte sich direkt Richtung Ausgang. Da LH 832 ein Inlandsflug war, waren die Pass- und Zollkontrollstellen unmittelbar vor der Ankunftshalle nicht besetzt. Abdul Moussa passierte die automatischen Schiebetüren und verließ, ohne aufgehalten zu werden, den Sicherheitsbereich des Flughafens. Aber selbst eine gründliche Kontrolle hätte ihn nicht erschreckt. Seine Papiere waren erstklassig, und in seinem Rucksack lagerten lediglich einige englischsprachige Dokumente, die sich mit dem Im- und Export von Bekleidung beschäftigten, und ein Laptop, der nichts Bemerkenswertes enthielt.

Abdul Moussa war hochgewachsen und schlank. Er trug einen gepflegten, kurz geschnittenen Bart. Sein dunkelgrauer Anzug saß perfekt und passte vorzüglich zu dem hellblauen Hemd und der gestreiften Krawatte.

Für einen Moment blieb Moussa an der noch offenen Tür stehen. Er sah sich um. In der Ankunftshalle standen Wartende. Einige von ihnen streckten ihre Hälse und versuchten, Freunde oder Angehörige im Sicherheitsbereich auszumachen, bevor sich die Schiebetür hinter Moussa schloss.

Moussa wandte sich wie abgesprochen nach rechts und ging zu einem knapp hundert Meter entfernten Kaffeestand. Dort setzte er sich auf einen Barhocker, bestellte auf Englisch einen Espresso und ein Glas Mineralwasser. Er bezahlte unmittelbar, nachdem die Getränke serviert worden waren.

Es dauerte nicht lange, bis sich ein zweiter Mann neben ihn stellte und ebenfalls einen Espresso orderte. Auch er beglich die Rechnung sofort.

Die Barfrau widmete sich einem neuen Gast. Der Neuankömmling flüsterte: »*As-salamu alaikum.* Das Geschenk muss heute geliefert werden.«

»*Wa alaikum as-salam.* Ich bin bereit«, antwortete Abdul Moussa ebenso leise.

Der andere nickte, griff in seine Tasche und schob diskret einen Briefumschlag in Moussas Richtung. »Der Schlüssel und die Parkkarte für den Wagen. Er steht im Parkhaus drei auf Platz einhundertfünfundsechzig. Ein schwarzer Mercedes-Transporter. Die Anschrift steckt ebenfalls im Umschlag. Gib sie in das Navigationssystem ein. Der Computer wird dir den Weg zeigen. Du hast genug Kleingeld für den Parkautomaten?«

Abdul Moussa nickte.

»Gibt es noch irgendwelche Fragen, Bruder?«

»Nein.«

»Gut. Dann handle, wie abgesprochen.« Abdul Moussas Gesprächspartner stand auf. »Möge Allah mit dir sein, möge er dir Erfolg geben, auf dass du ins Paradies gelangst«, murmelte er.

»*Inschallah* – dort werden wir uns treffen«, erwiderte Moussa und sah seinem Glaubensbruder hinterher.

Den Transporter fand Abdul Moussa ohne Probleme. Der Wagen stand allein in einer Ecke, fast am Ende des Parkhauses und rund fünfzig Meter vom nächsten Fahrzeug entfernt. Moussa schloss auf, öffnete die Tür, warf seinen Rucksack trotz des Computers achtlos auf den Beifahrersitz und stieg ein.

Mehrere Kartons standen mit Klebeband aneinander befestigt auf der Ladefläche. Abdul Moussa schaute in einen von ihnen, sah den blauen Plastikbehälter mit dem aufgedruckten Totenkopf, dem Wort: *Explosiv* und die Kabel, die zur nächsten Kiste führten.

Befriedigt nahm er seinen Platz hinter dem Lenkrad ein und zog den Zettel heraus, auf dem die Anschrift seines Ziels stand. Dann schob er den Schlüssel ins Zündschloss und drehte ihn herum.

Das Letzte, was er sah, war ein helles Licht, das ihn vollständig umhüllte. Die unerträgliche Hitze des Feuerballs und den Explosionsknall nahm er nicht mehr wahr.

4

»Mein Gott, das sieht ja aus wie nach einem Bombeneinschlag.« Hauptkommissar Manfred Kollmar vom Landeskriminalamt Düsseldorf zückte seinen Dienstausweis.

Peter Schaubert, ein Kollege der örtlichen Kripo, warf einen flüchtigen Blick darauf. »Hat der Staatsschutz den Knall in seinen Büros gehört und ist sofort ausgerückt?«, erwiderte er mit leisem Spott. »Sie sind aber schnell gekommen.«

»Finden Sie? Da war ein Stau im Flughafentunnel. Ich ...«

»Nein, das meinte ich nicht«, unterbrach ihn Schaubert. »Die Meldung über die Explosion ist nicht älter als eine Stunde, und schon steht das LKA auf der Matte. Seid ihr jetzt zuständig?«

»Das ist noch nicht entschieden. Aber bei der politischen Großwetterlage will sich keines der hohen Tiere in die Nesseln setzen. Ich soll lediglich sondieren und einen Bericht schreiben. Darf ich mich ein wenig umsehen?«

»Klar.« Schubert wusste, dass die Frage seines Kollegen rein rhetorischer Natur war. Selbst wenn er gewollt hätte, konnte er Kollmar den Zutritt nicht verwehren.

Rauchgeschwärzte Metallteile fanden sich noch Meter entfernt von dem Fahrzeugwrack. Löschschaum tropfte von dem leicht qualmenden Schrotthaufen. Männer in weißen Overalls untersuchten den Tatort nach Spuren. Polizei- und Feuerwehrfahrzeuge schickten blaue Blitze in das Halbdunkel des Parkhauses.

»Mit der Bombe liegen Sie fast richtig«, meinte Schaubert, der an die Seite seines Kollegen getreten war. »Der Wagen ist in der Tat in die Luft gesprengt worden. Es war allerdings kein Bombeneinschlag, sondern der Sprengsatz befand sich im Inneren des Fahrzeugs.«

»Was ist mit den Opfern?«

»Zwei Tote, ein Schwer- und ein Leichtverletzter. Ein Toter im Wagen …« Er schluckte und zeigte auf einen der Betonpfeiler. »Der andere ist ein Junge, dem ein Stück Metall den Kopf zertrümmert hat. Die Leiche liegt unter der Plane. Ein Unbeteiligter, so wie es aussieht.«

»Scheiße.« HK Kollmar griff zur Zigarettenschachtel. »Der Schwerverletzte?«

»Ihn trafen ebenfalls Trümmerteile. Er lag nicht weit von dem Knaben entfernt. Sein Arm wurde abgetrennt. Es ist nicht klar, ob er überlebt.«

»Haben Sie seine Personalien?«

Schaubert nickte. »Er heißt Hawar Kaymaz.«

»Ein Türke?«

»Türkischstämmig. Er wurde in Duisburg geboren und besitzt die deutsche Staatsbürgerschaft.«

Kaymaz. So hieß ein früherer Kollege von ihm. In den letzten Jahren hatten Kollmar und er sich aus den Augen verloren. »Und der Junge?«

»Vielleicht sein Sohn. Aber das ist Spekulation. Das Gesicht …« Schaubert sprach nicht weiter.

»Verstehe. Sonst noch etwas?«

»Nicht viel. Zunächst mussten wir den Sicherheitsdienst des Flughafens verscheuchen. Die Jungs waren der Meinung, sie hätten auch etwas zu melden, da sich die Explosion auf dem Flughafengelände ereignete.« Schaubert verzog das Gesicht. »Sie helfen jetzt bei der Verkehrsregelung unten an der Parkhauszufahrt und halten uns die Presse vom Hals. Die waren fast noch schneller am Tatort als wir.«

»Woher haben die denn Wind von der Sache bekommen?«

»Es hat kräftig geknallt. Das war noch Hunderte von Metern entfernt zu hören. Dann die Rauchentwicklung …« Der Hauptkommissar zuckte mit den Schultern. »Oder irgendjemand hat denen einen Tipp gegeben.«

»Sie mögen recht haben. Was weiter?«

Schaubert zeigte auf den Explosionsort. »Die Trümmer waren mal ein Mercedes-Transporter. Die Kriminaltechnik wird sich damit beschäftigen. Eines der Nummernschilder ist noch lesbar. Ein in Düren zugelassener Wagen.«

»Was ist mit dem Toten im Fahrzeug?«

»Vollständig verbrannt. Glücklicherweise hat die Flughafenfeuerwehr das brennende Wrack schnell gelöscht. Sonst wäre wohl außer Asche nichts von dem Opfer übrig geblieben.«

»Und die Bombe?«

»Die Explosion muss heftig gewesen sein, so wie es den Mercedes zerfetzt hat. Außerdem war die Hitzeentwicklung enorm. Da ist mehr in die Luft geflogen als ein Zünder und der Benzintank. Aber Details wissen wir erst nach der chemischen Analyse.«

Kollmar nickte. »Andere Zeugen außer dem Schwerverletzten?«

Schaubert zeigte auf einen der Krankenwagen in der Nähe. »Ein älterer Mann. Er wurde leicht von einem Metallsplitter am Oberarm verletzt.«

»Was sagt er?«

»Bis jetzt nichts. Der Arzt wollte ihn zunächst versorgen. Er war eben noch ziemlich geschockt.«

»Ich versuche mein Glück. Haben Sie etwas dagegen?« Dieses Mal wartete er die Antwort seines Kollegen nicht ab und wandte sich dem Rettungswagen zu.

Auf einer Liege im Wageninneren saß ein etwa sechzigjähriger Mann mit dunklem, erstaunlich vollem Haar und einer fahlen Gesichtsfarbe. Ein Arzt war damit beschäftigt, medizinische Utensilien zu verstauen.

Manfred Kollmar sprach ihn an. »LKA Düsseldorf. Könnte ich mich einen Moment mit dem Zeugen unterhalten?«

Der Notarzt warf einen fragenden Blick auf seinen Patienten. Der nickte müde.

»Bitte nicht zu lange«, betonte der Mediziner. »Seine Verletzung am Oberarm ist zwar nur eine kleine Fleischwunde, aber ich habe ihm eine Beruhigungsspritze gegeben. Wir werden ihn für eine Nacht unter Beobachtung halten, um ganz sicher zu sein, dass ihm nichts fehlt.«

Der Notarzt sprang aus dem Fahrzeug und machte eine einladende Handbewegung.

»Ich beeile mich.« Der Hauptkommissar kletterte ins Innere und setzte sich mit einem leisen Stöhnen auf einen Schemel. Sein Rücken schmerzte vom langen Stehen. »Hat der Doktor Ihre Personalien aufgenommen?«

»Ja.«

»Dann werde ich sie mir von ihm geben lassen. Sind Sie so freundlich und nennen mir trotzdem Ihren Namen?«

»Gerd Meier.«

»Danke. Ich bin Manfred Kollmar vom Düsseldorfer Landeskriminalamt. Was haben Sie gesehen?«

»Eigentlich nicht viel«, erwiderte Meier mit schwacher Stimme. »Da war ein Mann, der in den Wagen gestiegen ist und die Tür zugezogen hat. Dann hat es auch schon geknallt.«

»Wie sah der Mann aus?«

Meier legte die Stirn in Falten. »Wie der aussah? Normal. Wie Geschäftsreisende eben aussehen. Dunkelgrauer Anzug, Krawatte.«

»Groß? Oder eher klein? Schlank?«

»Groß. Über einen Meter achtzig, würde ich sagen. Dunkler Teint, dunkle Haare. Bart.«

»Vollbart?«

»Nein. Kurz und gepflegt. Ein südländischer Typ. Ach ja, er hatte einen Rucksack dabei. So einen, in dem man üblicherweise einen Computer transportiert.«

»Sonst kein Gepäck?«

»Nein.«

»Dieser Mann ging zu dem Fahrzeug dort hinten und ist eingestiegen?«

»Ja. In den schwarzen Transporter. Ich habe mich gewundert, dass er einen solchen Wagen fährt.«

»Warum?«

»Er sah eben aus wie ein Geschäftsmann. Eigentlich bevorzugen die andere Modelle.«

Da hat Gerd Meier nicht unrecht, dachte Kollmar. »Sie waren auf dem Weg zu Ihrem Pkw?«

»Ja.« Meier zeigte auf die parkenden Fahrzeuge. »Der blaue Golf mit dem Essener Kennzeichen. Das ist meiner. Ich hatte gerade den Koffer verstaut, als es gekracht hat.«

»Waren Sie im Urlaub?«

»Nein, ich war in München, um meine Schwester im Krankenhaus zu besuchen. Ich habe in der gleichen Maschine wie der arme Kerl da gesessen.«

»Im selben Flugzeug?« Kollmar war elektrisiert. Wenn Meier sich nicht irrte, würden sie den Toten schnell identifizieren können.

»Ja. Er saß weit vorn. In der Businessclass. Ist wohl nur mit Handgepäck gereist. Ich musste dagegen noch zum Gepäckband. Hat ziemlich gedauert, bis mein Koffer kam. Ich habe den Mann später in der Ankunftshalle wiedergesehen. Er kam aus einer der Kaffeebars und hat vor mir das Parkhaus betreten.«

»Mit welcher Fluggesellschaft sind Sie geflogen?«

»Lufthansa.« Dann fiel Meier etwas ein. »Warten Sie, ich habe in der Tasche meine Bordkarte.«

Der Verletzte suchte einen Augenblick und streckte Kollmar die Karte entgegen. »Hier. LH 832.«

»In welcher Reihe hat der Mann gesessen?«

»In der ersten, glaube ich. Es könnte aber auch die zweite Reihe gewesen sein. So genau habe ich nicht darauf geachtet.«

»Links oder rechts?«

»Von wo aus gesehen?«

»Von der Flugrichtung aus.«

»Rechts, glaube ich. Am Gang.«

»Als Sie den Mann wiedergesehen haben, hat er sich da mit jemand in der Ankunftshalle unterhalten? Wurde er vielleicht abgeholt?«

Meier schüttelte den Kopf. »Das weiß ich wirklich nicht.«

»Haben Sie lange auf Ihr Gepäck warten müssen?«

»Bestimmt fünfzehn, zwanzig Minuten.«

Kollmar rechnete: Der Weg vom Gepäckband zur Ankunftshalle nahm etwa fünf Minuten in Anspruch. Also hatte sich der Unbekannte eine knappe halbe Stunde in der Halle aufgehalten. Was hatte er da gemacht? Natürlich konnte diese Verzögerung durch völlig banale Ursachen wie beispielsweise einen Toilettenbesuch verursacht worden sein. Trotzdem mussten sie dem Hinweis nachgehen.

Der Arzt unterbrach die Vernehmung. »Der Patient braucht Ruhe. Sie können ihn, wenn alles gut geht, morgen sprechen. Aber jetzt ist Schluss.«

Kollmar stand auf. »Wir melden uns wieder bei Ihnen, Herr Meier. Vielen Dank, dass Sie mit mir gesprochen haben. Sie haben uns wirklich weitergeholfen. Gute Besserung.«

Der Kommissar verabschiedete sich und kehrte zu seinen Kollegen zurück.

»Was sagt der Zeuge?«, erkundigte sich Peter Schaubert.

»Möglicherweise hat der Tote in einem Flieger aus München gesessen. Der Zeuge ist sich ziemlich sicher, mit ihm in derselben Maschine geflogen zu sein.«

»Großartig. Wenn er sich nicht irrt, dürfte uns das die Arbeit erleichtern. Übrigens, der Staatsanwalt ist eingetroffen. Er möchte Sie sprechen.« Schaubert zeigte auf drei Männer, die das Autowrack von jenseits der Absperrbänder begutachteten.

»Wer ist da bei ihm?«, fragte Kollmar.

»Presse.«

Staatsanwalt Wieland Strubbe war Anfang dreißig. Das, was ihm an Erfahrung fehlte, machte er durch forsches Auftreten wett. Er war grundsätzlich davon überzeugt, als Jurist keinen Fehler zu begehen. Fehler machten nur die anderen. Mit dieser Haltung ging der Staatsanwalt allen, die mit ihm arbeiteten, gehörig auf die Nerven. Das Dumme war nur, dass Strubbe in seinem Job wirklich gut war. Er beherrschte sein Metier. Deshalb war es für ihn völlig unverständlich, dass er nach drei Jahren als Staatsanwalt immer noch nicht befördert worden war.

Manfred Kollmar näherte sich der kleinen Gruppe. Er hörte, wie der Staatsanwalt den Journalisten erklärte, dass der Flugverkehr nur für wenige Minuten unterbrochen worden war und er sich völlig sicher sei, dass den Fluggästen und Besuchern nun keine weitere Gefahr mehr drohe.

»Hauptkommissar Kollmar.« Strubbe streckte jovial die Hand aus, als er den Kommissar erkannte. Dann wandte er sich an seine Begleiter. »Vielen Dank, meine Herren. Wenn Sie uns bitte entschuldigen würden. Ich stehe Ihnen später zur Verfügung. Jetzt muss ich mich um diesen Fall kümmern.« Er griff Kollmar am Arm und zog ihn mit sich. »Also?«

Kollmar setzte ihn über Meiers Aussage in Kenntnis.

»Ich habe eben mit Ihrem Vorgesetzten gesprochen. Ein Attentat, ohne Zweifel. Vielleicht ist etwas schiefgegangen?« Er erwartete keine Antwort. »Ihre Abteilung hat übernommen. Was haben Sie jetzt vor?«

»Ich habe angenommen, die Entscheidung, ob das LKA ermittelt, würde erst nach meinem Bericht …«

»Ihren Bericht können Sie vergessen. Das ist ab sofort Ihr Fall. Nun?«

Kollmar nickte. »Wir sollten den Flughafen räumen lassen. Möglicherweise gibt es weitere Sprengkörper.«

Strubbe schaute ihn entgeistert an. »Sind Sie wahnsinnig? Wir befinden uns in der Hauptreisezeit. Da können Sie doch nicht Tausende Fluggäste nach Hause schicken. Und dann die Kosten. Nein, suchen Sie nach Bomben, aber diskret. Das Parkhaus sperren Sie meinetwegen, bis Ihre Untersuchungen beendet sind.« Er registrierte Kollmars skeptisches Gesicht und meinte: »Ich übernehme die Verantwortung.«

Der Hauptkommissar nickte. »Wie Sie meinen.«

»Und Ihre nächsten Schritte?«

»Ich wende mich an die Lufthansa, um die Passagierlisten einzusehen. Und an den Leiter des Sicherheitsdienstes natürlich.«

»Sie müssen sich nicht bemühen. Siegfried Sewering kommt da hinten«, meinte Strubbe und machte eine Kopfbewegung zu einem korpulenten Mann von Mitte fünfzig, der sich schimpfend mit einem Ausweis wedelnd einen Weg durch die Polizeiabsperrung bahnte.

»Sie kennen ihn?«, wunderte sich Kollmar.

»Flüchtig. Etwas impulsiv, aber eigentlich ein netter Kerl.«

Kurz darauf stand Sewering vor ihnen. »Haben Sie meine Leute zu Parkplatzwächtern degradiert, Herr Strubbe?«, fragte er mit rotem Kopf.

Der Staatsanwalt warf dem Hauptkommissar einen fragenden Blick zu.

»Ermittlungen sind Sache der Polizei«, erwiderte Kollmar scharf. »Nicht die eines privaten Sicherheitsdienstes.«

»Wir sind kein …«

»Selbstverständlich kommen wir auf Ihre Expertise zurück, Herr Sewering«, vermittelte Strubbe. »Sie müssen verstehen, dass Sie in der Tat über keine Polizeibefugnisse verfügen. Hauptkommissar Kollmar wurde durch mich aufgehalten. Er war bereits auf dem Weg zu Ihnen.«

Kollmar atmete tief ein und nickte zustimmend. Er brauchte dringend die uneingeschränkte Kooperationsbereitschaft des Sicherheitsdienstes.

Auch Sewering lenkte ein. »Was kann ich für Sie tun, Herr Kollmar?«

»Ich möchte die Aufnahmen der Überwachungskameras einsehen.«

Der Chef der Security nickte.

»Wann können Sie diese Videos bereitstellen?«

»Das hängt davon ab, welche Sie genau benötigen.«

»Alle relevanten.«

Sewering lachte trocken. »Da müssen Sie viel Zeit mitbringen.«

»Weshalb?«

»Wir haben …«

Erneut schaltete sich der Staatsanwalt ein. »Besprechen Sie das bitte nachher. Herr Kollmar wird Sie später in Ihrem Büro aufsuchen. Eine gute Nachricht habe ich für Sie: Der Flughafen wird nicht gesperrt, von dem Parkhaus hier abgesehen.«

Die Erleichterung stand Sewering buchstäblich ins Gesicht geschrieben.

»Trotzdem sollten Sie Ihre Security verstärkt einsetzen. Das beruhigt die Leute. Wenn Sie uns jetzt entschuldigen würden? Ich muss noch etwas mit dem Hauptkommissar besprechen und meine Zeit ist leider begrenzt.« Er drehte sich um und zog Kollmar mit sich.

Nach einigen Schritten meinte er: »Ich begleite Sie zur Lufthansa. So kann ich mich von der Pressemeute loseisen.«

Kollmar atmete tief ein. Das hatte ihm gerade noch gefehlt.

5

Die vier hohen Ministerialbeamten und Abteilungsleiter des Düsseldorfer Innenministeriums diskutierten mit dem zuständigen Staatssekretär Brandler die neuesten Vorschläge zu einer EU-Verordnung über den Austausch sicherheitsrelevanter Daten.

Die Tür zum Sitzungszimmer wurde aufgerissen, und ein Referent trat ein, ohne anzuklopfen. Die Anwesenden schauten unwillig auf.

»Bitte entschuldigen Sie die Störung.« Der Beamte sah sich kurz suchend um, eilte zu seinem Vorgesetzten, reichte ihm einen Zettel und verließ den Raum wieder. Der Abteilungsleiter faltete das Papier auseinander, las, runzelte die Stirn und bat um das Wort.

»Ich muss unsere Diskussion leider unterbrechen. Am Düsseldorfer Flughafen hat es vor Kurzem eine Explosion gegeben. Wie es scheint, handelt es sich um ein Attentat.«

»Was?« Der Staatssekretär streckte fordernd die Hand aus. »Lassen Sie sehen.«

Der Beamte schob ihm den Zettel zu. »Mehr, als ich gesagt habe, steht dort nicht.«

»Dann sollten Sie uns weitere Informationen beschaffen«, schnappte Brandler und warf einen flüchtigen Blick auf die Nachricht. »So schnell als möglich. Ich muss den Minister informieren.«

Schmallippig zog der Abteilungsleiter sein Handy hervor und ging zum Fenster, um zu telefonieren.

»Macht den Fernseher an«, meinte Brandler derweil und schaute fordernd in die Runde. »Irgendeinen der Nachrichtenkanäle.«

Einer der Anwesenden griff zu der Fernbedienung, die am unteren Ende des Tisches lag.

Kurz darauf sahen sie Aufnahmen aus dem Flughafenparkhaus, die ein zerstörtes Fahrzeug, Polizisten und jede Menge Blaulicht zeigten. Dann folgte ein Schnitt, und die Kamera dokumentierte den normalen Betrieb an den Abfertigungsschaltern.

»Jetzt machen Sie doch endlich den Ton lauter«, forderte Brandler.

»… hielt die Polizei eine Räumung des Flughafens für nicht erforderlich, obwohl bei ähnlichen Attentaten in anderen Ländern nach der ersten Explosion weitere folgten, sobald die Rettungsarbeiten angelaufen waren. Die Sicherheitsbehörden ermitteln, wie ein Sprecher der Staatsanwaltschaft mitteilte, in alle Richtungen. Ein islamistischer Anschlag könne nicht ausgeschlossen werden, heißt es aus gewöhnlich gut unterrichteten Kreisen. Weitere Informationen über das Attentat in unseren Nachrichten um fünfzehn Uhr.«

Der Staatssekretär bemühte sich selbst, schaltete das Fernsehgerät aus und warf dem Abteilungsleiter einen fragenden Blick zu.

»Sehr viel mehr weiß die Polizei auch nicht. Gegen 11.20 Uhr ist die Bombe in dem Parkhaus hochgegangen. Zwei Tote, der Fahrer des Transporters, möglicherweise der Attentäter, und ein türkisches Kind. Ein Schwerverletzter, bei dem nicht klar ist, ob er durchkommt. Vermutlich der Vater des getöteten Jungen. Und ein leicht verletzter Deutscher.«

»Verdammt«, murmelte Brandler. »Hat sich jemand zu dem Anschlag bekannt?«

»Bis jetzt noch nicht.«

»Islamisten?«, fragte einer der Ministerialdirektoren.

»Möglich, aber nicht gesichert. Obwohl: Der vermutliche Täter trägt einen arabischen Namen.«

Brandler schlug mit der flachen Hand auf den Tisch. »Das ist Wasser auf die Mühlen der Rechtspopulisten. Ich höre schon ihr Mantra im Landtag: Einwanderung stoppen, zusätzliche Stellen für die Polizei, Gesetze verschärfen, politischen Islamismus bekämpfen.« Er stand auf und marschierte an der Fensterfront auf und ab. »Bereiten Sie eine Stellungnahme für den Minister vor. Verbrecherisches Attentat, Mitgefühl bei den Opfern und ihren Familien, schnellstmögliche Aufklärung, volles Vertrauen in die Polizeibehörden, Täter werden zur Rechenschaft gezogen und so weiter. Das Übliche halt. Wir müssen die Deutungshoheit behalten.«

»Zu spät.« Der Abteilungsleiter zeigte auf das Display seines Handys. »Die AfD-Fraktion hat bereits in einer Presseerklärung reagiert.«

»Was schreiben sie?«, knurrte Brandler.

»Dasselbe wie immer. Ohne eine Öffnung der Grenzen hätte es das Attentat und damit die Opfer nicht gegeben. Sie machen die Bundesregierung mitverantwortlich.«

»Dieser Schwachsinn wird auch dann nicht intelligenter, wenn man ihn ständig wiederholt«, erwiderte Brandler.

»Er setzt sich aber in den Köpfen der Menschen fest«, konterte der Abteilungsleiter.

»Leider wahr. Und das wenige Monate vor der nächsten Bundestagswahl.«

6

Auf dem Weg nach Bochum klingelte Margarethes Handy. Sie überlegte, konnte aber weder im Rückspiegel noch vor sich etwas entdecken, was nach Polizeifahrzeug aussah, und nahm deshalb das Gespräch entgegen. Am Apparat war Thomas Grieg, den alle nur Tom nannten.

»Hallo Greti. Wie geht es dir?«

»Du sollst mich nicht so nennen. Ich heiße Margarethe.«

»Früher hat dir das nichts ausgemacht.«

»Aber heute macht es mir etwas aus«, erwiderte sie schroff. »Was willst du?«

»Jens fliegt irgendwann nach London, hast du mir erzählt.«

»Ja, habe ich.«

»Ich wollte euch doch zum Flughafen bringen. Wann genau war gleich der Termin?«

Margarethe seufzte. Erst vor einer Woche hatte sie mit Tom über Jens' Urlaub gesprochen und ihren Ex gebeten, mit ihr und ihrem gemeinsamen Sohn nach Düsseldorf zu fahren. Sie hatten vereinbart, dass er sie und Jens abholen sollte. Dabei war es geblieben. Tom hatte wie so häufig den Termin vergessen.

Glücklicherweise hatte sie Jens vorher nichts davon erzählt, dass sein Vater sie nach Düsseldorf begleiten wollte. Sie kannte Tom und seine Unzuverlässigkeit. Einer der Gründe, warum sie ihm den Laufpass gegeben hatte.

»Das war heute. Ich komme gerade vom Flughafen.«

»Mist. Das hatte ich vergessen.«

»Stimmt.«

»Was meinte Jens dazu?«

»Was sollte er sagen?«

»Na ja, schließlich war ich nicht da.«

»Du bist nie da, wenn man dich braucht. Außerdem habe ich ihm vorher nichts gesagt. Ich wollte der Enttäuschung vorbeugen. Wie sich herausgestellt hat, die richtige Entscheidung.«

»Du hättest mich anrufen können«, meinte Tom vorwurfsvoll.

»Ich hätte dich anrufen sollen?«, erwiderte sie eine Spur zu laut. »Du hast mir während unseres letzten Gesprächs mitgeteilt, dass du in nächster Zeit telefonisch nicht zu erreichen wärest. Deshalb wolltest du dich ja bei mir melden.«

»Ist dir eigentlich schon aufgefallen, dass jede unserer Unterhaltungen innerhalb von Minuten zu einem Streit führt?«, antwortete Tom.

»Ja, ist es.«

»Woran liegt das deiner Meinung nach?«

»Das fragst ausgerechnet du?«

»Ja.«

Sie wollte zu einer heftigen Erwiderung ansetzen, entschied sich dann aber anders. Die ewigen Auseinandersetzungen mit Tom führten zu nichts. Deshalb log sie: »Tut mir leid. Da kommt die Polizei. Ich möchte kein Strafmandat riskieren und lege jetzt auf. Tschüs.« Sie drückte die rote Taste, ohne auf seine Entgegnung zu warten, und warf das Handy wütend auf den Beifahrersitz.

Als Tom und sie sich kennengelernt hatten, war sie knapp über zwanzig gewesen und er einige Jahre älter. Tom besuchte die Polizei-Führungsakademie Hiltrup und hatte sich nach seinem erfolgreichen Abschluss für die Sicherungsgruppe des Bundeskriminalamts in Berlin beworben. Er absolvierte die harte Spezialausbildung, ließ sich aber dann, nachdem Jens geboren worden war, zurück ins Ruhrgebiet versetzen, um mit Margarethe in eine kleine Wohnung in Bochum zu ziehen. Geheiratet hatten sie nie.

Kurz nach seiner Rückkehr begannen die Probleme. Tom war oft gereizt, trank mehr, als ihm guttat, und ihre Streitereien häuften sich. Es waren meist nichtige Ursachen, die sie beide zu großen Konflikten aufbauschten. Bald bekam Tom zusätzlich Ärger in seinem Beruf, der darin gipfelte, dass ihm von seinen Vorgesetzten nach einem anonymen Hinweis nicht nur Kokainmissbrauch, sondern auch die Annahme von Bestechungsgeld vorgeworfen worden war. Das gelegentliche Koksen räumte er ein, wies aber energisch zurück, bestechlich zu sein. Schließlich quittierte er, um dem bevorstehenden Rausschmiss zu entgehen, den Polizeidienst.

Das verbesserte seine Situation nicht, im Gegenteil. Er wechselte seine Jobs wie andere Menschen ihre Hemden, arbeitete als Privatdetektiv, Kurierfahrer, Kellner und Straßenarbeiter, bis er am Ende als Rausschmeißer eines Nachtklubs anheuerte.

Irgendwann war der Punkt erreicht, an dem Margarethe sein Selbstmitleid, seine aggressiven Wutanfälle und die darauf folgenden depressiven Phasen nicht länger ertragen konnte. Sie packte ihre Sachen, verließ die gemeinsame Wohnung und beendete die Beziehung

Für etwa ein Jahr mied sie jeden Kontakt mit dem Vater ihres Kindes. Sie hatte, obwohl Tom dazu verurteilt worden war, auf Unterhaltszahlungen verzichtet. Dafür sollte er sich von Jens fernhalten. Auch wenn Tom diese Vereinbarung nicht passte, hielt er sich daran. Margarethe blieb in den Folgejahren allein. Ihr genügten ihr eigener Vater sowie ihr Sohn als Familie. Ihre sexuellen Bedürfnisse befriedigte sie in gelegentlichen unverbindlichen Affären.

Später hörte Margarethe von gemeinsamen Freunden, dass Tom für eine amerikanische Sicherheitsfirma arbeitete, die undurchsichtige Aufträge in der Grauzone der Geheimdienste und mit Billigung und Unterstützung der amerikanischen Regierung ausführte.

Irgendwann hatte er wieder vor ihrer Tür gestanden. Braun gebrannt, sportlich, durchtrainiert. Seit dieser Zeit hielten sie sporadischen Kontakt. Tom, der anscheinend jede Menge Geld verdient hatte, bestand darauf, sich finanziell an der Ausbildung seines Sohnes zu beteiligen, ohne auch nur die geringsten Ansprüche zu stellen. Ihr Verhältnis normalisierte sich, blieb aber gespannt. Sie stritten sich wie früher beim kleinsten Anlass.

7

Geldern war keine Insel der Friedfertigkeit, aber ein Doppelmord ereignete sich im Stadtgebiet nun auch nicht alle Tage. Entsprechend ehrgeizig nahm die Mordkommission ihre Arbeit auf. Ein solches Verbrechen wollten sie so schnell als möglich aufklären.

Die Leitung des Teams aus zehn Beamten hatte Kriminalhauptkommissar Markus Förster vom KK1 übernommen, der von Kalkar aus die Todesermittlungen im Kreis Kleve führte.

Der dreiundfünfzigjährige Förster war ein erfahrener Polizist und seit über zwanzig Jahren im KK1. Jetzt saß er in seinem Büro und sah zum wiederholten Mal seine Notizen durch.

Die beiden Toten waren vor einer Woche auf der Genieler Straße im Stadtteil Lüllingen gefunden worden. Die Kreisstraße 17 führte ins nur sechs Kilometer entfernte Geldern. Vor allem in den Morgenstunden und am späten Nachmittag nutzten viele Pendler diesen Weg. Die Mordopfer waren gegen sieben Uhr morgens von einem Bauern entdeckt worden, der mit seinem Trecker Gülle auf eines seiner Felder transportieren wollte. Er hatte die Polizei alarmiert.

Der Todeszeitpunkt lag laut den Ergebnissen der gerichtsmedizinischen Untersuchung drei bis vier Stunden früher. In dieser Zeit mussten Autofahrer den Tatort passiert haben, ohne anzuhalten. Förster nahm zu ihren Gunsten an, dass sie die hinter dem Ford liegenden Leichen im Vorbeifahren nicht gesehen hatten.

Trotz eines Aufrufs in der lokalen Presse hatte sich niemand als Zeuge gemeldet. Vermutlich befürchteten die Leute, wegen ihres Verhaltens zur Rechenschaft gezogen zu werden.

In dieser Nacht war eine Gewitterfront über den Niederrhein hinweggezogen, und es hatte heftig geregnet. Brauchbare DNA-Spuren waren daher Fehlanzeige. Nur an der Geldbörse fanden sich Fragmente von Fingerabdrücken, die nicht zu den Toten gehörten und die sie an das automatisierte Fingerabdruckidentifizierungssystem AFIS des Bundeskriminalamtes weitergeleitet hatten. Ein Ergebnis lag noch nicht vor. Das war nicht ungewöhnlich, wusste Förster. Bei Teilfingerabdrücken dauerte es mitunter Tage, bis der Computer, der normalerweise in Sekunden lieferte, ein Resultat ausspuckte. Das Ergebnis würde anschließend von einem hoch qualifizierten Techniker im Rahmen der sogenannten Adjudikation noch verifiziert werden. Diese Prüfung nahm wertvolle Zeit in Anspruch.

Die Toten selbst hatten sie anhand der Personalausweise, die sich in ihren Taschen fanden, schnell identifiziert. Es handelte sich um zwei polizeibekannte Drogenabhängige aus Geldern, die ihre Sucht üblicherweise mit kleineren Diebstählen finanzierten. Das zerschossene Blaulicht auf dem Dach des altersschwachen Fords, ein dilettantisch gefälschter Dienstausweis, der neben einer der Leichen lag, und eine Schreckschusspistole, die einer

Polizeidienstwaffe täuschend ähnlich sah, deuteten darauf hin, dass sie sich nach neuen Einnahmequellen umgesehen und als falsche Polizisten ausgegeben hatten. Waren sie deshalb erschossen worden?

In der Geldbörse, die zwischen den beiden Leichen am Straßenrand lag, fand sich kein Cent. Auch das Handy eines der Opfer war verschwunden. Seine Freundin hatte es ihm erst vor zwei Wochen zum Geburtstag geschenkt, wie sie ausgesagt hatte. Ein Indiz für Raubmord?

Das Telefon des anderen Toten fand sich in seiner Jacke auf der Rückbank des Fords. War der Täter gestört worden und hatte deswegen das Fahrzeuginnere nicht durchsucht? Vielleicht wegen eines herannahenden Wagens?

Das verschwundene Smartphone hatte sich zum letzten Mal gegen sechs Uhr mit einer Funkzelle nahe des Bahnhofs in Geldern verbunden – zwei Stunden nach dem ermittelten Todeszeitpunkt. Danach blieb das Handy stumm. Vermutlich war die SIM-Karte entfernt worden.

Förster hatte sich den Tatort zweimal angesehen. Der Vondersweg, der zu mehreren großen Gartenbaubetrieben in etwa zweihundert Metern Entfernung führte, mündete unmittelbar davor auf die Kreisstraße. Ganz in der Nähe lagen zwei Bauernhöfe. In den Gärtnereien wurde nachts nicht gearbeitet. Auch die Anwohner auf den beiden Höfen hatten nichts Auffälliges bemerkt, vor allem keine Schüsse gehört. Entweder sie waren mit einem begnadet festen Schlaf gesegnet oder der Täter hatte einen Schalldämpfer benutzt.

Die Projektile und die Geschosshülsen hatten das Kaliber 9 mal 19 Millimeter. Die Untersuchungen ergaben, dass sie vermutlich mit einer Glock 17 abgefeuert worden waren. Sie gehörte zu den wenigen Waffen, deren Lauf Rechtsdrall hatte und keine Felder mit Zügen und Kanten aufwies, sondern ein polygonales Innenprofil. Das machte die aus ihr verschossenen Patronen leicht identifizierbar.

Der Wecker seines Handys summte. Es war Zeit. Endlich!

Förster legte die Notizen beiseite, stand auf, nahm sich einen Stuhl und stellte ihn vor den raumhohen Schrank, der eine Wand des Büros bedeckte. Ächzend bestieg er die improvisierte Leiter und hielt sich dabei mit der Hand an einer geöffneten Schranktür fest. Dann tastete er das oberste Regal ab, fand die Zigarettenschachtel, zog eine Kippe hervor, steckte sie in den Mund, zündete sie an und inhalierte tief. Schachtel und Feuerzeug platzierte er wieder im Möbelstück, stieg zurück auf den Boden, verschloss die Tür und stellte den Stuhl an seinen Platz.

So versuchte er, die Anzahl der Zigaretten, die er im Büro rauchte, drastisch zu minimieren. Dieser Selbstbetrug funktionierte nur begrenzt. Aber wenigstens praktizierte Förster dadurch mehrmals am Tag ein kurzes Fitnesstraining, was auch dringend erforderlich war, denn mit seinen einhundertundvierzig Kilo Kampfgewicht ähnelte er allmählich einem lebenden Buddha.

Förster lehnte sich in seinem Sessel zurück, schloss die Augen, nahm einen weiteren Zug und ließ den Rauch beim Ausatmen genießerisch durch die Nasenlöcher strömen. Was für ein Genuss!

Es klopfte, und Kriminalkommissar Sebastian Barth betrat das Büro. Er war das genaue Gegenteil seines Chefs: hager, fast asketisch, durchtrainiert und von beinharter Disziplin. Barth rauchte nicht, trank nicht, ernährte sich ausschließlich vegetarisch und verbrachte seine Urlaube überwiegend mit einsamen Wanderungen durch die Einöden am nördlichen Polarkreis oder mit ausgedehnten Paddeltouren auf dem Rhein – bevorzugt flussaufwärts.

Er wedelte mit einem Ausdruck. »Wir haben endlich Treffer im AFIS. Eines der Fingerprint-Fragmente stammt von einem der Opfer.«

»War zu erwarten«, knurrte Förster enttäuscht.

»Dafür kommen wir mit dem anderen weiter. Zumindest etwas.«

»Wie das?«

»Zuerst die gute Nachricht. Der Abdruck stammt von Walter Nussbaum. Er wurde im November 1960 in Recklinghausen geboren. Im April 1995 behandelte ihn die Polizei Frankfurt am Main wegen eines Bagatelldelikts erkennungsdienstlich.«

»Was hat er angestellt?«

»Drei Pullen Bier in einem Supermarkt geklaut. Das Verfahren wurde eingestellt.«

»Aha. Adresse?«

»Da beginnt das Problem. Nussbaum ist seit Jahrzehnten obdachlos.« Barth legte den Ausdruck auf den Schreibtisch seines Chefs. »So sah er damals aus.«

Förster blickte auf ein nicht unfreundliches Gesicht mit verfilztem Vollbart und langem, strähnigem Haar. »Und heute?«

»Keine Ahnung. Im Sommer 2014 hat er seinen Personalausweis als gestohlen gemeldet, aber nie einen neuen beantragt. Dieses Bild von ihm ist das jüngste Foto, das wir haben.«

»Das ist fünfundzwanzig Jahre alt. Er könnte heute wer weiß wie aussehen.«

»Genau. Das ist die schlechte Nachricht.«

»Ich vermute, wir haben keine Adresse von ihm?«

Barth schüttelte den Kopf.

»Auch nicht über das Sozialamt? Vielleicht lebt er in einem Wohnheim für Nichtsesshafte?«

»Leider nein.«

»DNA, Blutgruppe wahrscheinlich auch nicht.«

»Fehlanzeige.«

»Toll.« Förster lehnte sich zurück, nahm einen letzten Zug und drückte die Zigarette im Aschenbecher aus. Als er sicher war, dass nichts mehr glimmte, kippte er Asche und Kippe in einen kleinen Plastikbeutel mit Zip-Verschluss, den er anschließend in eine Schreibtischschublade packte. Dann erhob er sich und öffnete das Fenster, um frische Luft hineinzulassen. Schließlich setzte er sich. »Nie im Leben hat dieser Nussbaum die beiden Junkies umgebracht. Die Toten bestohlen – vielleicht. Aber erschossen? Glaube ich nicht. Oder was meinst du?«

»Das sehe ich auch so. Möglicherweise war er zufällig in der Nähe und hat lediglich die Gunst der Stunde genutzt.«

»So ist es. Mit etwas Glück hat er die Tat beobachtet und ist ein wichtiger Zeuge.« Förster strich sich mit der Hand über die Halbglatze. »Aber genauso gut könnte sein Fingerabdruck schon früher auf die Geldbörse gekommen sein.« Er gab sich einen Ruck. »Egal. Hat er eigentlich Verwandte?«

»Keine Ahnung. Es gibt zwei Nussbaums im Recklinghäuser Telefonbuch.«

»Kümmere dich darum. Eventuell sucht er ja bei seinen Angehörigen Unterschlupf. Jemand soll sich in der Szene umhören. Wenn Nussbaum tatsächlich das Telefon gestohlen hat, wird er es verkaufen wollen.«

»Geht klar. Ich habe übrigens verfolgt, wann und wo sich das verschwundene Handy eingewählt hat.«

»Und?«

»Es gibt auf dem Weg vom Tatort bis zum Bahnhof in Geldern nur drei verschiedene Funkzellen, die sich teilweise überlappen. Ich habe die jeweiligen Einlogzeiten und die Entfernungen der Mobilfunkmasten mit der Wegstrecke verglichen, die ein Fußgänger in dieser Zeit zurücklegt. Es passt ziemlich genau. Wer immer das Handy des Toten in der Tasche hatte, war zu Fuß unterwegs.« Er machte eine Pause. »Es sei denn, dieser Unbekannte hat, sollte er mit einem PKW gefahren sein, zwei längere Unterbrechungen eingelegt. Aber warum hätte er das tun sollen? Nein, ich bin mir sicher. Dieser Nussbaum hat das Handy und das Geld gestohlen und sich zu Fuß auf den Weg in die Stadt gemacht. Direkt zum Bahnhof.«

»Er wollte flüchten«, stellte Förster fest.

»Genau. Unterstellen wir, er ist mit dem Zug gefahren. Zwischen sechs und sieben Uhr verlassen zwei Züge Geldern Richtung Düsseldorf und je einer nach Krefeld und Kleve. Buslinien fahren um die Zeit noch mehr, die meisten von ihnen enden allerdings in den Nachbargemeinden.«

»Falls er weg ist, hat er vermutlich den Zug genommen«, vervollständigte Förster die Überlegungen seines Mitarbeiters. »Ansonsten hält sich Nussbaum weiterhin in Geldern oder Umgebung auf.«

»Ja.«

»Gute Arbeit, wirklich.«

Nachdem Barth sein Büro verlassen hatte, sah Förster auf die Wanduhr gegenüber seines Schreibtischs. Kurz nach eins. Zeit zum Mittagessen.

8

Strubbe steuerte geradewegs die Schalter der Lufthansa an. Er blieb einen Moment an den Absperrbändern stehen und marschierte schließlich, Kollmar im Schlepptau, Richtung Erste-Klasse-Schalter. Ohne die dort auf ihre Abfertigung wartenden Passagiere zu beachten, ging er direkt nach vorn und knurrte die Lufthansaangestellte an. »Staatsanwalt Strubbe. Ich möchte Ihren Vorgesetzten sprechen. Veranlassen Sie umgehend, dass er hier erscheint.«

Der Mitarbeiterin der Fluggesellschaft gefror ihr professionelles Lächeln. »Bitte gedulden Sie sich einen Moment, bis ich die Passagiere …« Weiter kam sie nicht.

Strubbe drängte den neben ihm Wartenden endgültig zur Seite, ignorierte dessen halbherzigen Protest, beugte sich vor und meinte kühl: »Ich gedulde mich natürlich nicht. Es ist Gefahr im Verzug. Sicher wissen Sie, was das bedeutet. Falls Sie keinen Ärger bekommen wollen, rufen Sie sofort Ihren Vorgesetzten an. Danach können Sie Ihre Kunden bedienen. Wenn Sie anschließend etwas schneller als üblich arbeiten, verlieren Ihre Gäste keine Zeit und alle sind zufrieden. In Ordnung?«

Die Angestellte lief vor Empörung puterrot an, tat jedoch wie geheißen. Nachdem sie das kurze Gespräch beendet hatte, trat Strubbe befriedigt beiseite. »Na bitte. Geht doch.« Dann lächelte er den verdutzten Fluggast neben sich an. »Jetzt dürfen Sie in aller Ruhe einchecken.«

Wenig später erschien mit federndem Schritt ein Mann mittleren Alters. Er stellte sich Strubbe und Kollmar als Hansen vor, Manager für irgendetwas, und bat die Beamten in den hinteren Bereich des Abfertigungsschalters.

Der Staatsanwalt hielt sich nicht mit langen Vorreden auf und zeigte seinen Ausweis. »Ich benötige die Passagierliste von Flug …« Er sah Kollmar fragend an.

»LH 832. Aus München«, erklärte der.

»Genau. Diese Passagierliste möchte ich einsehen.«

»Können Sie mir den Grund nennen?«, fragte der Lufthansamanager vorsichtig.

»Könnte ich. Will ich aber nicht.« Strubbe lächelte schief. »Wir sollten die Angelegenheit zügig erledigen. Es eilt nämlich.«

Der Angestellte zögerte.

Strubbe reagierte sofort. Er griff zu seinem Handy. »Wenn ich mir erst einen richterlichen Beschluss besorgen muss, um Ihre Bedenken auszuräumen, tue ich das. Den Beschluss bekomme ich binnen Minuten. Das steht fest. Gleichzeitig bedeutet das aber auch, dass ich prüfen werde, ob und inwieweit Sie die polizeilichen Ermittlungsarbeiten behindert haben.«

»Aber der Datenschutz …«, versuchte Hansen einen Einwand.

»Ach, Datenschutz«, wehrte Strubbe ab. »Kommen Sie mir nicht mit dem Mist. Hier geht es um Wichtigeres als ein paar Namen. Also, kooperieren Sie oder muss ich noch formeller werden? Ich kann die Beschlagnahmung auch an Ort und Stelle anordnen oder eben einen Ermittlungsrichter bemühen. Was ist Ihnen lieber?«

»LH 832, sagten Sie.«

»So ist es. Aus München.«

Kurz darauf saßen sie in einem Büro der Fluggesellschaft und studierten die Passagierliste. »Die Sitze A bis C sind in Flugrichtung links?«

Hansen nickte.

»Meier hat ausgesagt, der Tote habe rechts in der ersten oder zweiten Reihe am Gang gesessen«, erklärte Kollmar.

»Also Platz 1 D oder 2 D.« Strubbe schaute auf die Namen. »Auf Sitz 1 D saß eine Mechthild Knüpper. Die wird er ja wohl nicht gemeint haben. In der zweiten Reihe war nur Sitz 2 F belegt, auch von einer Frau.«

Kollmar fuhr mit den Fingern die Liste herunter. »Hier, dritte Reihe. Sitz 3 D. Das könnte er sein. Ein gewisser Abdul Moussa. Vielleicht hat sich Meier in der Reihe geirrt. Ganz sicher war er sich ohnehin nicht.«

Strubbe stand auf, faltete die Liste zusammen, nahm sie besitzergreifend in die rechte Hand und sagte zu Hansen: »Sie haben nichts dagegen?« Dann verließ er grußlos den Raum. Kollmar warf dem Manager einen entschuldigenden Blick zu und folgte dem Staatsanwalt.

Strubbe wartete auf dem Flur. »So«, knurrte er, als Kollmar neben ihm stand. »Sie wissen ja, was zu tun ist: München anrufen, feststellen, woher dieser Moussa gekommen ist, Kontakt mit der Bundespolizei aufnehmen. Alles klar? Ich werde mich jetzt wieder um die Presse kümmern. Schließlich kann ich Ihren Job nicht auch noch erledigen.«

Strubbe ging und ließ einen perplexen Hauptkommissar zurück, der über solche Chuzpe entgeistert den Kopf schüttelte.

Kollmar fragte sich zum Büro des Leiters der Sicherheitsabteilung durch. Als er endlich davorstand, bemerkte er, dass dessen Funktion heutzutage Chief Executive Security Officer genannt wurde. Zumindest las er dieses Wortungeheuer unter dem Namen auf dem Türschild.

Der Hauptkommissar klopfte und trat ein.

Der Leiter des Sicherheitsdienstes erhob sich vom Schreibtisch und bot seinem Gast einen Platz an einem Besprechungstisch an, der links neben der Eingangstür stand.

»Kaffee?«, fragte er, als sich beide gesetzt hatten, und griff zur bereitstehenden Kanne.

»Gern.«

»Zucker? Milch?«

»Schwarz. Danke.«

»Wir haben übrigens Glück im Unglück gehabt.«

»Wieso?«

»Hätte sich die Explosion vor zwei Tagen ereignet, wären möglicherweise viel mehr Menschen gestorben.«

»Verstehe ich nicht.«

»Das fliegende Personal einer großen Fluggesellschaft, deren Flotte in Düsseldorf stationiert ist, hat vorgestern einen unbefristeten Streik für bessere Bezahlung begonnen. Sicher haben Sie davon gehört?«

Kollmar nickte.

»Ein Großteil deren Flüge wurden gecancelt oder die Passagiere wurden auf andere Gesellschaften umgebucht. Viele von ihnen starten von anderen Airports. Seitdem ist es bei uns deutlich ruhiger. Halb leere Parkhäuser hätte es vor zwei Tagen nicht gegeben. Glücklicherweise wussten das die Attentäter nicht.« Sewering seufzte. »Was kann ich nun genau für Sie tun?«

»Wie ich Ihnen eben schon sagte: Wir möchten die gespeicherten Aufzeichnungen der Videoüberwachung einsehen«.

»Alle? Am Flughafen sind rund vierhundert Videokameras ständig in Betrieb.«

»Nein. Zunächst vom Tatort und der Empfangshalle, sofern es dort …«

»Natürlich gibt es auch da Kameras. Leider verfügen wir über keine Videos vom Explosionsort.«

Kollmar war enttäuscht. Damit hatte er fest gerechnet. »Warum nicht?«

»Die Parkhäuser überwachen wir lediglich an den Zufahrten und den Frauenparkplätzen vollständig. In den Parkhäusern selbst sind zwar auch Kameras, diese decken aber nicht jeden Sektor ab. Die Explosion ereignete sich in einem solchen toten Winkel.«

Kollmar fragte sich, ob das den Unbekannten, die den Transporter dort geparkt hatten, bewusst gewesen war.

»Aber die Zufahrten werden überwacht?«

»Wie ich schon sagte.«

»Die Aufzeichnungen von der Zufahrt zum Parkhaus drei möchte ich haben.«

»Alle? Die Aufnahmen bewahren wir zwei Wochen auf. Danach werden sie gelöscht, falls sie nicht mehr benötigt werden.«

»Alle. Schließlich wissen wir nicht, wann der Wagen abgestellt wurde.« Er dachte einen Moment nach. »Und natürlich die Videos aus der Empfangshalle.«

»Selbstverständlich. Welcher Zeitraum?«

»Von zehn bis elf Uhr. Zunächst«, setzte er hinzu.

»Ich werde das Erforderliche veranlassen. Aber richten Sie sich auf lange, langweilige Tage ein. Das Sichten der Bänder kostet Zeit.«

»Das ist mir klar.« Kollmar konnte sich die Proteste seiner Kolleginnen und Kollegen im Amt lebhaft vorstellen, wenn er ihnen diesen Auftrag schmackhaft zu machen versuchte.

»Dann benötige ich noch die Bänder vom Ankunftsbereich der Lufthansa für innerdeutsche Flüge und dem Weg zum Ausgang und Gepäckband, von 10.40 Uhr bis kurz nach der Explosion, also bis etwa halb zwölf. Es kommt mir seltsam vor, dass sich der Tote, obwohl er nur mit Handgepäck reiste, fast dreißig Minuten in der Ankunftshalle aufgehalten haben soll. Wenn wir Glück haben, hat ihn eine der Überwachungskameras erfasst und der Zeuge Meier kann ihn identifizieren.«

Sewering stöhnte auf. »Das dauert.«

»Macht nichts. Wie lange? Bis morgen?«

»Am Nachmittag, ja.«

»Sagen wir Mittag?«, bat Kollmar.

»Ich will sehen, was sich machen lässt.«

Der Hauptkommissar erhob und bedankte sich. »Das war es schon, Herr Sewering.«

»Unter ›schon‹, Herr Kommissar, verstehe ich etwas anderes«, lächelte sein Gastgeber. »Wir tun unser Bestes.«

»Glaube ich Ihnen.« Kollmar verabschiedete sich.

9

Marlies Lander trug bereits ihre Arbeitskleidung: dunkelblaues Kostüm, gelbes Halstuch. Sie umarmte ihre Freundin Margarethe, nachdem diese die Wohnung betreten hatte.

»Möchtest du einen Kaffee?«, fragte sie. »So viel Zeit habe ich noch.«

Margarethe nickte. Marlies und sie kannten sich seit der Schulzeit. Beide hatten gemeinsam Fremdsprachen studiert. Ihre Freundin, die schon immer unter Fernweh gelitten hatte, arbeitete nicht wie Margarethe als Fremdsprachenkorrespondentin, sondern hatte eine Tätigkeit als Flugbegleiterin vorgezogen. Seit einigen Jahren lebte sie mehr an Bord von Flugzeugen und in Hotels als in ihrer Wohnung in der Nähe des Bochumer Schauspielhauses.

Margarethe folgte ihr in die Küche.

»Du siehst angespannt aus«, meinte Marlies und startete die Kaffeemaschine. »Ärger?«

»Eigentlich nicht. Tom hat schon wieder einen Termin verbaselt. Er wollte Jens und mich eigentlich zum Flughafen bringen.«

Marlies streute Zucker in den Kaffee. »Einen Löffel, nicht wahr?« Sie erwartete keine Antwort.

»Dann hat er mich auf dem Weg zu dir im Auto angerufen. Ein Wort gab das andere, und wir hatten Streit.«

Marlies seufzte. »Wieder einmal.« Sie nippte am Kaffee. »Was ist mit dem Fotoapparat?«

Margarethe holte das Gerät aus der Tasche und reichte es ihrer Freundin. »Hier. Jens hatte sich so darauf gefreut, in London Bilder zu schießen. Und ich habe das blöde Teil einfach vergessen. Wenn Tom mich nicht versetzt hätte ...«

»Nun mach mal halblang. Die Kamera steckt doch in deiner Tasche und nicht in Toms, oder? Für alles ist dein Ex nun doch nicht verantwortlich.«

»Hast ja recht. Falls du es nicht schaffst, meinem Vater den Apparat zu geben, guckt Jens in die Röhre. Der arme Junge.«

»Zum einen gibt es keinen Grund, warum ich das Ding hier morgen nicht deinem Vater in die Hand drücken sollte. Zum anderen ist London keine kleine Stadt, habe ich gehört.« Sie grinste. »Da gibt es bestimmt ein Geschäft, in dem sich solche Kameras kaufen lassen, meinst du nicht?«

Margarethe lachte und trank einen Schluck Kaffee.

»Was ich dich schon seit Längerem fragen wollte: Der Typ, den du bei unserem letzten Treffen abgeschleppt hast. Läuft da was mit dem?« Marlies schaute ihre Freundin neugierig an.

»Wen meinst du?«

»Na komm. Tu nicht so unwissend.«

»Der schlanke, gut aussehende Schwarzhaarige?«

»War da noch ein anderer? Ist mir gar nicht aufgefallen.«

»Nein. Er heißt Bernd.«

»Und? Hast du was mit Bernd?«

»Wie kommst du denn darauf?«

»Na ja, du schienst an dem Abend heftig verknallt zu sein.«

Margarethe schüttelte den Kopf. »Nee. Die Nacht war nett …«

»Nett? Das hört sich ja richtig begeistert an.«

»Es war in Ordnung, okay? Er hat mir beim Frühstück einen Vortrag über das Glück der Ehe gehalten. Da habe ich ihn vor die Tür gesetzt.«

»Du hast ihn rausgeschmissen?«

»Nicht direkt. Ich habe ihm erzählt, dass ich Jens zur Schule bringen muss.«

»Es war Sonntag.« Marlies blickte erstaunt.

»Das ist mir dann auch aufgefallen. Bernd dummerweise ebenfalls. Aber das hat es mir erspart, ihn wirklich rauswerfen zu müssen. Er hat es geschnallt und ist ziemlich schnell gegangen.«

»Eigentlich ein feiner Zug von ihm.«

»Habe ich mir auch gedacht.«

»Hast du dich wieder mit ihm getroffen?«

»Ach was. Der suchte eine Hausfrau und Mutter für seine ungeborenen Kinder. Wenn du also Interesse hast? Irgendwo müsste ich seine Telefonnummer haben.«

Marlies drohte scherzhaft mit ihrer Hand. »Untersteh dich. Möchtegernehemänner sind mir zuwider. Noch«, setzte sie hinzu. Sie stellte ihre Tasse ab und ging an Margarethe vorbei in den Flur, wo sie eine Visitenkarte vom Sideboard nahm, die sie ihrer Freundin reichte. »Die Anschrift von meinem Hotel. Gib deinem Vater meine Handynummer. Ich bin morgen ab halb zwölf zu erreichen. Wir können uns in der Hotellobby treffen. Dann kann dein Kurzer am Nachmittag mit dem Knipsen loslegen. Jetzt werfe ich dich aus der Wohnung.« Sie umarmte

Margarethe. »Wir sollten uns in den nächsten Wochen zum Essen verabreden. Etwas quatschen. Einverstanden?«

»Gern.«

10

Kollmar hasste diese Besuche.

Gemeinsam mit einer speziell für solche Gespräche ausgebildeten Psychologin stand er vor einem neuen Mehrfamilienhaus in Essen-Dellwig und knetete seine Finger.

Er atmete tief ein, warf seiner Kollegin einen fragenden Blick zu und drückte auf den Klingelknopf.

Kurz darauf summte der Türöffner. Die Beamten traten ein. Im Erdgeschoß öffnete eine Mittdreißigerin in Jeans und Sweatshirt, deren schwarzes, gelocktes Haar auf ihre Schultern fiel, die Wohnungstür.

»Frau Sema Kaymaz?«, fragte der Polizist.

»Ja?«

Kollmar zückte seinen Dienstausweis. »Hauptkommissar Kollmar vom Landeskriminalamt Düsseldorf.« Er machte eine Kopfbewegung nach rechts. »Das ist meine Kollegin Wulf. Können wir Sie sprechen?«

»Worum geht es?« Ihr Blick blieb misstrauisch.

»Dürfen wir hereinkommen?«

»Eigentlich bereite ich gerade das Abendessen vor«, erklärte sie.

»Es ist wirklich wichtig.«

Ihr Gesichtsausdruck wechselte von skeptisch zu besorgt.

»Bitte.«

»Darf ich Ihren Ausweis noch einmal sehen?«

Kollmar reichte ihr das Dokument, das Sema Kaymaz einer gründlichen Inspektion unterzog. Schließlich gab sie es zurück und trat beiseite. »Geradeaus ist das Wohnzimmer.«

Im Flur roch es verführerisch nach Hackfleisch, Kümmel und Zimt. Kollmars Magen knurrte vernehmlich. Er hatte seit dem frühen Morgen nichts mehr gegessen.

Das Zimmer war gemütlich eingerichtet. Eine moderne Wohnlandschaft stand vor einem bodentiefen Fenster, dem gegenüber eine teuer aussehende Schrankwand. Auf einem Sideboard neben der Tür fanden sich Dutzende gerahmte Bilder, manche von ihnen mit jenem für alte Fotos typischen Braunstich. Die meisten zeigten betagte Kurden, die abgebildeten Frauen trugen Kopftücher und lächelten zurückhaltend in die Kamera, die Herren trugen Turbane. Ihr Blick war stolz und unnahbar. Angehörige, vermutete Kollmar und fasste sich ein Herz.

»Ihr Mann heißt Hawar? Geboren am 10. April 1978?«

Sie nickte und ließ sich in einen der Sessel fallen.

»Er wurde bei einer Bombenexplosion am Düsseldorfer Flughafen schwer verletzt.«

Ihre Augen weiteten sich, und sie riss erschrocken den Mund auf.

Kollmar schluckte. »Bei der Explosion starb leider ein Junge.« Er nestelte umständlich die Fotografie des Opfers aus seiner Tasche. Das Bild zeigte lediglich den Rumpf des Getöteten. Der Anblick des fast vollständig weggerissenen Kindergesichts war auch für ihn nur schwer zu ertragen gewesen. Natürlich ersetzte das Zeigen des Bildes keine Identifikation. Aber ein erster Hinweis war es allemal. »Ist das Ihr Sohn Moah?«

Fassungslos starrte Sema Kaymaz abwechselnd auf das Foto und auf den Hauptkommissar. Sie stöhnte auf. Tränen schossen ihr in die Augen. »Der Junge auf dem Foto trägt ähnliche Kleidung. Aber ob es mein Moah ist …«

Kollmar griff in seine Jackentasche und zog die Miniatur eines Flugzeugs hervor, die sie bei dem Toten gefunden hatten. »Kennen Sie dieses Spielzeug?«

Sema Kaymaz erbleichte. Mit zitternden Händen ergriff sie das kleine Modell, küsste es und drückte es an ihre Brust. Dann nickte sie und fiel förmlich in sich zusammen.

»Mein herzliches Beileid«, murmelte Kollmar.

»Und Hawar?« Sie war kaum zu verstehen.

»Er liegt auf der Intensivstation in der Düsseldorfer Uniklinik.«

»Kommt er durch?«

Kollmar zuckte mit den Schultern.

Sema Kaymaz zitterte, schluchzte, und plötzlich schrie sie auf.

Die Psychologin trat an ihre Seite, beugte sich vor und legte vorsichtig den Arm um sie, aber mit einer unwilligen Bewegung wehrte sie die Beamtin ab.

»Lassen Sie mich.«

Für Minuten war nur ihr Weinen zu hören. Dann hatte sie sich wieder halbwegs unter Kontrolle.

»Sie wollten sich auf der Aussichtsplattform Flugzeuge anschauen«, erklärte sie mit brüchiger Stimme. »Hat Moah, musste er …«

Kollmar verstand. »Er war sofort tot.«

Sie nickte.

»Fühlen Sie sich in der Lage, weitere Fragen zu beantworten?«

Die Psychologin verzog verärgert das Gesicht.

»Bitte jetzt nicht«, antwortete Sema.

»Selbstverständlich. Wenn Sie möchten, bleibt meine Kollegin bei Ihnen.«

Sie schüttelte den Kopf.

»Haben Sie Angehörige in der Nähe, die Ihnen beistehen können?«

»Ja. Mein Schwager Rokar. Er ist Polizist bei der Kripo in Recklinghausen.«

Ein Gesicht drängte sich Kollmar auf: braune Haare, fast schwarze, freundliche Augen. Sorgfältig gestutzter Vollbart. Spitzbübisches Lächeln. Rokar Kaymaz. Der war mit ihm in Hiltrup gewesen und hatte den Lehrgang als Zweitbester abgeschlossen. Er selbst hatte mit Ach und Krach den sechzehnten Platz geschafft. Damals ein guter Freund. Und der Dritte im Bunde. Tom Grieg. Lehrgangsbester. Alle drei auf Kohle geboren. Das Ruhrpotttrio nannten sie die anderen Lehrgangsteilnehmer an der Führungsakademie. Sie waren früher unzertrennlich gewesen. Was wohl aus Tom geworden war?

Sema Kaymaz fragte mit matter Stimme: »Sie sprachen von einer Bombenexplosion. War es ein Anschlag?«

»Vermutlich.«

»Wer hat das getan?«

»Wir stehen erst am Anfang unserer Ermittlungen.«

Wieder schüttelte sie ein Weinkrampf.

Die Psychologin zupfte am Ärmel des Hauptkommissars. Der nickte und legte seine Visitenkarte auf den Tisch. »Wenn Sie sich in der Lage für ein Gespräch fühlen …«

»Danke«, erwiderte Sema Kaymaz überflüssigerweise. »Sie finden allein zur Tür?«

»Selbstverständlich.«

Die Beamten verließen ihre Wohnung. Sie schob sich aus dem Sessel, ging in den Flur und drückte einige Tasten auf ihrem Handy.

»Ich bin's«, sagte sie, nachdem der Angerufene sich gemeldet hatte. »Moah ist tot«, flüsterte sie. »Und Hawar schwer verletzt.« Mit versteinerter Miene berichtete sie vom Besuch der Polizisten. Dann veränderte sich der Klang ihrer Stimme. Sie hörte sich hart und entschlossen an. »Ich erwarte von dir, dass du ebenso handelst, wie es unsere Großväter getan hätten … Doch, das kannst du. Ich verlange es von dir. Bei deiner Ehre. Verweigerst du mir diesen Wunsch, erfährt Hawar, dass du Moahs Vater bist und ich ihm ein fremdes Kind untergejubelt habe. Du machst deinem und seinem Namen Schande. Willst du das?« Sie wartete die Antwort nicht ab, sondern legte grußlos auf.

11

Die Eigentumswohnung am Bochumer Stadtpark war viel zu groß für ihn allein. Er hatte sie nach seiner Rückkehr in der Hoffnung gekauft, dort zusammen mit Greti und Jens zu leben. Das war ein Trugschluss gewesen.

Tom machte sich keine Illusionen. Es würde mehr als fünf Zimmer mit Küche, Bad und Kellersauna bedürfen, die Mutter seines Kindes wieder für sich zu gewinnen. Deutlich mehr.

Er goss sich einen Brandy ein, obwohl es erst später Nachmittag war. Er musste aufpassen, nicht in alte Verhaltensweisen zurückzufallen. Er war nie alkoholabhängig gewesen, hatte aber früher trotzdem zu viel getrunken.

Sein Alkoholproblem hatte ihn damals dazu getrieben, Deutschland den Rücken zuzukehren. Er heuerte bei *Blackcloud* an, einer amerikanischen Sicherheitsfirma, die für jeden arbeitete, der ihre horrenden Honorare akzeptierte. Ihre Kunden waren selten Staaten, sondern meistens schwerreiche Politiker und Industrielle, die zuverlässige Bodyguards suchten und sich nicht auf den Schutz der Polizisten verlassen wollten. Denn in manchen Staaten zählten statt Gesetzen nur Dollars.

Tom lernte von den knüppelharten *Blackcloud*-Ausbildern das, was er bisher nicht beherrschte: Kampftechniken, bei denen mit bloßen Händen Angreifer ausgeschaltet wurden, den Einsatz von Sprengstoffen oder Fahrtechniken, um aus einem Mercedes einen Rennwagen zu machen.

Toms erster Auftrag hatte ihn in die Arabischen Emirate geführt. Dort waren die alkoholischen Versuchungen geringer als in anderen Regionen der Welt. Es gelang ihm, sein Trinkverhalten zu kontrollieren. Er arbeitete für einen Ölmagnaten und stieg schnell zu seinem persönlichen Bodyguard auf. Der Job schien nicht gefährlich und war vor allem exorbitant gut bezahlt. Einige Jahre blieb er am Persischen Golf. Keine schlechte Zeit. Dann starb sein Schützling an einem simplen Herzinfarkt, und er wurde abgezogen. Mexiko hieß sein nächstes Ziel.

Dort arbeitete er für den Bürgermeister einer großen Stadt, der sich nicht nur mit seinen Politikerkollegen, sondern auch mit der Drogenmafia angelegt hatte. Mehrmals entkamen er und Tom deren Auftragskillern nur deswegen, weil diese Kerle, meistens bis zur Halskrause zugedröhnt mit Koks und Tequila, blutige Amateure waren. Ihre Attentate führten häufig nur deshalb zum Erfolg, da ihre Kontrahenten noch leichtsinniger vorgingen als sie selbst. Oder weil die Angreifer in Kompaniestärke auftraten und aus allen Rohren feuerten.

Zwei Jahre blieb Tom im mexikanischen Linares und wurde dann nach Russland geschickt, wo er einen Oligarchen beschützen sollte, der sich mit seinem früheren Gönner Putin überworfen hatte. Seitdem wollten ihm Konkurrenten und Geheimdienst ans Leder. Letztere waren ein anderes Kaliber als die im Drogenrausch operierenden Jungs der mexikanischen Kartelle.

Fast vier Jahre verbrachte Tom mit dem *Blackcloud*-Kunden in dessen massiv bewachter Villa am Schwarzen Meer. In dieser Zeit verdiente er nicht nur unverschämt viel Geld, sondern lernte auch passabel Russisch. Dann gelang es einem Greifkommando des Geheimdienstes, den Oligarchen aus dem Haus zu entführen und in einen Hochsicherheitsknast nach Moskau zu schaffen, wo er auf seinen Prozess warten sollte.

Tom erfuhr von der Aktion während eines Kurzurlaubs im bulgarischen Warna. Er dachte nicht im Traum daran, zurückzukehren, sondern kündigte und flog noch am selben Tag nach Frankfurt.

Bis zum Kauf der Wohnung am Bochumer Stadtpark hatte er einige Zeit im Hotel gelebt.

Finanziell ging es ihm blendend. Auf zwei Nummernkonten in der Schweiz und in Liechtenstein lagerten einige Millionen Euro, ordentlich deklariert und versteuert. Sein Reichtum stammte nicht nur aus den Honoraren und Boni, die er dafür bekommen hatte, dass er für andere den Kopf hinhielt. In Katar hatte er während eines Urlaubs einen mit allen Wassern gewaschenen Banker kennengelernt, der ihm Tipps gab, wie er sein Vermögen mehren konnte. Er kaufte Bitcoins, als kaum jemand wusste, was das war, und würde nie mehr arbeiten müssen.

Doch er langweilte sich. Ihm wurde klar, dass sich das Glücksgefühl, viel Geld zu haben, schnell abnutzte. Vor allem dann, wenn man die Knete nur allein ausgab.

Er nippte am Glas, schüttelte den Kopf und ging in die Küche. Dort kippte er den Rest des Brandys in den Ausfluss. Genug Alkohol für heute.

Tom drückte die Fernbedienung seines TV-Geräts und zappte durch die Kanäle. Einer der Nachrichtensender zeigte Bilder von einem Anschlag. Es dauerte etwas, bis er realisierte, dass der Tatort Düsseldorf war. Ihn durchzuckte ein Gedanke. Hoffentlich war Jens nichts passiert.

Hektisch wählte er Gretis Nummer.

»Ja?«, meldete sie sich.

»Tom hier.« Erleichtert atmete er aus. »Du bist zu Hause?«

»Du hast meine Festnetznummer gewählt. Wo soll ich denn sonst sein? Außerdem haben wir auf dem Rückweg telefoniert.«

»Das weiß ich. Ich dachte eher an Jens.«

»Warum? Was soll mit ihm sein?«

»Am Düsseldorfer Flughafen hat es eine Explosion gegeben«, erklärte er. »Mit Jens ist alles in Ordnung?«

»Ich habe eben mit ihm gesprochen. Er ist gut in London angekommen. Ein Attentat?«

»Vermutlich. Mehr weiß ich nicht. Ich dachte sofort an euch. Deshalb habe ich angerufen.«

»Nett von dir. Leider habe ich jetzt keine Zeit. Meine Nudelsoße brennt sonst an.«

»Verstehe.« Ein Stich traf seine Herzgegend. Sie wollte nicht länger mit ihm reden. »Einen schönen Abend noch.«

»Dir auch.«

Sie verabschiedeten sich.

Tom ging in die Küche, nahm das Brandyglas von der Spüle und schenkte sich im Wohnzimmer erneut ein.

12

Manfred Kollmar lebte immer noch in dem alten Bauernhaus in Essen-Werden, das er mit seiner Frau am Anfang ihrer Ehe gekauft und mit viel Liebe renoviert hatte. Er kannte jede Schraube in dem Gebäude.

Im Haus erinnerte ihn alles an Emma, die früh an Krebs verstorben war. Trotzdem war er nicht ausgezogen – ein Widerspruch, den er nicht aufzulösen vermochte.

Selbst fünfzehn Jahre nach ihrem Tod war es, als ob er sich erst gestern in ihrem Krankenzimmer von ihr verabschiedet hätte. Sie hatte ihn zum Gehen gedrängt. Er müsse schlafen, hatte sie gemeint, und nach einem sanften Abschiedskuss war er ihrer Aufforderung gefolgt. Am frühen Morgen des folgenden Tages weckte ihn der Anruf des Krankenhauses. Der Zustand Emmas habe sich nachts unerwartet verschlechtert. Er müsse sich beeilen. Entgegen aller Vorschriften war er mit eingeschaltetem Blaulicht und Warnsirene mit dem Dienstwagen in die Klinik gerast und trotzdem zu spät gekommen. Zehn Minuten vor seinem Eintreffen war sie an multiplem Organversagen gestorben.

Die Ehe war kinderlos geblieben, Verwandte in der Nähe hatte er nicht. Es verwunderte also niemanden, dass er mehr Zeit im Büro verbrachte als in Essen. Nur im Herbst saß er stundenlang auf dem Lieblingsplatz seiner Frau im Garten, sah den gelben und roten Blättern zu, wie sie zur Erde trudelten, und begoss seinen Schmerz mit Litern von Wein.

Mehr als einmal hatte er mit seiner Dienstpistole in der Hand auf diesem Platz gesessen und mit dem Gedanken gespielt, abzudrücken. Aber das wäre nicht in ihrem Sinne gewesen. So lebte er weiter.

Nach dem Besuch bei Sema Kaymaz war er heute nicht zurück nach Düsseldorf gefahren, sondern nach Hause. Der Bürgersteig musste dringend gefegt werden. Das wollte er nachher erledigen – trotz seiner Rückenschmerzen.

Er stand im unvermeidlichen Stau auf der B 224 in Rüttenscheid, als sein Diensttelefon klingelte.

»Ja?«

»Hallo Manni.«

Seit Ewigkeiten hatte ihn niemand mehr so genannt. Er kannte die Stimme. »Mit wem spreche ich?«, antwortete er zurückhaltend.

»Rokar Kaymaz.«

Natürlich. »Rokar«, stellte er fest. »Deine Schwägerin hat dich informiert?«

»Klar.«

»Mein Beileid.«

»Danke.«

Für einen Moment blieb es ruhig in der Leitung.

In diesem Augenblick überfluteten Kollmar die Erinnerungen: Emma und er, Tom mit Greti und Rokar. Ständig hatten sie zusammengehockt, waren zusammen in den Urlaub gefahren und hatten über den Kauf eines Mehrfamilienhauses nachgedacht. Sie waren die besten Freunde gewesen. Emmas Tod hatte alles verändert. Zuerst hatte er sich in seiner Trauer verloren, dann trennten sich Greti und Tom trotz des gemeinsamen Sohnes. Anfangs telefonierten sie noch häufiger miteinander, versuchten das, was nicht zu retten war, trotzdem zu bewahren. Schließlich beschränkten sich ihre Anrufe auf Pflichttermine wie Geburtstage oder Weihnachten. Irgendwann blieben auch diese aus. Jeder hoffte auf den ersten Schritt des anderen, der aber nie kam. Langsam verschütteten die Jahre und die gegenseitige Sprachlosigkeit ihre tiefe Freundschaft. Sie wurde ersetzt durch Melancholie, später durch Gleichgültigkeit.

Kollmar brach das Schweigen. »Wie bist du an diese Nummer gekommen? Die ist eigentlich nur für den internen Dienstgebrauch.«

»Ich weiß. Aber ich bin Polizist. Es war nicht sehr schwierig.«

Kollmar antwortete nicht.

»Ich muss dich um einen Gefallen bitten.«

»Ja?«

»Ihr richtet doch sicherlich eine Ermittlungsgruppe ein.«

»Klar.«

»Fordere mich an. Ich möchte dabei sein.«

»Du bist nicht im LKA.«

»Du schuldest mir etwas.«

»Das ist fast zwei Jahrzehnte her.«

»›Wann immer du Hilfe brauchst‹, lauteten damals deine Worte, ›sprich mich an und ich bin für dich da‹. Gilt das nicht mehr?«

»Selbst wenn ich wollte, meine Vorgesetzten werden sich nicht nur wegen meiner Fürsprache über die Vorschriften hinwegsetzen. In LKA-Ermittlungsgruppen sind nur LKA-Beamte tätig. Außerdem bist du ein naher Verwandter. Hätte den Fall nicht das LKA übernommen und du wärest bei der Düsseldorfer Kripo, dürftest du auch nicht ermitteln. Als Angehöriger bist du zu nah dran. Das muss ich dir doch nicht erklären.«

»Du willst mir also nicht helfen?«

»Ich kann und darf nicht.«

»Okay.«

Kollmar fiel etwas ein. »Die Leiche deines Neffen muss identifiziert werden. Sollen wir auf deine Schwägerin zugehen oder …«

»Ich erledige das. Wann?«

»Geht morgen?«

»Sicher.«

»Rokar …«

»Ja?«

»Sei bitte nicht sauer.«

»Bin ich nicht. Du hast ja recht. Aber ich will, dass dieser feige Anschlag aufgeklärt wird und die möglichen Hintermänner bis ans Ende ihres Lebens hinter Gittern schmoren.«

Kollmars schlechtes Gewissen meldete sich. »Wenn du mir versprichst, die Klappe zu halten, kannst du mich von Zeit zu Zeit anrufen und ich halte dich auf dem Laufenden. Aber du erfährst nichts, was nicht auch einige Tage später in der Zeitung steht. Aber so kannst du deine Schwägerin immerhin auf die folgenden Pressemeldungen vorbereiten. Einverstanden?«

»Deal.«

»Gut. Wir sollten uns demnächst auf ein Bier treffen. Wir haben uns schließlich Jahre nicht gesehen.«

»Aber erst, wenn Moah beerdigt ist und es meinem Bruder besser geht.«

»Klar.«

Sie verabschiedeten sich.

13

Walter Nussbaum fühlte sich reich. Sein Vermögen belief sich auf über dreihundert Euro, die er zum Schutz vor Dieben auf mehrere Taschen seiner Kleidung verstaut hatte. Fünfzig davon hatte er mit dem Sammeln von Pfandflaschen verdient, dreißig für das nagelneue Handy erhalten, das er noch in Geldern an einen Schüler verhökert hatte, der Rest stammte aus dem Portemonnaie des Toten.

Es war warm an diesem Spätnachmittag. Er hatte den dicken Wintermantel zu seinen anderen Besitztümern in den grünen Kunststoffsack gepackt, der früher einmal einem Eigenheimbesitzer für den Abtransport seiner Gartenabfälle gedient hatte.

Mit mehr Gepäck reiste er nicht. Jetzt galt es, eine Bleibe für die Nacht zu finden.

Er war lange nicht in Recklinghausen gewesen und fand sich in seiner Heimatstadt nur schwer zurecht. Zu viel hatte sich in den letzten zwanzig Jahren verändert. Neue Häuser waren gebaut, ältere abgerissen worden. Er erkannte kaum eines der Geschäfte in den Einkaufsstraßen der Innenstadt wieder. Vor allem aber gab es die ihm von früher vertrauten Stellen nicht mehr, an denen Berber wie er unterkriechen konnten.

In den letzten vier Nächten hatte ihn zwei Mal die Polizei vertrieben, einmal verjagten ihn Anwohner. In eine der Notübernachtungsstellen wollte er nicht. Zwar, so hatte er gehört, sollte es dort möglich sein, Geld gegen Quittung zur Aufbewahrung abzugeben, um so einem möglichen Diebstahl vorzusorgen, doch Nussbaum befürchtete unangenehme Fragen und scheute sich davor, seine Barschaft fremden Händen auszuliefern. Nein, da blieb er lieber auf der Straße.

Er suchte und fand am Rand der Innenstadt die ideale Übernachtungsmöglichkeit. Vom Hauseingang eines reinen Geschäftshauses ging rechtwinklig ein weiterer Gang ab, der nach rund drei Metern vor einer Stahltür endete. Flugrost am Schloss zeugte davon, dass die Tür lange niemand benutzt hatte. Der Platz war windgeschützt, trocken und vor allem von der Straße nicht einsehbar. Nachts arbeitete in der Regel keiner in einem Bürogebäude. Perfekt.

Nicht weit entfernt standen an einer kleinen Grünanlage Bänke. Dort wollte er die Dunkelheit abwarten.

Vorher kaufte er sich an einem Kiosk ein belegtes Brötchen, das er für die Hälfte des üblichen Preises erhielt, weil es mittlerweile unansehnlich geworden war. Nussbaum war das Aussehen egal. Er war nicht wählerisch, was seine Nahrung anging. Außerdem gedachte er es mit den drei Flaschen billigstem Wein hinunterzuspülen, den er ebenfalls erwarb.

Er nickte höflich, als ihn der Verkäufer barsch darauf hinwies, dass er im Umkreis der Bude nicht essen und trinken dürfe. Immer dieselbe Leier.

Stammkunden des Kiosks standen neben dem Ausgabefenster, parkten ihre Bierchen und Flachmänner auf dem schmalen

Abstellbrett und rauchten und soffen, was das Zeug hielt. Nur die Obdachlosen wurden verscheucht, sobald sie einen Schluck aus ihren Flaschen nahmen. Aber er kannte es ja nicht anders.

Er verzehrte das Brötchen im Gehen.

Es dämmerte. Er schnappte sich seinen Sack und schlurfte zur gegenüberliegenden Straßenseite. In einem unbeobachteten Moment schlüpfte er in den Hauseingang und suchte sein Versteck auf.

Dort baute er sich aus Kleidung und einer alten Decke ein halbwegs bequemes Lager. Dann öffnete er den ersten Rotwein.

Einige Stunden später wurde er vom Alkohol müde. Er leerte mit einem großen Schluck die letzte der Pullen und stellte sie nebeneinander zwei Meter von der Tür entfernt auf. Sollte sich in der Dunkelheit jemand nähern, würde dieser hoffentlich eine der Flaschen umstoßen und ihn mit dem Geschepper aufwecken. Dann kroch er zurück zu seinem Lager und schlief schnell ein.

Er erwachte, weil etwas Warmes, Nasses über sein Gesicht lief. Mühsam richtete er sich auf. Der Schein eines Feuerzeugs blendete ihn. Er hörte Gelächter. Das Licht verlosch.

Jemand rief unmittelbar vor ihm: »Kommt her, das müsst ihr euch ansehen. Hier liegt ein Penner im Dunkeln. Ich hab ihn nicht gesehen und gerade angepisst.«

Wieder tauchte das Feuerzeug den Gang in ein flackerndes Licht. Jetzt erkannte Nussbaum vage, dass vor ihm ein junger Kerl mit kurz geschorenen Haaren stand, der eine dunkle Jeans und einen Kapuzenpullover mit dem Aufdruck *Thor Steinar* trug.

»Der liegt da in seinen versifften Klamotten und pennt. Und jetzt auch noch in meiner Pisse.« Wieder hörte Nussbaum das dröhnende Lachen.

»Abschaum.« Eine zweite, tiefere Stimme.

Es schepperte. Jemand war gegen die Flaschen getreten. »Das Arschloch hat hier seine Pullen aufgebaut.«

Eine dritte Stimme, hoch, piepsig. »Der will wohl, dass wir stolpern und auf die Schnauze fallen.«

Nussbaum wagte einen Widerspruch. »Nein, so war das nicht. Ich …«

»Halt die Fresse, Drecksack.«

Wieder flammte ein Feuerzeug auf und wurde hochgehalten.

»Wie das stinkt.«

»Das ist deine Pisse, du Idiot.« Die piepsige Stimme gehörte zu einem großen, bulligen Mann, nicht älter als zwanzig, der Nussbaum aus seiner liegenden Position wie ein Riese vorkam.

»Komm, wir ziehen weiter«, schlug der mit dem Hoodie vor. »Lasst den Penner hier liegen.«

»Vielleicht hat er ja Kohle dabei«, meinte der Dritte. »Hast du Kohle dabei?«, wandte er sich an Nussbaum.

Der schüttelte heftig den Kopf.

»Siehst du. Nun lass uns abhauen, bevor jemand kommt.« Der Hoodie drehte sich um.

»Und wenn schon. Hast du etwa Schiss vor einem versoffenen Penner?«

»Quatsch.«

»Dann durchsuche ihn und nimm ihm das Geld ab.«

»Der ist klitschnass.«

»Das sehe ich auch. Aber das ist deine eigene Pisse. Hast du dir noch nie auf die Hand gepisst, du Arsch?«

Der Hoodie machte einen Schritt auf Nussbaum zu, beugte sich nach unten und wollte in dessen linke Jackentasche greifen.

Dort steckten über einhundert Euro. Nussbaum schlug die ausgestreckte Hand beiseite.

»Der Kerl hat mich angefasst.«

»Das lässt du dir gefallen?«, fragte der Riese.

Der Hoodie trat einen Schritt zurück. »Natürlich nicht.«

»Dann zeig dem Stück Scheiße, wie ordentliche Deutsche mit Gesocks umgehen.« Zu Nussbaum meinte er: »Früher hätten wir so was wie dich durch den Schornstein geschickt.« Er wandte sich wieder seinem Kameraden zu. »Was ist nun?«

Hoodie trat Nussbaum mit aller Kraft in den Bauch. Er stöhnte auf und schrie, so laut er konnte: »Hilfe. Ich werde überfallen. Hilfe.«

Das war die falsche Entscheidung. Denn nun fielen die drei kräftigen Jugendlichen über ihn her. Tritte trafen seinen Körper, seinen Kopf, seine Arme, die er schützend um sich gelegt hatte. Nussbaum spürte entsetzliche Schmerzen, als seine Knochen brachen, schmeckte sein Blut, das sich mit dem fremden Urin vermischte, und stürzte, als sein Schädel, von den Stiefeln getroffen, mehrmals gegen die Wand knallte, endlich in eine gnädige Ohnmacht.

Erst am späten Vormittag entdeckte der Hausmeister eine der Weinpullen, die in dem Nebengang lag. Leise schimpfend ging er in Richtung Stahltür und fand Nussbaum, der regungslos in seinem Blut lag.

Dem alarmierten Notarzt gelang es, den Schwerverletzten am Leben zu erhalten und ihn so weit zu stabilisieren, dass er zum Knappschaftskrankenhaus geschafft werden konnte, wo die Ärzte seinen Körper wieder zusammenflickten. Er überstand die Notoperation. Aber sein Leben hing an einem dünnen Faden.

14

Zwölf Tage waren seit dem Mord an den Junkies vergangen, und sie tappten immer noch im Dunkeln. Es gab keine Zeugen, kaum verwertbare Spuren und vor allem kein Motiv. Sicher, sie konnten anhand des Fingerabdrucks beweisen, dass dieser Nussbaum irgendwann die Geldbörse eines der Toten in der Hand gehalten haben musste. Bei der Tatwaffe handelte es sich vermutlich um eine Glock 17. Dumm war nur, dass Nussbaum spurlos verschwunden war und die österreichische Waffenschmiede Hunderttausende Glocks verlassen hatten. Wo also anfangen?

Markus Förster lehnte sich in seinem Stuhl zurück, der bedrohlich quietschte und ihn daran erinnerte, dass er dringend abnehmen musste. Mittlerweile war er dazu übergegangen, Restaurants nicht mehr nur aufgrund der Qualität ihrer Küche, sondern in erster Linie wegen der Bequemlichkeit ihrer Bestuhlung auszuwählen. Sein Lieblingsitaliener war deshalb durchgefallen. Wenn er sich in die dortigen Sitzmöbel mit den eng beieinanderliegenden Armlehnen zwängte, kam es ihm vor, als trüge er ein Korsett. Beim Aufstehen musste er den Stuhl an den Lehnen nach unten drücken, um zu verhindern, dass er ihn an seinem Allerwertesten mit sich herumschleppte.

Er war schlicht zu dick. Doch abnehmen und mit dem Rauchen aufhören? Never ever.

Also unternahm er – nichts.

Vor drei Tagen hatten sie einen Aufruf in den Tageszeitungen des Kreises platziert und die Öffentlichkeit erneut um Mithilfe gebeten. Abgedruckt wurde das uralte Foto Nussbaums. Die Resonanz war bisher gleich null. Allerdings lernte man viel über die Befindlichkeiten der Menschen, wenn man sich die wenigen eingegangenen Hinweise genauer ansah. Eine stadtbekannte Dreißigjährige, die sich mit ihren Anliegen immer wieder an die Polizei wandte, meinte auf dem Bild Jesus zu erkennen. Und eine Witwe, die stramm auf die hundert zuging, identifizierte auf dem Foto ihren 1942 in Stalingrad gefallenen Gatten. Dann waren da zwei weitere Anrufer, die sich heftig über eine angebliche Verletzung der Persönlichkeitsrechte Nussbaums beschwerten. Datenschutz, hatten sie gemeint. Die Kripo solle nicht die Bevölkerung für ihre Zwecke einspannen, sondern einfach ihre Arbeit erledigen. Sehr hilfreich.

Sebastian Barth betrat das Büro. »Wir haben was.«

Förster sah gespannte auf. »Ja?«

»Ein Zeitungsbote aus Geldern hat sich gemeldet. Er war mit seinem Fahrrad am Tatmorgen gegen halb vier auf der B 9 in Nieukerk unterwegs. Ihm ist an der Klever Straße ein heller Porsche aufgefallen, der mit hoher Geschwindigkeit nach Süden fuhr. Es könne aber auch ein Mercedes gewesen sein, meinte er. Er erinnere sich nur deshalb, weil der Fahrer ihn in zu geringem Sicherheitsabstand überholt habe und er fast gestürzt sei.«

»Kennzeichen?«

»Fehlanzeige. Der Zeuge glaubt, es sei kein deutsches Nummernschild gewesen.«

»Lass mich raten. Er weiß nicht, aus welchem Land das Autokennzeichen stammen könnte.«

»Bingo.«

»Wirklich tolle Nachrichten.« Missmutig registrierte Förster, dass seine Lunge Nikotin forderte und sein Magen nach Kalorien schrie. »Warum hat er sich nicht schon auf unseren ersten Aufruf hin gemeldet?«

»Er war einige Tage im Urlaub.«

»Verstehe. Das ist alles?«

»Nein. Wir haben das Handy des einen Junkies.«

Förster schob sich in seinem Sitz nach vorn.

»Ein Auszubildender hat das Gerät am Tatmorgen am Bahnhof von Nussbaum gekauft. Er hat ihn auf dem Foto wiedererkannt. Ich habe bereits mit ihm gesprochen.«

»Die Zeitangabe ist sicher?«

»Ja. Es war an diesem Mittwoch. Der Zeuge erinnert sich genau. Sein erster Arbeitstag nach seinem Urlaub. Er hat dreißig Euro für das Gerät hingeblättert. Wir haben es beschlagnahmt. Es ist ein nagelneues iPhone.«

»Hat er sich nicht gewundert, dass ein Obdachloser wie Nussbaum ein so teures Teil besitzt und es dann verschleudert?«

»Vermutlich. Gekauft hat er es trotzdem. Ich habe ihm einen Kurzvortrag über Hehlerei und die darauf stehende Strafe gehalten.«

Förster grinste. »Hat sich die KTU schon mit dem Telefon befasst?«

»Ja. Sie haben Fingerabdrücke gefunden. Die von dem Schüler, dem Junkie und auch von Nussbaum. Damit haben wir ein starkes Indiz dafür, dass er am Tatort gewesen ist. Ansonsten hat sich nichts Auffälliges ergeben.«

»Das ist doch schon etwas. Jetzt müssen wir den Kerl nur noch finden. Schreibt ihn zur Fahndung aus.«

»Mit dem alten Bild?«

»Hast du ein besseres? Und mit seinen Prints natürlich. Schick eine Anfrage an alle Polizeireviere in unserer Gegend. Vielleicht ist dieser Sportwagen ja irgendwo aufgefallen. Möglicherweise wurde er bei einer Geschwindigkeitsübertretung geblitzt. Etwas in der Art.« Er schraubte sich stöhnend aus seinem Bürosessel. »Ich muss dringend etwas essen.«

15

Am Vormittag fuhr er zum Institut für Rechtsmedizin der Universitätsklinik Düsseldorf. Rokar Kaymaz hatte sich mit seinem früheren Freund Manfred Kollmar um neun auf dem Parkplatz vor dem Gebäude verabredet. Ein Stau verhinderte, dass er pünktlich war. Er steuerte seinen Passat auf das Gelände und sah den LKA-Kommissar auf der breiten Treppe stehen, die zu dem flachen Komplex führte.

Wenig später begrüßte Rokar seinen Kollegen. »Hallo Manfred. Wann haben wir uns zuletzt gesehen? Vor zehn Jahren?«

Sie reichten sich die Hände.

»So ungefähr. Es tut mir leid, dass unser Wiedersehen unter diesen Umständen stattfindet.«

Sie stiegen die letzten Stufen nebeneinander hoch.

»Habt ihr schon eine Spur?«, fragte Rokar.

Kollmar schüttelte den Kopf und hielt seinem Begleiter die Tür auf. »Wir sind noch ganz am Anfang.«

»Wenn ich irgendwie helfen kann …«

Der Hauptkommissar blieb stehen. »Vermutlich. Ich bin nicht dazu gekommen, deine Schwägerin zu fragen, ob ihr Mann und Sohn mit einem Wagen nach Düsseldorf gefahren sind.«

»Sind sie.«

»Handelt es sich um einen blauen Golf mit Essener Kennzeichen?«

»Ja.«

»Das dachten wir uns bereits. Ein solches Fahrzeug stand in einer Parkbox gegenüber des Tatorts. Es wurde bei der Explosion beschädigt.« Er machte eine Pause. »Deine Verwandten waren einfach zur falschen Zeit am falschen Ort.«

»Das sind die meisten Opfer von Attentaten, oder?«, antwortete Rokar mit belegter Stimme.

»Da hast du leider recht.« Kollmar ging zum Empfangsschalter, um sich anzumelden. Kurz darauf erschien eine Ärztin, um sie über eine Treppe in den Keller des Gebäudes zu führen. An deren Ende versperrte eine Stahltür den Weg. Die Medizinerin tippte eine Zahlenfolge auf der Tastatur eines elektronischen Schlosses. Mit einem leisen Surren schwang das Türblatt auf.

Der Boden und die Wand des Ganges dahinter waren weiß gefliest. Leuchten an der Decke tauchten ihn in ein kaltes Licht. Nach einigen Metern verbreiterte sich der Flur zu einem großen Raum, an dessen Seiten Schubladenschränke aus Edelstahl standen.

Die Ärztin sah in ihre Unterlage und ging zu einem Schrank an der gegenüberliegenden Wand.

»Ich muss Sie warnen«, meinte sie ohne erkennbare Empathie. Sie klang ebenso kühl wie der Raum, in dem sie standen. »Die Leiche weist Verletzungen auf, die eine Identifikation erschweren.«

»Ich bin Polizist«, erwiderte Rokar leise. »Ich habe schon Opfer von Gewalttaten gesehen.«

Die Ärztin nickte, öffnete eine der Schubladen und zog das Laken beiseite, mit dem die Leiche bedeckt war. »Bitte.« Sie trat einen Schritt zurück.

Der Oberkörper des toten Kindes schien völlig unversehrt. Doch die rechte Hälfte seines Gesichts und Teile der Schädeldecke fehlten.

Rokar zwang sich, hinzusehen. Seine Augen wurden feucht. Er zitterte. Dann suchte seine Hand die des Jungen. Schließlich beugte er sich vor, murmelte auf Kurdisch: »Möge Allah seiner Seele gnädig sein« und küsste den Toten auf die unverletzte Stirnseite.

Sichtlich betroffen richtete er sich auf. »Das ist mein Neffe Moah Kaymaz«, sagte er mit zitternder Stimme. »Ohne jeden Zweifel.«

Kollmar warf der Ärztin einen kurzen Blick zu, die daraufhin die Schublade verschloss. Dann verließen sie schweigend den Keller.

Vor dem Gebäude atmete Rokar tief durch und fragte: »Wann soll ich das Protokoll unterschreiben?«

»In den nächsten Tagen. Es eilt nicht.«

Kollmars Telefon klingelte. Er nahm das Gespräch entgegen und hörte zu. Mit einem knappen »Danke« beendete er das Telefonat.

Mit ernstem Gesichtsausdruck sah er seinen Freund an. »Das war mein Büro. Das Krankenhaus hat angerufen. Dein Bruder ist vor einigen Minuten seinen Verletzungen erlegen.«

Rokar wurde aschfahl. Er suchte Halt am Treppengeländer. »Weiß es meine Schwägerin?« Er war kaum zu verstehen.

»Ja. Die Klinik hat zuerst sie informiert.«

Rokar setzte sich auf die Stufen und verbarg den Kopf zwischen seinen Händen. »Lass mich allein«, bat er.

16

Am späten Nachmittag kehrte Margarethe in ihr Haus zurück. Das Gebäude lag unweit des Schauspielhauses in einer ruhigen Sackgasse am Rande der Innenstadt. Ein steinerner Schäferhund bewachte das gusseiserne Eingangstor. Ihr Vater hatte es vor Jahren auf Wunsch seiner Frau bei einem Steinmetz anfertigen lassen und auch nach ihrem Tod nicht entfernt, obwohl seine Tochter die Skulptur kitschig und völlig unpassend fand. Mittlerweile überzog eine Moosschicht das Standbild, sodass von seiner Struktur nicht mehr viel zu erkennen war. Margarethe nannte sie deshalb nur noch *grüner Knödel*, was ihren Vater zwar wurmte, ihn aber nicht dazu bewog, sich von der Monstrosität zu trennen.

Im großen Garten hinter dem Haus zog Margarethe Dutzende Kräutersorten in verschiedenen Hochbeeten. Sie kochte für ihr Leben gern. Da sie regelmäßig mehr erntete, als die Familie verbrauchte, beglückte sie Freunde und Bekannte bei jeder sich bietenden Gelegenheit mit Kräuterölen aller Art.

Am Rand der Wiese, die eigentlich nur deshalb da war, damit ihr Vater sie mit seinem geliebten Sitztraktor ausgiebig mähen konnte, wuchsen um eine mit Natursteinen gepflasterte Ecke Rosenbüsche, die die Sitzfläche fast völlig umschlossen. In diesem Blumenkreis standen eine hölzerne Liege, zwei Stühle und ein Tischchen aus Edelholz, welches mit den Jahren weiß geworden war – Margarethes Refugium zum Entspannen. Sie freute sich darauf, dort später bei einem Glas Wein die Beine hochzulegen und in einer Zeitschrift zu blättern.

Der Kies auf dem Weg am *Knödel* vorbei zur Eingangstür knirschte unter ihren Füßen. Sie suchte ihr Schlüsselbund in ihrer Handtasche und nahm sich vor, es nach dem nächsten Gebrauch in das eigentlich dafür vorgesehene Seitenfach zu stecken, um es schneller zur Hand zu haben. Vermutlich würde es wie immer bei diesem Vorsatz bleiben.

Sie steckte den Schlüssel ins Schloss. Bereits nach einer halben Umdrehung sprang die Tür auf. Seltsam. Hatte sie sie am Morgen nicht ordentlich verriegelt?

Eine der Schubladen der Kommode im Flur war nicht richtig geschlossen. Sie schob sie ohne großes Nachdenken zu und stellte ihre Handtasche auf dem Möbel ab.

Dann betrat sie das Wohnzimmer und blieb wie vom Donner gerührt stehen.

Schranktüren standen offen, Bücher und ihre Fotoalben lagen auf dem Boden, einige der Schubfächer waren achtlos ausgekippt worden.

Es dauerte einen Moment, bis sich ihre Erstarrung löste. Fast gleichzeitig kam die Angst. Befanden sich die Einbrecher womöglich noch im Haus? Sie kämpfte ihre Panik nieder, lief zurück in den Flur, zog zitternd ihr Handy aus der Tasche und rannte nach draußen, um von dort die Polizei zu alarmieren.

Der Streifenwagen traf zu Margarethes Erleichterung schon wenige Minuten später ein. Die Beamten zogen ihre Waffen, durchkämmten das Haus und gaben Entwarnung. Die Einbrecher hatten das Weite gesucht. Kurz darauf folgte die Kripo. Gemeinsam mit den Polizisten betrat Margarethe wieder ihr Zuhause.

Die Küche und das Esszimmer im Erdgeschoß schienen die Ganoven nur oberflächlich durchsucht zu haben, ganz im Gegensatz zu ihrem Zimmer und dem ihres Vaters und Sohnes. In den Räumen sah es aus wie nach einem Erdbeben, bei dem kein Stein auf dem anderen geblieben war. Fassungslos stiefelte Margarethe durch das Chaos.

»Wir benötigen eine vollständige Liste dessen, was gestohlen wurde«, erklärte einer der Kripobeamten. »So detailliert wie möglich beschrieben.«

Sie durchzuckte ein Gedanke. Ihr Schmuck!

Margarethe stürmte zurück in ihr Zimmer und sah die Kassette mit den Schmuckstücken ungeöffnet auf dem Boden liegen. Sie hob sie auf und unterzog den Inhalt einer hastigen Überprüfung. Auf den ersten Blick fehlte nichts. Sie besaß keine Preziosen, aber unter den Ringen und Ketten befanden sich unersetzbare Erbstücke ihrer Mutter und Großmutter.

Erstaunlicherweise hatten die Ganoven auch die Münzsammlung ihres Vaters nicht angerührt. Nur Jens' und ihr Laptop waren gestohlen worden. Dazu einige Festplatten, auf denen sie wichtige Daten sicherten.

Sie sprach den Beamten auf diesen Umstand an.

»Vermutlich wurden die Einbrecher gestört. Gibt es neben der Haustür einen zweiten Zugang zum Garten?«

»Ja. Vom Wohnzimmer aus über die Terrasse.«

Tatsächlich stand die Terrassentür weit offen. Das war ihr eben nicht aufgefallen.

»Ich sehe das so«, erklärte der Kriminalpolizist. »Die Diebe waren noch im Gebäude, als Sie gekommen sind.«

Margarethe atmete tief ein.

»Als Sie das Haus wieder verließen, um uns anzurufen, haben sie die erstbesten Wertsachen geschnappt und sind durch den Garten abgehauen. Geht es hinter den Büschen zu den Nachbargrundstücken?«

»Ja.«

»Stehen da Zäune?«

»Sicher.«

»Hoch?«

»Ach was. Da kann jeder drübersteigen.«

»Dann dürfte das der Fluchtweg gewesen sein. Sie haben richtig gehandelt, dass Sie nicht auf eigene Faust durch das Haus gelaufen sind. In die Enge getriebene Einbrecher werden fast immer gewalttätig, falls sich ihnen bei der Flucht jemand in den Weg stellt. Sie sind versichert?«

»Natürlich.«

»Dann dürfte sich der materielle Schaden ja in Grenzen halten. Wenn wir von der Unordnung absehen, die die Kerle hinterlassen haben, hat es keinen Vandalismus gegeben.«

Margarethe schaute ihr Gegenüber fragend an.

»Wir haben Fälle gesehen, bei denen die Geschädigten ihre Einrichtung nach einem Einbruch nur noch wegwerfen konnten.«

Der zweite Kriminalpolizist kam zu ihnen und musterte die Beschläge der Terrassentür. »Sie sind unbeschädigt.

Eingeschlagene oder aufgehebelte Fenster finden sich ebenfalls nicht. Also müssen sie durch die Haustür gekommen sein.«

Margarethe erzählte, dass die Eingangstür nicht richtig verriegelt gewesen war.

Der Beamte nickte. »Ihr Türschloss ist nicht das sicherste. Ich nehme an, dass die Einbrecher es mit einem Spezialwerkzeug geöffnet haben. Das spricht gegen Gelegenheitsdiebe. Die versuchen, sich gewaltsam mit Schraubendrehern oder kleineren Brecheisen Zugang zu verschaffen. Ich rate Ihnen, das Schloss auszutauschen. Am besten lassen Sie auch einen Panzerriegel einbauen.

Wir haben an der Tür Fingerabdrücke gefunden. Aber die stammen vermutlich von Ihnen oder Ihren Angehörigen. Wer wohnt noch in dem Haus?«

Margarethe sagte den Beamten, dass ihr Vater und ihr Sohn im Urlaub seien.

»Wir benötigen von Ihnen dreien Vergleichsabdrücke. Wobei ich vermute, dass uns das nicht weiterbringt. Wer mit solchen Öffnungsgeräten operiert, ist nicht so dämlich, Fingerabdrücke zu hinterlassen. Wir werden uns den Garten etwas genauer ansehen. Möglicherweise finden wir ja da brauchbare Spuren.« Er überlegte kurz. »Vielleicht das noch: Viele Menschen fühlen sich nach einem Einbruch in ihren eigenen vier Wänden nicht mehr sicher. Auch auf der Straße glauben sie Bedrohungen wahrzunehmen, die nicht vorhanden sind. Das ist völlig normal und verschwindet später wieder. Helfen können Maßnahmen zur Verbesserung der Haussicherheit, wie ich sie Ihnen eben beschrieben habe. Ansonsten ist es am besten, wenn Sie Ihren gewohnten Tagesablauf beibehalten.«

»Danke.«

Nach nicht ganz zwei Stunden hatten die Polizisten ihre Spurensicherung beendet und das Haus wieder verlassen.

Margarethe räumte auf.

Das war es dann wohl mit ihrem gemütlichen Feierabend. Sie beschloss, ihrem Vater zunächst nichts von dem Einbruch zu erzählen. Er und Jens sollten noch ein paar unbeschwerte Tage in London verbringen.

17

Die untergehende Sonne tauchte Oberkassel auf der gegenüberliegenden Rheinseite in ein rotes Licht. Mit einem Weinglas in der Hand stand Ben Schelsky auf der Dachterrasse vor dem voluminösen Gasgrill, dessen glänzende Edelstahloberfläche mit ihren Knöpfen und Tasten dem Steuerpult eines Raumschiffs in den Science-Fiction-Filmen der Fünfzigerjahre ähnelte.

Er wendete sein Steak, nahm es vom Grill und deponierte es auf seinem Teller. Schließlich ging er zum Tisch, um zu essen.

Er hielt sich zum dritten Mal in der Wohnung am Mannesmannufer auf, die seine Auftraggeber bereits vor Jahren als sicheren Rückzugsraum angemietet hatten. Eine Düsseldorfer Anwaltskanzlei wickelte die Mietzahlungen ab, kontrollierte und beglich die Nebenkostenabrechnungen und sorgte dafür, dass der Briefkasten nicht überquoll und die Wohnung geputzt wurde – alles in dem Gauben, im Auftrag eines reichen Arabers zu handeln, der sich am Rheinufer ein Liebesnest geschaffen hatte.

Entsprechend hochwertig war das Penthouse ausgestattet: Echtholzparkett, schwere Berberteppiche, eine Sitzlandschaft aus Büffelleder, Flachbildschirme in jedem der drei Räume, sogar in der Badewanne hätte Schelsky fernsehen können. Über dem breiten Bett im Schlafraum hing ein leicht nach vorn gekippter Spiegel. Alles war getan worden, um die Täuschung aufrechtzuerhalten.

Mit Genuss verspeiste er sein Steak, schaffte Teller und Besteck in die Küche und goss kalten Chardonnay nach. Zurück auf der Dachterrasse setzte er sich in den Polstersessel, griff zu einem mittlerweile sehr abgegriffenen Bildband über die Gemälde Rubens', blätterte darin und lauschte der leisen Musik aus einem Lautsprecher auf dem Tisch.

Sein Handy klingelte. Mit einem Seufzer stand Schelsky auf und nahm das Gespräch entgegen. »Ja?«

»Wir müssen uns treffen.«

Er kannte die Stimme. Dimitri Mironov, der Verbindungsmann seines Auftraggebers. »Wann?«

»Sofort. Am üblichen Ort.« Der Anrufer beendete das Gespräch.

Schelsky legte das Telefon beiseite, kippte den restlichen Wein hinunter, stellte das leere Glas ab, verriegelte sorgfältig die Terrassentür, zog seine Schuhe an und griff im Flur nach der Lederjacke. Er schaltete die Alarmanlage ein und verließ die Wohnung.

Er musste keine zweihundert Meter bis zur Altstadt laufen. Touristen schoben sich an diesem milden Dienstagabend durch die Gassen. Die Tische vor dem Restaurant waren alle besetzt, aber er war mit Mironov im Inneren des Gasthauses verabredet.

Wie erwartet, hielten sich dort nicht viele Gäste auf. Jeder wollte den Abend im Freien genießen.

Mironov wartete an einem der hinteren Tische auf ihn, ein Glas Bier vor sich.

Sie begrüßten sich per Handschlag.

Schelsky kannte Mironov seit Jahren, aber Freunde waren sie nie geworden. Mironov stammte aus Georgien. Sein Russisch war ebenso gut wie sein Deutsch, auch wenn sein Akzent ihn als Osteuropäer verriet. Er zeigte fragend auf die Speisekarte.

Schelsky schüttelte den Kopf, worauf sein Gegenüber enttäuscht die Schultern hob. »Allein essen macht keinen Spaß«, meinte er.

Der Deutsch-Amerikaner bestellte Weißwein und Mironov ein weiteres Bier.

Die Bedienung verließ ihren Tisch. Der Georgier sagte gelassen: »Es gibt Probleme.«

»Welcher Art?«

»Irgendjemand ist dein Porsche aufgefallen, nachdem du die beiden Junkies umgelegt hast. Die Kripo Kalkar hat eine entsprechende Anfrage bei den Polizeirevieren in der Gegend gestartet.«

»Woher weißt du das?«

Mironov lächelte. »Mein einnehmendes Wesen. Ich habe überall gute Freunde. Auch bei der Polizei.«

»Was hat die Anfrage ergeben?«

»So gut wiederum sind meine Freundschaften dann nicht.« Er wurde ernst. »Dein Wagen steht in der Tiefgarage?«

»Sicher.«

»Dann lass ihn auch da stehen, bis die Operation beendet ist.«

»Geht klar.«

»Ich habe mit meinem Chef gesprochen. Er ist nicht gerade begeistert, dass es Tote gegeben hat.«

»Es war unvermeidlich.«

»Wo ist die Waffe?«

»In einem Teich entsorgt.«

»Das hättest du schon vor einem Jahr erledigen sollen. Ich habe dein Verhalten damals nicht gebilligt.«

»Ich weiß.«

»Nicht mehr zu ändern. Besser jetzt als nie. Bleibt sie dort oder müssen wir damit rechnen, dass sie entdeckt wird?«

»Es war früh am Morgen, niemand auf den Straßen unterwegs und keine Menschenseele in der Nähe – wer sollte die Knarre finden?«

»Es gibt ein schönes deutsches Sprichwort: Man hat schon Pferde vor der Apotheke kotzen sehen.«

»Das ist zwar kein Sprichwort, aber ich verstehe, was du meinst. Sicher, irgendwann taucht die Glock wieder auf. In fünf Jahren, in zehn ... Wer weiß.«

»Ich hoffe, du irrst dich nicht.«

Schelsky antwortete nicht.

»Du brauchst eine neue Pistole?«

»Natürlich. Am besten wieder eine Glock.«

»Ich besorge sie dir.« Er trank einen Schluck Bier. »Ansonsten läuft alles planmäßig?«

»Ja. Ich starte in zwei Tagen die nächste Phase.«

»Und deine Leute?«

»Sind sofort zurück ins Hotel und warten dort auf meinen Anruf.«

Mironov starrte Schelsky an. »Wir dürfen uns keine weiteren Fehler erlauben.«

»Das ist mir klar.«

»Hoffentlich. Gibt es sonst etwas, was du mir erzählen solltest?«

»Nein.«

»Denk daran: Wir sind alle ersetzbar.«

»Willst du mir drohen?«

Mironov stand auf. »Übernimmst du die Rechnung?«

18

Jeweils morgens um neun Uhr traf sich das Team der neu eingerichteten Ermittlungsgruppe Parkhaus unter der Leitung von HK Manfred Kollmar in einem der kleineren Sitzungszimmer im dritten Stock des LKA-Gebäudes in der Völklinger Straße im Düsseldorfer Stadtteil Bilk.

»Fangen wir mit Moussa an«, begann Kollmar. »Was wissen wir über ihn?«

Hauptkommissar Erik Grunwald und sein Vertreter ergriff das Wort. »Moussa ist in unseren Datenbanken nicht existent. Er ist am 28. Juni um 15.55 Uhr in Beirut gestartet und mit Turkish Airlines nach München geflogen. Dort ist er um 21.25 Uhr gelandet und hat scheinbar problemlos die Pass- und Zollkontrollen passiert. Wie und wo er bis zum Morgen die Zeit verbracht hat, wissen wir nicht. Eine Auswertung der Meldeunterlagen der Hotels in der Nähe des Flughafens blieb ohne Ergebnis.«

»Habt ihr die Suche auf den Großraum München ausgedehnt?« Ein leichter Vorwurf schwang in Kollmars Stimme mit.

Grunwald verzog das Gesicht. »Manfred, das sind Hunderte von Hotels und Pensionen. Die Auswertung der Meldezettel dauert Tage. Ganz abgesehen davon, dass viele Hotels es ohnehin nicht so genau mit dem Ausfüllen nehmen oder die Daten erst Wochen später bei den Behörden einreichen. Außerdem sind unsere bayerischen Kollegen nicht gerade begeistert, diese Fleißarbeit für uns erledigen zu müssen.«

»Hast ja recht«, entschuldigte sich sein Vorgesetzter.

»Auf jeden Fall ist er um 9:30 Uhr in München in den Lufthansa-Flieger gestiegen und gut eine Stunde danach in Düsseldorf gelandet. Anschließend hat er in der Abfertigungshalle einen Kaffee getrunken. Dabei hat er sich mit einem Unbekannten getroffen und einige Worte mit ihm gewechselt. Es ist möglich, dass es sich um eine zufällige Begegnung gehandelt hat. Dieser Mann hat kurz darauf die Halle verlassen. Verwertbare Fotos, auf denen sein Gesicht zu erkennen wäre, gibt es nicht. Entweder bewegte er sich mit dem Rücken zu den Überwachungskameras, oder er suchte den Schutz anderer Fluggäste.«

»Zufall?«, fragte Kollmar.

»Ich glaube nicht. Es sieht so aus, als hätte er die Standorte der Kameras gekannt. Aber das ist eine subjektive Einschätzung. Vor der Halle ging er in Richtung Taxiparkplätze. Weitere Bilder existieren nicht. Der Unbekannte ist schlank, hat dunkle Haare und ist etwa einen Meter achtzig groß.« Grunwald griff zur Fernbedienung. Der mit einem Computer verbundene Beamer warf Fotos an die Wand gegenüber. »Das ist das beste Bild, das wir haben.«

»Und Moussa?«

»Hat sich auf direktem Weg ins Parkhaus begeben, ohne mit jemand anderem zu sprechen. Wir konnten seinen Weg fast lückenlos verfolgen.« Der Beamer präsentierte die entsprechenden Aufnahmen.

»Fast?«

»Der Durchgang zum Parkhaus wird nicht überwacht. Aber wir haben die Zeit gestoppt, die er brauchte, um diesen Bereich zu durchqueren. Acht Sekunden. Da bleibt keine Gelegenheit für große Gespräche.«

»Für kurze schon.« Kollmar kratzte sich am Kopf. »Haben wir sonst noch etwas über diesen Moussa?«

»Seine DNA. Aber solange wir keine Vergleichsproben haben ...« Grunwald zuckte mit den Schultern. »Wir fragen bei der libanesischen Polizei nach.«

»Was ist mit dem Transporter?«

Ein junger Kollege, erst seit Kurzem beim LKA, ergriff das Wort. »Der Mercedes wurde bereits am 27. Juni in Frankfurt angemietet.«

»Haben wir den Namen des Kunden?«

»Sicher. Camillo Fallada. Er hat sich mit einer Carta d'identità ausgewiesen, das ist die italienische Version unseres Personalausweises. Die Carta war gefälscht.«

»Woher wissen wir das?«, fragte Kollmar. »Ich vermute, die Mietwagenfirma hat nur eine Fotokopie des Ausweises?«

»Klar. Auf der Carta stand eine deutsche Adresse in Frankfurt. Wir haben das natürlich überprüft. Unter der angegebenen Anschrift ist kein Fallada gemeldet. Außerdem müssen dauerhaft im Ausland lebende Italiener in ihrem Heimatland in einem speziellen Verzeichnis eingetragen sein, um einen Ausweis zu erhalten. Auch in diesem AIRE-Register findet sich kein Fallada. Soweit wir das anhand der Kopie erkennen können, scheint es sich bei der Identitätskarte um eine perfekte Fälschung zu handeln.« Das Bild der Karte erschien auf der Wand.

»Der Sprinter ist nicht viel gefahren worden. Vom Abholort des Wagens am Frankfurter Südfriedhof bis zum Explosionsort sind es über die schnellste Route genau zweihunderteinundvierzig Kilometer. Der Tachostand betrug zum Zeitpunkt des Attentats zweihundertundsechzig Kilometer. Der Mercedes muss also im Großraum zwischen Frankfurt und Düsseldorf präpariert worden sein.«

»Eine fast menschenleere Gegend«, rief einer der Beamten in den Raum. »Den Ort finden wir schnell.«

Alle lachten.

»Fragt bei den Kommunen und Polizeidienstellen an der Route nach«, ordnete Kollmar an. »Vielleicht ist irgendwo ein Mercedestransporter aufgefallen. Wegen Falschparkens, eines Unfalls, zu schnellem Fahren … Was weiß ich.«

»Benötigt man nicht eine Kreditkarte, um das Fahrzeug abzuholen?«, erkundigte sich jemand aus der Runde. »Für die Kaution?«

»Sicher. Fallada hat auch eine vorgelegt. Sie war auf seinen Namen ausgestellt. Wir haben bei dem Kartenunternehmen nachgefragt. Die Karte wurde ganz normal vor einigen Monaten in Italien beantragt. Mit den Zahlungen wird ein Konto bei einer Bank in Florenz belastet. Genaueres wissen wir nicht, denn ohne den Beschluss eines italienischen Richters erhalten wir keine Auskunft. Ein entsprechendes Rechtshilfeersuchen läuft. Aber das kann sich hinziehen.«

»Wie lange?«, erkundigte sich Kollmar.

»Wochen, vielleicht Monate.« Der Kollege zuckte mit den Schultern.

»Herzlich willkommen im vereinten Europa«, murmelte der Hauptkommissar.

»Wir könnten Fallada zur Fahndung ausschreiben«, schlug Grunwald vor.

»Was soll das bringen?«, antwortete sein Chef. »Er wird denselben Namen sicher nicht noch einmal benutzen. Und das Foto ist viel zu schlecht. Darauf erkennt ihn niemand. Nein, das lassen wir besser.«

Grunwald kratzte sich am Kopf. »Ich frage mich, warum die Täter einen solchen Aufwand betreiben, nur um an ein Fahrzeug zu kommen. Stehlen wäre einfacher gewesen.«

»Aber die Gefahr einer vorzeitigen Entdeckung auch größer«, gab ein anderer Polizist zu bedenken.

Der Berichterstatter nickte. »Außerdem kann man sich mit einer gut gefälschten Identität recht unauffällig im Ausland bewegen.«

»Also gibt es mindestens zwei Täter«, reflektierte Kollmar. »Diesen Fallada, der den Transporter gemietet und von Frankfurt nach Düsseldorf geschafft hat, und Moussa. Denn der kann ja schlecht gleichzeitig im Libanon sein und in Frankfurt.«

»Es sei denn«, warf Erik Grunwald ein, »Moussa besorgt am 27. Juni den Mercedes, präpariert ihn, fährt mit der Karre nach Düsseldorf, stellt sie im Parkhaus ab und fliegt zurück in den Libanon.«

»Sehr kompliziert, oder?« Kollmar schüttelte den Kopf. »Auch wenn wir es mit Sicherheit nicht mit Amateuren zu tun haben.«

»Außerdem widerspricht das den Bildern einer Überwachungskamera an der Parkhauszufahrt«, entgegnete ein anderer. »Der Mercedes wurde erst am Morgen des Anschlags abgestellt. Um genau zehn Minuten vor sieben erfasste eine der dort installierten Kameras den Wagen bei der Einfahrt. Hier sind die

Fotos.« Die Aufnahmen zeigten den Transporter. Das Nummernschild war deutlich zu erkennen. Neben dem Fahrer saß ein weiterer Mann auf dem Beifahrersitz. Beide trugen tief ins Gesicht gezogene Baseballkappen und dunkle Sonnenbrillen.

»Da waren es schon drei«, stellte Kollmar fest. »Nehmen wir den unbekannten Kaffeetrinker dazu, vier. Die Kerle wussten, an welchen Stellen Kameras angebracht sind. Da bin ich mir sicher. Die Frage ist nur, woher die ihre Informationen haben.« Er trank einen Schluck Kaffee. »Jetzt bin ich an der Reihe.« Er hielt einen Schnellhefter hoch und bat um die Fernbedienung. »Die Ergebnisse der KTU. Bei dem benutzten Sprengstoff handelt es sich um Semtex, allerdings ohne die üblicherweise beigemischten Marker, die eine zweifelsfreie Identifizierung ermöglichen. Unsere Chemiker vermuten deshalb, dass es aus einer Charge von rund eintausend Tonnen stammt, die zwischen 1974 und 1981 in Libyen bei Gaddafi gelandet ist. Der hat Teile davon an die Meistbietenden verscheuert, unter anderem an die Palästinenser und die damalige IRA. Dreihundert Gramm von dem Zeug benutzten libysche Geheimdienstoffiziere bei der Sprengung eines Jumbojets über dem schottischen Ort Lockerbie 1988. Auf unterschiedlichen Wegen gelangte der Plastiksprengstoff nach Europa und wurde in diversen Verstecken über Jahrzehnte gebunkert. Im Parkhaus kam etwa ein Kilo zum Einsatz, verteilt auf vermutlich drei oder vier Kartons, gefüllt mit Kleineisenteilen, um die Wirkung zu verstärken. Diese Eisenteile haben den Transporter geschreddert. Leider auch die Opfer.« Er zeigte die entsprechenden Aufnahmen. »Unsere Experten haben Teile eines handelsüblichen Elektroweckers gefunden, von dem sie annehmen, dass er den Initialsprengstoff zündete, der wiederum das

Semtex in die Luft gejagt hat. Der Wecker wurde vermutlich über die Fahrzeugbatterie mit Strom versorgt. Wir gehen davon aus, dass nicht das Parkhaus das Ziel war, sondern den Attentätern irgendein Fehler unterlaufen ist. Vielleicht die falsche Uhrzeit eingestellt oder ein Irrtum beim Verdrahten – keine Ahnung. Dafür spricht auch, dass bis heute ein Bekennerschreiben fehlt. Kein Wunder, in den Augen der Terroristen ging der Anschlag völlig in die Hose. Ihr Ziel waren mit Sicherheit nicht die beiden zufällig anwesenden Flugplatzbesucher, sondern etwas anderes, Spektakuläreres. Möglicherweise wussten sie nichts von dem Streik und haben gehofft, mehr Menschenleben auszulöschen.«

»Sie müssen doch gesehen haben, dass das Parkhaus halb leer war«, warf einer der Kollegen ein.

»Es war kurz vor sieben, als sie die Karre abgestellt haben. Wie voll ist es da um diese Uhrzeit normalerweise?«, fragte ein anderer.

»Keine Ahnung«, erwiderte Kollmar. »Aber bestimmt nicht so wie am späten Vormittag. Wie auch immer, trotz des Fehlschlages war diese Aktion gründlich vorbereitet.« Er sah in die Runde. »Wir müssen wissen, wer dieser Moussa war, falls es sich dabei um seinen richtigen Namen handelt. Woher stammt er, wer sind seine Verwandten, wer seine Freunde. War er schon einmal in Europa? Hat er hier Kontakte? Das ganze Programm. Dann gilt es, der Spur des Geldes zu folgen. Wer ist dieser Fallada? Was ist mit dem Bankkonto in Florenz?« Er sah seine Kollegen aufmunternd an. »Wir kriegen die Mistkerle.«

Mit diesen Worten stand er ächzend auf und verließ das Konferenzzimmer.

19

Das Telefon klingelte. Kommissar Sebastian Barth griff zum Hörer und meldete sich.

»Polizeihauptmeister Stichel, Wache Krefeld-Nord«, antwortete eine tiefe Stimme. »Ermitteln Sie in Sachen eines hellen Porsche?«

»Ja. Möglicherweise ist es auch ein Mercedes. Warum?«

»Am 29. Juni ist bei uns auf der Wache am späten Vormittag ein Angler erschienen, um sich über einen Unbekannten zu beschweren. Der Mann sei aus einem hellen Porsche ausgestiegen und habe einen Gegenstand in einen der Baggerseen am Widderschen Weg geworfen.«

»Aha.« Gelangweilt spielte Barth mit seinem Kugelschreiber.

»Die beiden Seen sind nicht groß und liegen direkt neben der Bundesstraße 9 im Krefelder Norden.«

Der Kommissar merkte auf. Der Zeitungsausträger hatte ausgesagt, dass der Sportwagen über die B 9 in Richtung Süden gefahren sei. Barth rief das Navigationsprogramm seines Rechners auf. »Entschuldigen Sie, ich muss etwas überprüfen. Können Sie bitte wiederholen, wie die Straße heißt?«

Der Krefelder Kollege tat ihm den Gefallen.

Barth tippte die Daten ein. Die Baggerseen waren etwa dreißig Kilometer vom Tatort entfernt. Die Fahrzeit bis dorthin betrug also maximal eine halbe Stunde. »Am späten Vormittag, sagten Sie?«

»Ja.«

Wenn es sich bei dem Fahrer des Wagens um den Tatverdächtigen gehandelt hatte, hätte er sich einige Stunden in der Gegend herumtreiben müssen. Tat das jemand, der gerade zwei Menschen erschossen hatte? Vermutlich nicht.

»Vielen Dank für Ihren Hinweis, aber ich glaube nicht, dass es sich bei dem Fahrzeug, das Ihr Zeuge beobachtet hat, um das handelt, was wir suchen.«

»Warum nicht?«

»Die Zeiten passen nicht zueinander. Sie sprachen vom späten Vormittag. Gegen elf, vermute ich?«

»Richtig. Zehn nach elf, um genau zu sein. Um diese Uhrzeit erschien der Angler bei uns auf der Wache. Der Vorfall, den er meldete, lag da allerdings schon sieben Stunden zurück.«

»Er hat den Porschefahrer um vier Uhr beobachtet?«

»Ja.«

Barth richtete sich auf. »Was genau hat er gesehen?«

»Er ist, wie gesagt, Angler. Die beiden Baggerseen werden von einem örtlichen Anglerverein genutzt, die dort Fische ausgesetzt haben. In der Morgen- und Abenddämmerung beißen sie am besten, hat mir der Mann erklärt. Deshalb ist er um diese Zeit an dem Gewässer gewesen. Die Seen sind fast vollständig von Büschen umgeben. Nur in unmittelbarer Nähe zur Bundesstraße ist der Bewuchs nicht so dicht. Dort hat der Porsche gehalten, und der Fahrer ist ausgestiegen. Der Zeuge hat am östlichen Ufer geangelt und hatte von da einen guten Blick zur gegenüberliegenden Seite. Die ist keine hundert Meter entfernt.«

»Um die Zeit konnte er schon etwas sehen?«

»Sonnenaufgang war um kurz nach fünf Uhr. Fünfundvierzig Minuten früher können Sie in der Dämmerung schon eine Zeitung lesen.«

»Und der Fahrer? Ist er auf den Beobachter aufmerksam geworden?«

»Vermutlich nicht. Zumindest gibt es dafür keine Anzeichen.«

»Kennt der Zeuge das Kennzeichen?«

»Nein. Dazu ist es zu weit. Außerdem war das Fahrzeug teilweise durch den Bewuchs verdeckt.«

»Er ist sicher, einen Porsche gesehen zu haben?«

»Ja. Am südlichen Rand des Baggersees wachsen nur niedrige Büsche. Dort konnte er das Fahrzeug nach dem Anfahren genau erkennen.«

»Was hat der Porschefahrer denn ins Wasser geworfen?«

»Das vermochte der Angler nicht zu sagen. Er hat befürchtet, dass der Mann irgendwas entsorgen wollte. Eine alte Ölflasche vielleicht. Etwas in der Art.«

Oder eine Waffe, dachte Barth sofort.

»Es würde doch niemand am frühen Morgen an einem See halten, um einen Stein ins Wasser zu werfen, oder?«

»Vermutlich nicht.«

»Das dachte sich der Angler auch. Deshalb ist er später zu uns gekommen.«

»Was haben Sie unternommen?«

»Ich selbst bin mit einem Kollegen zu den Teichen gefahren und habe mich umgesehen. Eine Verschmutzung oder Ähnliches konnten wir nicht erkennen. Daraufhin haben wir den Vorgang zu den Akten genommen. Als ich gestern wieder den Dienst aufnahm, habe ich Ihre Anfrage gelesen.«

»Die ist fast eine Woche alt«, bemerkte Barth spitz.

»Ich habe mir irgendeinen Infekt eingefangen und lag einige Tage im Bett.«

»Pech. Sie haben die Aussage dieses Anglers aufgenommen?«

Stichel antwortete nicht sofort. Dann meinte er: »Das ist etwas unangenehm. An dem Morgen war ein Polizeimeister im Dienst, der gerade seine Ausbildung beendet hatte. Er stufte den Vorfall als unbedeutend ein und hat kein Protokoll verfasst. Es hat ja niemand Anzeige erstattet.«

Barth schluckte seinen Ärger herunter. »Sie aber auch nicht, oder?«

»Nein«, räumte der Beamte ziemlich zerknirscht ein. »Ich hole das sofort nach.«

»Ihre Kenntnisse stammen von Ihrem Kollegen, der sie Ihnen mündlich weitergegeben hat?«

»So ist es.«

»Die Anschrift des Zeugen ist Ihnen bekannt?«

»Die hat der Kollege notiert, ja. Wollen Sie sie haben?«

»Sicher.«

Der Hauptmeister gab sie ihm.

»Gibt es sonst noch etwas?«

Stichel verneinte.

»Danke. Sie haben uns geholfen.«

Eilig legte Barth auf und stürmte zum Büro seines Vorgesetzten. Dort berichtete er. „Es könnte sein, dass die Tatwaffe in einem Baggersee liegt."

„Wo genau?“, fragte Förster.

„Bei Krefeld.“

Sein Chef hörte aufmerksam zu. Dann griff er zum Hörer. Es bedurfte einiger Gespräche, bis er im Zuge der Amtshilfe drei Feuerwehrtaucher anfordern konnte. Er informierte die Krefelder Kripo, und vier Stunden später standen sie mit dem Angler am Ufer des Sees, der ihnen die Stelle zeigte, an der er den Porschefahrer beobachtet hatte.

Eine Dreiviertelstunde nach ihrem Eintreffen fanden die Taucher die Glock.

20

Manfred Kollmar hatte schlecht geschlafen und fühlte sich wie gerädert. Sein Rücken hatte ihm zu schaffen gemacht. Außerdem hatten die Temperaturen der letzten Tage an den fünfunddreißig Grad gekratzt. Auch in den Nächten kühlte es nicht ausreichend ab. Tropennächte nannten das die Meteorologen. Auch für heute sagten die Wetterfrösche Hitze voraus.

Schon um fünf Uhr war Kollmar aufgestanden, hatte geduscht und sich danach halbwegs erfrischt gefühlt. Jetzt tunkte er das aufgetaute Croissant in seinen Kaffee, mümmelte missmutig daran herum und legte es beiseite. Das Gebäck war im Inneren noch tiefgefroren. Der Bäcker in seiner Nähe öffnete um sieben Uhr. Kurz erwog er, sich dort später frische Brötchen zu kaufen, verwarf den Gedanken jedoch schnell wieder. Wie sollte er bis dahin die Zeit totschlagen? Das Haus war aufgeräumt wie immer. Die Reste des Abendessens hatte er bereits gestern entsorgt.

Außerdem bot die Kantine im Amt ein recht ordentliches Frühstück an. Er warf das Croissant in den Müll, stellte Tasse und Teller in den Geschirrspüler und dachte einen Moment darüber nach, ob er auf die Lederjacke verzichten sollte.

Das Schrillen seines Handys unterbrach seine Überlegungen.

»Ja?«

Erik Grunwald, der Nachtschicht hatte, meldete sich. »Entschuldige die frühe Störung, aber wir haben einen anonymen Hinweis auf eine Autobombe erhalten.«

»Was?« Kollmar war alarmiert.

»Vor einer halben Stunde ging in der Zentrale ein Anruf ein. Der Unbekannte erklärte, dass auf dem Parkplatz an der Nordseite des Essener Hauptbahnhofs ein dunkler Mercedestransporter stehe, in dem sich eine Bombe befinde. Diese sei wie bei dem Anschlag in Düsseldorf mit der Fahrzeugzündung gekoppelt. Als ich das hörte, schrillten bei mir alle Alarmsirenen. Davon können nur die Täter wissen.«

»Richtig.« Kollmar schlüpfte nun doch in die Lederjacke. »Weiter.« Er lief zur Haustür und schloss sie hinter sich.

»Ich habe sofort die Kollegen in Essen alarmiert. Vor einigen Minuten kam die Rückmeldung. Auf dem Parkplatz steht tatsächlich ein blauer Transporter.«

»Mist.« Kollmar stieg in seinen Wagen.

»Jetzt halte dich fest. Als die Streife am Bahnhof eintraf, warteten dort bereits ein Kamerateam des WDR und ein halbes Dutzend Fotoreporter. Vor dem Anruf bei uns hat der Informant für Öffentlichkeit gesorgt.«

Der Hauptkommissar platzierte das Blaulicht auf dem Dach seines Wagens, bevor er losfuhr. »Wo bist du?«

»Auf dem Weg nach Essen.«

»Ich bin in etwa zwanzig Minuten am Bahnhof. Sind unsere Kollegen instruiert?« Kollmar gab Gas und wäre beinahe mit einem Postfahrzeug zusammengestoßen, das seinen Weg kreuzte.

»Ja. Sie haben den Parkplatz gesichert. Sprengstoffexperten sind ebenfalls unterwegs.«

»Gut. Wir sehen uns später.«

Kollmar erreichte die B 224, schaltete Blaulicht und Martinshorn ein und drückte aufs Gaspedal.

Er war vor Grunwald am Bahnhof. Den Einsatzleiter der Essener Polizei kannte er flüchtig. Trotzdem hielt er seinen Dienstausweis hoch.

Der Kollege wies ihn kurz in die Lage ein. »Die Journalisten des WDR und der Tageszeitungen haben telefonisch einen Tipp bekommen und sich natürlich sofort in Bewegung gesetzt.«

»Frühmorgens?«, wunderte sich Kollmar und nahm sich vor, der Frage später nachzugehen.

Der Essener Beamte ging nicht auf die Bemerkung ein.

»Warum steht die Hecktür des Wagens offen?«, erkundigte sich Kollmar.

»Ein übereifriger Fotoreporter. Kurz nach unserem Eintreffen haben wir seine Kamera beschlagnahmt.«

»Was für ein Idiot.«

»Das habe ich ihm auch gesagt.«

»Hat er etwas angefasst?«

»Er behauptet: Nein. Vom Türgriff natürlich abgesehen.«

»Ich brauche Abzüge der Bilder.«

»Ich veranlasse das.« Dann erklärte er: »Ich habe nach Rücksprache mit dem Polizeipräsidenten und der Bundesbahn den Bahnhof sperren lassen. Ebenso wie die Zufahrt zum Bahnhofsvorfeld. Und das im beginnenden Berufsverkehr. Busse stauen sich und provisorische Haltestellen müssen eingerichtet werden.

Das Chaos ist jetzt schon beachtlich.« Der Einsatzleiter fühlte sich sichtlich unwohl in seiner Haut.

Kollmar ahnte, welche Last auf seinen Schultern lag. Die finanziellen Auswirkungen der Sperrung eines wichtigen Verkehrsknotenpunkts summierten sich schnell auf Millionen, von dem Ärger, den eine solche Maßnahme unter den Reisenden und Berufspendlern auslöste, ganz abgesehen. »Ich hätte auch so gehandelt«, beruhigte er ihn. »Warten wir ab, was unsere Fachleute sagen.«

Ein VW-Transporter der Polizei mit Düsseldorfer Kennzeichen näherte sich.

»Da sind sie«, erklärte Kollmar und lief zu dem Wagen.

»Guten Morgen«, begrüßte er die Männer, die ihre Schutzkleidung bereits angelegt hatten, und zeigte zum Parkplatz. »Der dunkelblaue Mercedes-Sprinter. Die Hecktür hat ein neugieriger Journalist geöffnet.«

»Er kann sich freuen, dass er noch lebt«, erwiderte der Leiter der Einsatzgruppe und teilte seine Leute ein.

Aus sicherer Entfernung beobachteten Kollmar und sein Essener Kollege die Arbeit des Entschärfungsteams. Es dauerte keine halbe Stunde, dann kehrte deren Chef zu ihnen zurück.

»Der Anrufer hat gelogen. Es war nicht dieselbe Schaltung wie in Düsseldorf«, informierte er sie. »Ein einfacher Elektrowecker. Batteriebetrieben. Dieses Mal haben sich die Täter jedoch nicht die Mühe gemacht, ihn mit dem Zündschloss und der Autobatterie zu verbinden, sondern wollten den Weckimpuls nutzen, um die Initialzündung auslösen. So sah es auf den ersten Blick zumindest aus.« Er schüttelte irritiert den Kopf. »Wir haben den Zünder und das Semtex isoliert. Es geht von ihnen keine Gefahr aus.«

»Wieso?«, hakte Kollmar nach.

»Weil der Zünder nicht korrekt angeschlossen war. Ein lockeres Anschlusskabel. Vermutlich eine Unachtsamkeit beim Zusammenbau.«

»Aha.«

Der Essener Kripobeamte wurde bleich. »Und dafür habe ich den Bahnhof lahmgelegt«, stöhnte er.

Ungewollt musste der LKA-Kommissar lachen. »Das konnten Sie ja nicht wissen. Sehen Sie es positiv. Es hätte schlimmer kommen können.«

»Hätte, hätte, Fahrradkette«, zitierte der Essener einen früheren Kanzlerkandidaten der SPD.

Der Sprengstoffexperte drückte Kollmar einen Briefumschlag in die Hand. »Ich habe ihn sicherheitshalber geöffnet. Keine Briefbombe«, meinte er trocken.

21

Rokar Kaymaz hatte darauf verzichtet, sich ein paar Tage freizunehmen. Stattdessen stürzte er sich auf die Arbeit, als wäre er der einzige Hauptkommissar bei der Recklinghäuser Kripo. Obwohl nicht gläubig, war er nach der Identifikation seines Neffen in einer Moschee gewesen und hatte ein Gespräch mit dem Imam gesucht. Die Unterhaltung mit dem einfühlsamen Geistlichen hatte ihm gutgetan. Er hatte über seinen eigenen Schmerz sprechen können und musste nicht, wie bei den letzten Besuchen, seine Schwägerin trösten.

Einer seiner Kollegen betrat das Büro, einen Aktenordner unter dem Arm. »Hast du schon gehört?«, fragte er und ließ die Mappe auf Rokars Schreibtisch fallen. »In Essen ist nur knapp ein islamistischer Anschlag vereitelt worden.«

»Sagt wer?«, fragte Rokar zurück.

»Die Medien. Radio, Fernsehen. Sie bringen Sondersendungen. Die Täter haben wohl Ähnliches vorgehabt wie vor einigen Tagen in Düsseldorf.«

Rokar seufzte. Die Skepsis in der Bevölkerung gegenüber der islamischen Religion war schon groß genug. Und jetzt noch das.

Manchmal spürte er die misstrauischen Blicke der Fahrgäste, wenn er abends allein in einen halb leeren Bus stieg, oder registrierte, dass Frauen bei einer Begegnung mit ihm im Dunkeln die Straßenseite wechselten. Das alles nur, weil er schwarze Haare hatte und seine Haut etwas dunkler war als die anderer Deutscher. Traurige Realität in seinem Heimatland. Einfach zum Kotzen.

»Hat sich jemand zu dem versuchten Anschlag bekannt?«

»Keine Ahnung.«

»Woher wissen die Medien dann, dass es sich um Islamisten handelt?«

»Wer sollte es denn sonst gewesen sein?«

Rums. Schon wieder ein Tiefschlag. Und das von einem, der eigentlich gelernt haben sollte, solche Schnellschüsse zu vermeiden.

»Ich habe dir die Ergebnisse der Spurensicherung im Fall des zusammengeschlagenen Obdachlosen mitgebracht. Sie sind in dem Ordner«, wechselte sein Kollege das Thema. »Seine Kleidung war mit Fremdurin getränkt. Daraus konnten die Mediziner DNA isolieren. Ein Abgleich mit unserer Datenbank brachte einen Treffer. Der Urin stammt von Patrick Schwab, einem Hertener Neonazi. Er hat in zwei Fällen wegen Körperverletzung vor Gericht gestanden. Die weiteren Spuren sind nicht zuzuordnen.«

»Adresse?«

»Findest du alles in der Mappe.«

Schwab wohnte im Osten Hertens unweit der Stadtgrenze.

Sicherheitshalber wurde Rokar von zwei Streifenwagen begleitet, da nicht auszuschließen war, dass sich der Verdächtige einem Verhör mit Gewalt widersetzte.

Das Haus, in dem Schwab lebte, war eines jener für das Ruhrgebiet typischen mehrgeschossigen Ziegelbauten, erstellt um die vorletzte Jahrhundertwende. Dem Gebäude sah man sein Alter an. Die letzte Renovierung musste Jahrzehnte zurückliegen.

Ein Durchgang führte zum Hof. Rokar beorderte einen Beamten dorthin, um eine mögliche Flucht Schwabs zu vereiteln. Ein weiterer sollte vor dem Haus Stellung beziehen.

Klingeln gab es keine. Der Hauptkommissar drückte gegen die Haustür, die mit einem leisen Quietschen aufschwang. Das Schloss war zerstört. Irgendwann hatte sich jemand gewaltsam Einlass verschafft.

Sie betraten den Hausflur. Es roch leicht muffig. Der Putz an den Wänden blätterte ab. An den Wohnungstüren klebten Zettel mit den Namen der Bewohner. Manche waren durchgestrichen, neue dazugesetzt worden.

Rokar fragte sich, was er täte, falls Schwab auf keinem dieser Wische stünde. Er verspürte keine große Lust, sich von unten nach oben durchzufragen. Doch seine Befürchtungen waren grundlos. Im ersten Stock prangte der Name des Verdächtigen unübersehbar über einer uralten Drehklingel auf dem Türblatt.

Rokar bediente das Teil. Es klingelte nicht, sondern knarrte, aber es war laut.

Er hörte Schritte. Die Tür öffnete sich einen Spalt.

»Ja?«, fragte eine belegte Stimme.

So klang jemand, der nach zu viel Alkohol zu wenig geschlafen hatte.

Rokar zückte seinen Dienstausweis. »Kripo Recklinghausen. Herr Schwab?«

»Was geht Sie das an?«

»Eine Menge. Wir möchten mit Ihnen sprechen.«

»Ich aber nicht mit Ihnen«, erwiderte der Wohnungsinhaber und machte Anstalten, die Tür zu schließen.

Schnell schob Rokar einen Fuß in den Spalt. »Mach hier nicht den Starken«, blaffte er den verdutzt dreinschauenden Schwab an. »Sonst verhafte ich dich wegen Widerstands gegen die Staatsgewalt.«

Die Drohung wirkte. Schwab öffnete die Tür. »Was wollen Sie?«, fragte er unwirsch.

Rokar schlug eine Alkoholwolke entgegen. Angeekelt drehte er den Kopf beiseite.

»Wir haben einige Fragen. Können wir hereinkommen?«

»Meinetwegen. Das Wohnzimmer ist geradeaus.«

Der Raum sah so aus, wie sich Rokar das vorgestellt hatte: unaufgeräumt, leere Bierflaschen und überquellende Aschenbecher, Kleidungsstücke auf dem Boden und eine Reichskriegsflagge an der Wand.

Der Kommissar wechselte wieder zum »Sie«. »Nett haben Sie es hier.«

»Wollen Sie über meine Bude quatschen?«

Rokar zückte seinen Notizblock. »Was haben Sie am 29. Juni abends gemacht?«

»Das weiß ich doch jetzt nicht mehr.«

»Das war Montag vor einer Woche. So lange ist das nicht her.«

»Ich führe kein Tagebuch.«

»Dann will ich Ihrer Erinnerung auf die Sprünge helfen. An dem Tag wurde in Recklinghausen in der Nähe des Herzogswalls ein Obdachloser zusammengeschlagen und schwer verletzt.«

Schwab zuckte zusammen, hatte sich aber schnell wieder in der Gewalt. »Na und?«

»Wir glauben, dass Sie zu den Tätern gehören. Oder allein gehandelt haben.«

»Quatsch.«

»Sie sind im Sommer letzten Jahres wegen Körperverletzung verurteilt worden. Ihnen wurde damals eine Speichelprobe entnommen. Daraus haben wir Ihre DNA isoliert. Sie wissen, was das ist?«

»Nicht genau.« Schwabs Stimme zitterte leicht.

»Ihr genetischer Fingerabdruck. Der ist unverwechselbar. Es sei denn, Sie haben einen eineiigen Zwilling. Die Kleidung des Obdachlosen war getränkt mit Urin. Ihrer Pisse, um genau zu sein.« Rokar beugte sich vor und flüsterte: »Weißt du, was ich am liebsten täte? Dir so richtig eine reinhauen, dass dir die Zähne aus deiner Scheißschnauze fliegen.«

Hilfesuchend schaute Schwab auf den Uniformierten, der in der Wohnzimmertür stand. »Haben Sie das gerade gehört? Der Wichser hier hat mich bedroht.«

Rokars Kollege grinste breit. »Ich habe nur ›Wichser‹ gehört. Das kostet Sie einen Tausender, wenn der Kommissar Anzeige erstattet.«

»Sie haben den armen Kerl angepinkelt«, ergriff Rokar wieder das Wort. »Das steht einwandfrei fest. Die Frage ist nur, ob Sie ihn allein zusammengeschlagen haben oder nur Mittäter waren.«

Schwab holte tief Luft. »Okay, ich geb's ja zu. Ich war an dem Abend in dem Hauseingang. Aber das mit der Pisse war ein Versehen. Ich konnte den Penner im Dunkeln nicht sehen. Dumm gelaufen. Geschlagen habe ich ihn jedenfalls nicht. Als ich fertig war, bin ich abgehauen. Da hat der immer noch gepennt, so besoffen war der.«

»Nur gut, dass Sie so abstinent leben.«

Schwab schwieg.

Rokar entschloss sich zu einem Bluff. »Welche Schuhe haben Sie an dem Abend getragen?«

»Keine Ahnung.«

»Macht nichts. Wir werden alle beschlagnahmen und sie untersuchen. Bestimmt finden wir Stoffpartikel von der Kleidung des Opfers an einem der Schuhe. Und natürlich kleinste Blutspritzer an Ihren Klamotten. Später stellen wir Sie ihm gegenüber. Ich bin mir sicher, der Verletzte wird Sie identifizieren. Dann, Schwab, haben wir Sie am Arsch. Aber so richtig. Sie haben noch Bewährung, nicht wahr? Die können Sie vergessen. Eine Anklage wegen versuchten Mordes kommt dazu – in Ihrer Haut möchte ich nicht stecken.«

Schwab wurde bleich. »Das können Sie nicht machen.«

»Ich mache gar nichts«, stellte der Hauptkommissar fest. »Ich ermittle nur. Der Staatsanwalt klagt Sie an, der Richter verurteilt Sie. Vor Gericht kommt es besonders gut, wenn ein Angeklagter hartnäckig schweigt, um seine Komplizen zu schützen. Sie hatten Komplizen. Da bin ich mir sicher. Stimmt's?«

Schwab nickte zögernd.

»Das dachte ich mir. Dann packen Sie mal aus.«

Zwanzig Minuten später kannte Rokar die Namen der anderen Schläger. Patrick Schwab wurde kurz darauf einem Richter vorgeführt, der U-Haft verhängte.

22

Hauptkommissar Förster war bestens gelaunt. Gestern Abend hatte ihn ein alter Freund angerufen. Früher hatten sie sich gemeinsam mit ihren Frauen häufiger zum Essen verabredet. Nachdem Förster aber in vielen Restaurants die Stühle zu eng wurden, waren diese Vergnügen sukzessive eingeschlafen. Dann hatte der Freund ihm erzählt, dass sein Lieblingsitaliener renoviert worden und neues Mobiliar angeschafft worden sei. Die Hälfte der Sitzmöbel habe nun keine Lehnen mehr.

Förster grinste immer noch, als er sich an seinen Schreibtisch setzte. Saltimbocca, ich komme.

Ein Bote brachte die Post. Der Hauptkommissar nahm die drei Umschläge entgegen und öffnete sie. Die Einladung zum Sommerfest der Betriebssportgemeinschaft landete sofort im Papierkorb. Er war dort nur Mitglied, weil er sich vor Jahren von einer hübschen Kollegin der Sitte dazu genötigt sah, eine Beitragserklärung zu unterschreiben. Eine Sportstätte hatte er seitdem nie betreten. Das Schreiben seiner Standesorganisation flog ebenfalls in die Rundablage. Er hatte kein Interesse, ein Wochenende in geselliger Atmosphäre mit ausgerechnet den Kollegen an der Mosel zu verbringen, die er schon im Dienst verabscheute. Der Inhalt des dritten Umschlags hingegen versprach interessant zu werden. Er enthielt die Ergebnisse der ballistischen Untersuchung der Glock.

Förster warf erst einen prüfenden Blick auf seinen Wecker, danach einen flehenden zu seinen Zigaretten oben im Schrank. Die selbst gesetzte Zeitspanne von einer Stunde war noch nicht vorbei. Er musste weitere zwanzig Minuten leiden.

Bei der Glock handelte es sich ohne jeden Zweifel um die Waffe, mit der die Junkies erschossen worden waren. Außerdem war sie im August vergangenen Jahres in einem Berliner Park zum Einsatz gekommen. Damals war mit ihr ein aus Georgien stammender Tschetschene ermordet worden.

Förster erinnerte sich an die Tat, welche zu internationalen Verwicklungen geführt hatte und immer noch nicht aufgeklärt war. Er bemühte seinen Rechner, um Einzelheiten abzufragen.

Demnach hatte sich das Verbrechen am helllichten Tag ereignet. Der mutmaßliche Täter gab drei Schüsse aus nächster Nähe ab, nachdem er sich dem Opfer mit einem Fahrrad genähert hatte. Später beobachteten Jugendliche den Schützen, wie er eine Perücke in der Spree versenkte. Sie wollten auch gesehen haben, dass er eine Waffe ins Wasser warf. Die aber wurde trotz umfangreicher Suche nicht gefunden. Vermutlich hatte der Mörder sie auf seiner Flucht anderweitig entsorgt oder einem Komplizen übergeben.

Und jetzt war sie in einem Baggerteich bei Krefeld wieder aufgetaucht.

Die Identität des Verdächtigen war vermutlich gefälscht. Die Spur der falschen Ausweisdokumente führte zu einer Behörde des russischen Innenministeriums. Dort waren in der Vergangenheit schon Reisepässe für Agenten anderer Geheimdienste des Landes ausgestellt worden. Auffällig war außerdem, dass russische Diplomaten den vermeintlichen Täter bereits kurz nach dem Mord im Gefängnis besucht hatten – legal, aber ungewöhnlich.

Der deutsche Generalstaatsanwalt hatte bisher die Ermittlungen nicht übernommen. Berliner Politikerkreise reagierten mit Unverständnis. Nach Angaben von Journalisten stünden bundesrepublikanische Nachrichtendienste in Kontakt zum russischen Inlandsgeheimdienst. Der Kreml hingegen leugne jeden Zusammenhang zwischen dem Mord und den geheimdienstlichen Aktivitäten des Landes.

Förster kratzte sich am Kinn.

Zwei tote Junkies.

Ein ermordeter islamistischer Tschetschene.

Russische Geheimdienstler.

Internationale Verwicklungen.

Das war eindeutig eine Nummer zu groß für eine Mordkommission in der niederrheinischen Provinz.

Nach kurzem Nachdenken griff er zum Telefon und führte einige Gespräche. Dann hatte er grünes Licht, um das LKA in Düsseldorf einzuschalten.

Dieser Kelch war an ihm vorübergegangen.

Erleichtert sah Förster auf den Wecker. Die Stunde war vorbei.

Er krabbelte auf den Stuhl und holte die Zigarettenschachtel hervor. Noch oben stehend, steckte er sich eine Kippe an.

Dann kletterte er wieder herunter, setzte sich in seinen Schreibtischsessel, lehnte sich zurück, schloss die Augen und inhalierte tief.

Endlich.

23

Die Schlagzeilen sprangen ihm geradezu ins Auge. Mit zunehmendem Ärger durchblätterte Manfred Kollmar den täglichen Pressespiegel. Die Tageszeitungen überboten sich gegenseitig mit wilden Spekulationen.

»Anschläge?«, wunderte sich Kollmar. »Wieso Plural? Bisher war es nur einer«, murmelte er.

Er las Halbwahrheiten, Unterstellungen und Vorwürfe. Obwohl die Explosion im Parkhaus des Flughafens nun schon mehr als eine Woche zurücklag, tappe die Polizei immer noch im Dunkeln. Dabei sei es doch offensichtlich, dass das Attentat auf das Konto islamischer Terroristen gehe, die im Zuge der Flüchtlingswelle unerkannt nach Deutschland eingereist seien und deshalb …

Angewidert legte Kollmar den Zeitungsausschnitt beiseite. Er konnte diesen Unsinn nicht mehr ertragen.

Die Lektüre des nächsten Blattes war ebenso unerquicklich. Der Anschlag in Essen, stand da, sei nur durch die Aufmerksamkeit der eigenen Reporter verhindert worden, die rechtzeitig die Polizei informiert hätten.

Nur eine Zeitung berichtete sachlich über die gestrige Pressekonferenz, bei der die Essener Kripo und das LKA mehrmals darauf hingewiesen hatten, dass der Zünder in dem Sprinter vor dem Bahnhof falsch verdrahtet gewesen war und zu keinem Zeitpunkt eine Gefährdung der Bevölkerung bestanden hätte. Aber diese Stimme der Vernunft ging im allgemeinen Getöse unter.

Der WDR allerdings informierte wahrheitsgemäß, dass die Redaktion von einem anonymen Anrufer informiert worden sei. Der Mann habe mit arabischem Akzent gesprochen. Das passe zu seinem Namen: Moussa.

Kollmar schüttelte entgeistert den Kopf. Die Stimmenanalyse, die das LKA in Auftrag gegeben hatte, besagte eindeutig, dass der Anrufer Muttersprachler und damit Deutscher war.

Verärgert griff der Hauptkommissar zum Telefon und ließ sich mit dem verantwortlichen Redakteur des Landesstudios in Essen verbinden. Es dauerte, bis er den Journalisten an der Strippe hatte.

Er stellte sich vor und kam dann sofort zur Sache: »Es ist unverantwortlich, was Sie da melden. Sie behaupten, dass der anonyme Anruf von einem Araber stammt. Warum nicht gleich vom Islamischen Staat?«

»Das haben wir nicht gesagt.«

»Das mit dem IS war natürlich eine Übertreibung«, räumte Kollmar ein.

»War mir schon klar. Wir haben nie formuliert, es handele sich um einen Araber, sondern um jemand, der mit einem solchen Akzent gesprochen hat.«

»Das ist nach meinem Sprachgefühl dasselbe.«

»Wie Sie meinen.«

»Unsere Experten behaupten, der Anrufer sei Deutscher.«

Der Journalist antwortete erst nach einer längeren Pause. »Ich selbst habe das Telefonat geführt. Ihre Experten haben recht. Der Anrufer sprach gutes Arabisch, allerdings ist der Mann kein arabischer Muttersprachler. Ich habe einige Jahre als Korrespondent im Nahen Osten gearbeitet. Ich kenne den Unterschied. Deshalb haben wir auch formuliert, dass sein Akzent arabisch klang. Nicht mehr.«

»Konnten Sie das Gespräch mitschneiden?«

»Nur die letzten zwei Sätze. Möchten Sie sie hören? Die Tonqualität ist allerdings nicht besonders.«

»Egal.«

»Dann passen Sie auf.«

Es dauerte einen Moment, dann hörte Kollmar die Stimme eines Mannes, der Allah anrief. Diese Stimme klang tatsächlich arabisch. »Ich glaube, ich muss mich bei Ihnen entschuldigen.«

»Schon vergessen.«

»Können Sie uns eine Kopie des Mitschnitts zur Verfügung stellen?«

»Natürlich.«

»Was ich noch wissen möchte: Wann ist der Anruf bei Ihnen eingegangen?«

»Gegen sechs Uhr morgens.«

»Das Studio ist auch nachts besetzt?«, wunderte sich der Hauptkommissar.

»Nein. Telefonate laufen in unserer Zentrale auf. Scheint es wichtig zu sein, wird ein verantwortlicher Redakteur informiert.«

»Aha.«

»Warum wollen Sie das wissen?«

»Es hat mich interessiert.«

Sie verabschiedeten sich.

Viele Fragen blieben:

Warum hatten zwei verschiedene Täter bei der Polizei und der Presse angerufen? Die Attentäter mussten doch davon ausgehen, dass die Telefonate aufgezeichnet wurden und damit das Risiko, entdeckt zu werden, stieg. Weshalb waren sie so leichtsinnig?

Und woher kannten die Journalisten überhaupt Moussas Namen? Wer hatte ihnen gesteckt, dass in Düsseldorf Semtex explodiert war?

Je länger er darüber nachdachte, desto schlechter wurde Kollmars Laune. Hatte jemand seiner Leute gequatscht? Das galt es zuerst zu klären.

Die meisten Polizisten hatten sich in der Kantine des Amtes vorher mit Kaffee und Brötchen versorgt, um bei der Besprechung zu frühstücken. Auch Kollmar verfuhr üblicherweise so.

Heute jedoch stürmte er verspätet in den Raum und knallte wütend den Pressespiegel auf den Tisch. »Habt ihr das gelesen?« Er hielt die Meldung der Rheinischen Post hoch. »Attentäter kam aus München«, las er die Schlagzeile vor. »Und dann wird im Artikel sein vollständiger Name genannt.« Er klopfte auf die Kopien. »Jedes der Düsseldorfer Presseerzeugnisse macht damit auf. Fast alle überregionalen Blätter ebenfalls. Das ist eine verdammte Scheiße. Woher haben die Schreiberlinge das?«

Die Runde schwieg.

»Hat einer von euch der Presse etwas gesteckt?«

»Chef«, bemerkte sein Stellvertreter Erik Grunwald, mit dem Kollmar schon seit Jahren eng zusammenarbeitete, »die undichte

Stelle könnte auch bei der Lufthansa liegen. Schließlich haben die die Passagierliste ...«

»Ach, tatsächlich?«, blaffte sein Vorgesetzter. »Woher weiß die Fluggesellschaft, dass im Parkhaus Semtex aus Beständen der libyschen Armee eingesetzt wurde?«

Die Polizisten schwiegen betreten.

»Die Infos stammen ohne jeden Zweifel aus den internen Ermittlungsergebnissen. Hört mir genau zu. Wenn einer von euch mit irgendeiner hübschen Journalistin liiert ist und im Bett geplaudert hat, kann ich das noch nachvollziehen. Sollte aber jemand die Hand aufgehalten haben, sieht das ganz anders aus. Ich werde auch in diesem Fall kein Disziplinarverfahren einleiten, vorausgesetzt, dieser Jemand kommt in der nächsten Stunde in mein Büro und offenbart sich. Er oder sie fliegt aus der Ermittlungsgruppe und bleibt in den kommenden Jahren in seiner jetzigen Gehaltsstufe. Es wird einen entsprechenden Vermerk in der Personalakte geben, ich werde den stellvertretenden Polizeipräsidenten informieren, und das war es dann von meiner Seite. Ansonsten beantrage ich eine offizielle Untersuchung und setze alles daran, die undichte Stelle zu finden. Gelingt das, fliegt der oder die achtkantig aus dem Polizeidienst und kann seine Beamtenpension vergessen. Ist das klar?«

Kollmar wartete die Reaktion nicht ab, sondern verließ ohne ein weiteres Wort den Raum.

Kaum hatte er die Tür hinter sich geschlossen, stürzten sich alle auf die Zeitungsausschnitte.

Es kam niemand in Kollmars Büro.

Nach der Mittagspause bat Grunwald um ein Gespräch.

»Manfred, du hast heute Morgen überreagiert.«

»Ach, tatsächlich?« Kollmar war immer noch stinksauer.

»Ist dir nicht der Gedanke gekommen, dass die Attentäter selbst die Informationen durchgesteckt haben könnten?«

Kollmar sah seinen Vize erstaunt an.

»Sie haben schließlich auch die Presse über den angeblichen Anschlag in Essen informiert. Was, wenn das alles genau geplant ist?«

»Du meinst, die Kerle mischen absichtlich Tatsachen mit Falschinformationen?«

»Richtig.«

Kollmar kaute nachdenklich auf seinem Bleistift. »Um Verwirrung zu stiften?«

»Vielleicht. Oder um Panik zu erzeugen.«

»Du könntest recht haben.« Er straffte sich. Dieses Eingeständnis fiel ihm nicht leicht. »Ruf das Team zusammen. Ich werde mich entschuldigen.«

24

Hawar und Moah waren nach islamischer Sitte beerdigt worden, obwohl Sema Kaymaz nicht gläubig war. Sie folgte damit der Bitte ihrer Eltern. Allerdings verweigerte sie sich deren Wunsch, beide in die Türkei ausfliegen zu lassen und dort zu bestatten. So ruhten sie jetzt mit den Köpfen Richtung Mekka nebeneinander in einem separaten Grabfeld des städtischen Friedhofs in Essen, auf dem muslimische Beerdigungen zulässig waren.

Rokar wollte am gestrigen Mittwoch seine Schwägerin besuchen, um ihr Trost zuzusprechen, aber sie war nicht zu Hause. Zumindest reagierte niemand auf sein Klingeln. Später schickte sie ihm eine SMS. Sie wolle für ein, zwei Tage allein bleiben und überlege, anschließend zu ihrer Schwester zu fahren, die in Hamburg lebte. Die Nachricht war nüchtern gehalten und enthielt keine persönlichen Worte. Auch eine Anrede oder eine Abschiedsgrußformel fehlten. Rokar verspürte einen Stich in der Brust, als er die Nachricht las. Aber er respektierte ihren Wunsch und vergrub sich wieder in seine Arbeit.

Auf Anraten seines Anwalts hatte Patrick Schwab sein Geständnis widerrufen. Auch die beiden anderen Tatverdächtigen schwiegen. Auf ihrer Kleidung fanden sich weder Blut noch Faserspuren des Opfers, und so war Schwabs ursprüngliche Behauptung, es sei ein Versehen gewesen, auf den Obdachlosen zu urinieren, ohne Aussage des Schwerverletzten nicht zu widerlegen, auch wenn der gesunde Menschenverstand für eine aktive Tatbeteiligung des Verdächtigen sprach. Nur leider spielten Vermutungen, wie plausibel sie auch waren, vor Gericht keine Rolle. Die Richter forderten Indizien und Beweise. Widerrufene Geständnisse zählten nur wenig. Deshalb brauchte Rokar die Aussage des Berbers.

Rokar Kaymaz stand vor der Glasscheibe und sah in das Zimmer, in dem das Opfer, an blinkende Geräte angeschlossen, um sein Leben kämpfte. Sein Kopf war vollständig bandagiert. Mund und Nase konnte der Polizist nur deswegen erkennen, weil durch ihre Öffnungen Schläuche in das Körperinnere geführt wurden.

»Warum muss er diesen Verband tragen?«, fragte er den Oberarzt, der ihn begleitete.

»Knochenbrüche am Schädel.«

»Was ist gebrochen?«

»Fragen Sie lieber, was unverletzt geblieben ist.«

»Würden Sie es mir trotzdem erklären?«

Doktor Gärtner seufzte. »Oberkiefer, das Nasenbein, Teile des Stirnbeins und der Schädelkalotte, das rechte Handgelenk sowie fünf Rippen.«

»Ach du Scheiße.«

»Das können Sie laut sagen. Der Patient hat glücklicherweise eine erstaunlich stabile Konstitution. Viele andere hätten die Tritte nicht überlebt. Trotzdem steht keinesfalls fest, dass er durchkommt. Er hat ein schweres Schädel-Hirn-Trauma und daraufhin heftige Blutungen erlitten. Deshalb stieg der Hirndruck stark an. Wir mussten eine Entlastungscraniektomie vornehmen.«

»Bitte was?«

»Entschuldigung. Wir haben Teile des Schädels entfernt, um dem angeschwollenen Gehirn mehr Platz zu verschaffen.«

Rokar schluckte. »Wann kann ich mit ihm reden?«

Gärtner schaute den Kommissar mit einer Mischung aus Belustigung und Erstaunen an. »Wenn er nicht stirbt, vielleicht in einigen Wochen.«

»So lange dauert die Heilung?«

»Möglicherweise noch länger. Wir haben ihn mittels Benzodiazepin und Propofol sediert …«

»Herr Doktor, ich bin medizinischer Laie.«

»Natürlich.« Er entschuldigte sich erneut. »Wir haben den Patienten in ein künstliches Koma versetzt. Wenn der Hirndruck normal ist, setzen wir ihm die Teile der Schädelplatte wieder ein, die wir in der Operation entfernt haben. Erst danach ist er vernehmungsfähig. Hoffentlich«, setzte er hinzu.

»Wie meinen Sie das?«

»Dauerhafte Hirnschädigungen sind bei solchen Verletzungen nicht auszuschließen.«

Er sah das fragende Gesicht des Polizisten und erklärte: »Lähmungen, Amnesie, Erblinden, Sprachstörungen – so in der Art.«

Dem Hauptkommissar fiel etwas ein. »Sie haben doch bestimmt ein Foto von dem armen Kerl gemacht, bevor Sie ihn operiert und eingewickelt haben?«

»Mehrere. Soll ich sie Ihnen zeigen?«

»Bitte.«

Rokar folgte dem Arzt in dessen Büro. Dort startete Gärtner seinen Rechner, klickte einige Male mit der Maus und bat den Besucher schließlich an seine Seite. »Die Bilder.«

Neugierig schaute der Polizist auf den Monitor. Das, was er sah, hatte nur wenig mit einem Gesicht gemein. Es war bestenfalls zu erahnen, dass sich hinter dem blutverkrusteten, geschwollenen Fleisch menschliche Züge verbargen.

»Können wir Ihrem Patienten Fingerabdrücke entnehmen?«

»Weshalb?«

»Das wäre eine Möglichkeit, ihn zu identifizieren.«

»Sicher.«

»Heute Nachmittag?«

»Wenn es sich nicht vermeiden lässt.«

»Was ist mit einer Blutprobe?«

»Sie wollen seine DNA extrahieren?«

»So ist es. Damit könnten wir die Tatortspuren zweifelsfrei zuordnen.«

»Ich gehe davon aus, dass Sie einen richterlichen Beschluss haben?«

»Noch nicht.«

»Dann besorgen Sie sich einen.« Doktor Gärtner schaute zu dem Verletzten hin. »Es geht schließlich nicht nur um seine Persönlichkeitsrechte, sondern auch um seine körperliche Unversehrtheit.«

»Ich will ihm nicht den Arm abnehmen, nur eine Blutprobe.«

»Auch ein Nadelstich stellt eine Körperverletzung dar. Ohne Gerichtsbeschluss läuft nichts.« Sein Tonfall ließ erkennen, dass er nicht mit sich diskutieren lassen würde.

Rokar seufzte und streckte ihm die Hand entgegen. »Danke für Ihre Mühen. Ich melde mich.«

25

In der Ermittlungsgruppe Parkhaus war nach der Entschuldigung ihres Leiters wieder Ruhe eingekehrt. Wenn es noch Unmut über Kollmars Überreaktion gab, wurde sie zwischen den Fahndern nicht thematisiert.

Mittlerweile lagen beide Sprachanalysen vor. Es handelte sich bei den Anrufern tatsächlich um zwei unterschiedliche Personen. Einer war Deutscher oder zumindest in Deutschland aufgewachsen, der andere stammte vermutlich aus dem Vorderen Orient.

Dass bei dem misslungenen Attentat ebenfalls ein Mercedes-Sprinter eingesetzt wurde, ließ auf eine Vorliebe der Täter für Fahrzeuge dieses Typs schließen. Möglicherweise war der Fahrer mit solchen Wagen besonders vertraut.

Schnell stellte sich heraus, dass der Transporter am frühen Morgen des 28. Juni in der Siegener Innenstadt für insgesamt drei Wochen gemietet worden war. Wieder hatte sich der Kunde als Camillo Fallada ausgewiesen und mit Kreditkarte bezahlt. Auch in Siegen vermochte sich wie in Frankfurt keiner der Angestellten an den Mieter zu erinnern.

»Am 27. Juni mietet der Kerl einen Mercedes in Frankfurt, einen Tag später in Siegen«, knurrte Kollmar. »Sie haben die Attentate von langer Hand geplant. Hoffen wir, dass es bei den bisherigen Terroranschlägen bleibt.«

Grunwald machte ein skeptisches Gesicht. »Du rechnest mit weiteren Anschlägen?«

»Wäre doch möglich.«

»Unterstellen wir, dass du recht hast. Was ist, wenn der Wagen bereits gemietet wurde und in einem Versteck steht, bis er eingesetzt wird? Dann bringt die öffentliche Fahndung nichts. Im Gegenteil, Fallada wird dadurch nur gewarnt und setzt sich womöglich ab.«

»Guter Einwand. Aber ein Hinweis auf den Typen geht an alle Polizeidienststellen. Und wir starten eine Nachfrage bei den Mietwagenunternehmen. Was haben wir noch?«

»Die kürzeste Route von Siegen nach Essen beträgt rund einhundertdreißig Kilometer«, berichtete Erik Grunwald. »Auch dieses Mal sind die Täter keine großen Umwege gefahren. Der Tachostand des Sprinters zeigt einhundertfünfundvierzig Kilometer Fahrstrecke an.« Grunwald projizierte eine Karte an die Wand. »Ihr seht hier zwei Kreise, die ich um die beiden Anschlagsorte gezogen habe. Ihr jeweiliger Durchmesser entspricht der zusätzlich zurückgelegten Strecke der Transporter. Die Schnittmenge der Kreise liegt zwischen Velbert im Südosten und Duisburg im Nordwesten. Sie ist an der längsten Stelle fünfzehn und an der breitesten sieben Kilometer groß. Irgendwo dazwischen haben die Täter die Sprinter bis zum Einsatz geparkt und vermutlich präpariert.«

»Woher weißt du das? Sie könnten auch nur ihre Freundinnen besucht haben.«

»Sicher. Aber würdest du eine Bombe in ein Auto an einem Straßenrand einbauen? Nein. Da ist die Entdeckungsgefahr viel zu groß. Sie müssen die Wagen untergestellt haben. In einer Garage vielleicht. Oder einer Scheune.«

»Was, wenn sie andere Routen genommen haben und über Landstraßen gefahren sind? Das könnte kürzer sein. Die Radien deiner Kreise werden sich noch einmal vergrößern.«

»Warum hätten sie das tun sollen? Das dauert deutlich länger.«

»Um dich aufs Glatteis zu führen?«

»Möglich«, räumte Grunwald ein. »Aber ist das auch wahrscheinlich? Ich glaube nicht.«

»Bleiben wir zunächst bei der Hypothese Eriks. Die Gegend zu durchsuchen scheidet ja wohl aus?«

»Ja. Das sind rund fünfzig Quadratkilometer, in denen etwa dreihunderttausend Menschen leben. Das ist zu viel. Wir könnten allerdings in diesem Fall öffentlich nach den Transportern fahnden.«

»Und der Presse noch mehr Munition für ihre Horrormeldungen liefern? Erst wenn wir anders nicht weiterkommen«, erwiderte Kollmar. »Belassen wir es zunächst dabei. Bekannte Fingerabdrücke?«, fragte er ohne wirkliche Hoffnung.

Grunwald schüttelte den Kopf. »Prints natürlich. Etwa zwei Dutzend. Aber wir haben keinen davon in unserer Datenbank. Selbstverständlich haben wir jede Menge DNA-Spuren sicherstellen können. Die werden zurzeit noch ausgewertet. Doch ich befürchte, auch das bringt uns nicht weiter. Es fehlen schlicht die Vergleichsmöglichkeiten.«

Kollmar legte die Stirn in Falten. »Hat jemand eine Idee, warum eine Terrororganisation wie der Islamische Staat – wenn es sich denn überhaupt um den IS handelt – einen Anschlag so schlampig vorbereitet? Das macht doch keinen Sinn.«

»Vielleicht sollte es eine Warnung sein?«, warf ein Polizist ein.

»Glaube ich nicht«, erwiderte Kollmar. »Zum einen waren die zwei Toten in Düsseldorf Warnung genug. Und: Wovor wollten uns die Täter warnen? Irgendetwas passt da nicht zusammen.« Er griff zum Kaffeebecher. »Ein anderes Thema: Was ist mit dem Bekennerschreiben?«, erkundigte er sich dann. »Ist es authentisch?«

»Ja und nein«, antwortete Grunwald. »In Form und Inhalt entsprechen sowohl die arabische als auch die deutsche Version den Erklärungen, die die Terrororganisation Islamischer Staat bei vergleichbaren Aktionen der vergangenen Zeit abgegeben hat. Allerdings weichen die arabischen Formulierungen in Details von älteren Dokumenten des IS ab.«

»Zum Beispiel?«

»Im Bekennerschreiben steht, dass Deutschland ganz oben auf der Liste stünde und dass die Deutschen der Geruch des Todes umschwebe. Typisch für den IS hingegen sei, meinen unsere Experten, vielmehr die Redensart ›dass der Geruch des Todes die deutschen Nasen nicht verlassen wird‹.«

»Ist das nicht Haarspalterei?«, bemerkte Kollmar.

»Mag sein. Aber es gibt einen noch gewichtigeren Grund, warum die Fachleute glauben, dass wir es nicht mit dem IS zu tun haben.«

»Der wäre?«

»Wie du gerade sagtest. In Essen gab es eben keine funktionierende Bombe und keinen Selbstmordattentäter.«

Eine Sekretärin steckte den Kopf durch die Tür.

»Was gibt es?«, fragte Kollmar ungehalten. Er hasste Störungen.

»Wir haben Nachfragen mehrerer Zeitungsredaktionen. Die Journalisten erwarten eine Stellungnahme des LKA wegen des Essener Bekennerschreibens. Der Direktor will gegen Mittag dazu eine Pressekonferenz abhalten und erwartet Ihren Bericht.«

Kollmar schaute sie fassungslos an. »Die Presse hat das Bekennerschreiben?«, fragte er. »Woher?«

»Das kann ich Ihnen nicht sagen«, antwortete die Sekretärin spitz. »Auf jeden Fall berichten auch das Fernsehen und das Radio ständig darüber.«

»Schon gut. Danke.«

Die Mitarbeiterin verschwand.

»Die Terroristen haben den Brief nicht nur im Fahrzeug platziert, sondern auch an die Presse weitergegeben«, stellte er fest. »Eines muss man den Kerlen lassen. Von Medienarbeit verstehen sie etwas. Da wird der Blätterwald morgen gehörig rauschen. Aber weiter im Text. Was ist mit den Fotos dieses Reporters?«

»Ein Freiberufler«, antwortete Grunwald. »Noch nicht sehr lange im Geschäft. Vermutlich war Ehrgeiz die Triebfeder, die ihn so unvorsichtig hat werden lassen. Die Bilder sind technisch brillant, allerdings ist nicht viel auf ihnen zu sehen. Die Ladefläche des Sprinters mit den Kisten. Das war es auch schon.«

»Sonst noch etwas?«

Die Runde schwieg.

Kollmar erhob sich. »Danke für eure Arbeit. Dann gehe ich jetzt den Direktor briefen.«

In seinem Büro fand er eine Nachricht, die routinemäßig an alle Abteilungen und Einsatzgruppen weitergeleitet worden war.

Auf dem Verteiler sah er die Zuständigkeit. Verantwortlich war das Dezernat 22 mit seinen Fahndungsgruppen des Staatsschutzes. Bei den Ermittlungen in einem Doppelmord in Geldern hatte sich herausgestellt, dass die Tatwaffe ebenfalls bei einem möglicherweise politisch motivierten Mord in Berlin eingesetzt worden war. Beigefügt war ein Fahndungsaufruf nach einem Obdachlosen. Kollmar legte das Blatt beiseite. Nicht seine Baustelle.

26

Im Großen und Ganzen fand Jens London toll. Na ja, das Frühstück war gewöhnungsbedürftig. Der ewige Haferbrei, die gummiartigen Würstchen, der Speck und die verkochten Pilze, die im Rührei schwammen, waren nicht so sein Ding. Ihm fehlte ein knuspriges Brötchen mit Leberwurst und ein gekochtes Ei, dazu Kaffee statt Tee. Aber Fish und Chips schmeckten ihm, wie auch die Steaks, die Opas Freund perfekt zubereitete.

Höhepunkte des bisherigen Besuchsprogramms waren das legendäre Gleis 9 ¾ im Bahnhof King's Cross und der Besuch der Warner Bros. Studios auf den Spuren Harry Potters. Morgen stand das Science Museum auf dem Programm. Er hatte fotografiert, was das Zeug hielt, mit dem Ergebnis, dass auch die zweite Speicherkarte, die ihm Opa vor einigen Tagen gekauft hatte, fast voll war.

Jens stiefelte in das Wohnzimmer der geräumigen Etagenwohnung im Londoner Westen, die Opas Freund Paul sein eigen nannte. Jens mochte ihren Gastgeber. Der war zwar uralt, aber er ließ sich von ihm mit dem Vornamen anreden. Im Gegensatz zu Opa, der Opa blieb.

Paul beugte sich mit Opa über ein Schachbrett. Das Spiel war den beiden heilig, hatte es doch vor unendlich langer Zeit in einem Bochumer Studentenklub ihre Freundschaft begründet. Fünfzig Jahre war das her. Für Jens eine Ewigkeit. Ach was, mehr als das.

Trotzdem wagte er es, die zwei alten Männer zu stören.

»Opa?«

»Einen Moment. Du siehst doch, dass wir spielen.«

»Ich wollte nur etwas fragen.«

»Frag ruhig«, antwortete Paul mit einem breiten Grinsen. »Dein Opa verliert ohnehin schon wieder.«

Jens fand den englischen Akzent, den Paul sprach, lustig.

»Einen Teufel tue ich.« Opa zog die Dame und rief siegesgewiss: »Schach.«

Paul schaute nur kurz auf das Brett und bewegte seinerseits eine Figur. »Mein Turm deckt das Schach und droht gleichzeitig Matt im übernächsten Zug«, meinte er gelassen. »Das kannst du nur verhindern, indem du deine Dame opferst. Dann verlierst du zwei Züge später.« Er wandte sich Jens zu. »Nun?«

»Die neue Speicherkarte ist auch schon wieder voll. Opa, kaufst du mir noch eine?«

Opa legte zum Zeichen, dass er die Niederlage akzeptierte, seinen König um und antwortete: »Du hast von diesem verrückten Gleisschild in King's Cross bestimmt dreißig Aufnahmen geschossen. Von einem einzigen Motiv, wohlgemerkt. Zwei oder drei Bilder hätten es auch getan. Geh deine Fotos durch und lösche die überflüssigen. Wie viele Bilder gehen auf diese Karten?«

»Da sind jeweils acht Gigabyte drauf.«

»Was heißt das in Fotos?«

»In der hohen Auflösung, in der ich fotografiere, etwa eintausend.«

»Auf beide?«

»Nee, auf eine.«

Opa wandte sich an seinen Freund. »Hast du das gehört? Ich bin früher mit zehn Diafilmen mit je zweiunddreißig Bildern in einen vierwöchigen Urlaub gefahren. Der Junge verknipst in nicht einmal zwei Wochen das Siebenfache.« Er schüttelte ungläubig den Kopf. »Ich glaube, ich bin zu alt, um das zu kapieren.«

»Was sind Diafilme?«

Für einen Moment schaute Opa seinen Enkel verblüfft an, bis Paul laut lachte.

»Du hast recht, mein alter Freund. Wir werden wirklich alt.« Er zeigte auf das Schachbrett. »Noch eine Partie?«

»Sicher. Dieses Mal fege ich dich vom Brett.«

Sie stellten die Figuren auf.

»Ich kriege keine neue Speicherkarte?«

»Nein.«

»Manno.« Schmollend marschierte Jens zur Tür.

Natürlich konnte er sich die blöde Karte von seinem Taschengeld kaufen, aber er wollte seine Knete zusammenhalten, um sie für etwas Besseres auszugeben. Also machte er sich daran, überflüssige Bilder zu löschen. Viel zu spät fiel ihm ein, dass er auch Paul hätte fragen können, ob dieser ihm gestattete, die Fotos auf seinem Rechner zwischenzulagern, um sie später auf eine CD zu brennen. Egal. Zu Hause würde er einen Großteil der Aufnahmen ohnehin in den digitalen Papierkorb verschieben. Allerdings war die Auswahl einfacher, wenn er sich die Abbildungen auf einem großen Monitor anguckte und nicht mit dem winzigen Display seiner Kamera vorliebnehmen musste.

Das drittletzte Bild kannte er nicht. Es war in einem Parkhaus geschossen worden. Ein dunkles Fahrzeug stand in einer Parklücke. Da er es nicht geknipst hatte, konnte das nur seine Mutter gewesen sein, denn Opa fasste die Digitalkamera nicht an. Warum sie das wohl gemacht hatte? Vielleicht war es wichtig. Ein Verkehrsunfall möglicherweise? Das Nummernschild des Lieferwagens war jedenfalls gut zu erkennen. Brauchte Mama das Foto? Er entschloss sich, nun doch Paul um Unterstützung zu bitten. Von dessen Rechner konnte er seiner Mutter das Bild schicken. Aber er würde nicht vorher anrufen. Telefonate mit ihr waren megaanstrengend, denn sie behandelte ihn wie ein kleines Kind. Ständig fragte sie, ob er auch genug zu essen bekomme, immer vorsichtig sei, wenn er auf die Straße ginge, »Jens, denk daran, in England ist Linksverkehr«, und sich ausreichend vor dem Regen schütze, der ihrer Meinung nach ständig wie ein Monsum über London niedergehe. Dabei hatte es, seit er hier war, nicht einen Tag geregnet. Er widmete sich wieder der Kamera. Zehn Minuten später waren die Karten bereinigt und er hatte genug Platz für weitere Aufnahmen. Das Science Museum wartete.

27

Martin Schawanke steuerte seinen Volvo von der Bundesstraße 1 kommend zum Parkplatz A7, um von dort die Halle 4 der Dortmunder Westfalenhallen zu erreichen. In dem einachsigen Hänger hinter seinem Fahrzeug lagerten noch einige Kisten Hundeleinen, die er zum Stand bringen wollte. Damit wäre sein Aufbau beendet, und die Messebesucher konnten kommen.

Die nächste Zeit versprach gute Geschäfte. Im letzten Jahr hatte er in wenigen Tagen auf der Messe mehr Umsatz erzielt als in dem Vierteljahr zuvor in seinem Ladenlokal in Bocholt. Das wollte er diesmal noch steigern. Er erhoffte sich viel von den neuen Hundehalsbändern mit eingebautem GPS-Signal und der dazugehörigen App für Smartphones, die er hatte entwickeln lassen und die zusammen mit dem Halsband die Ortung frei laufender Hunde ermöglichte.

Schawanke stellte schon zum vierten Mal auf der Messe *Pferd und Hund* in Dortmund aus. Er hoffte, auch in den folgenden Jahren eine der begehrten Zulassungen zu ergattern.

Kurz vor halb sieben. Der Parkplatz war noch fast leer. Um zehn Uhr startete der Kartenverkauf. Die meisten der Aussteller hatten wie Schawanke ihre Stände in den letzten zwei Tagen hergerichtet und erledigten, wenn überhaupt, heute am Eröffnungstag nur noch Restarbeiten. Er parkte auf den reservierten Plätzen direkt vor der Halle, die für Anlieferer vorgesehen waren, stieg aus, klappte die Plane des Hängers hoch und zog die Sackkarre hervor, um die Kisten mit den Leinen darauf zu verstauen. Dann schob er sie zum Gebäude.

Sein kleiner Messestand lag nicht weit vom Eingang entfernt. Hier musste jeder vorbei. Ein guter Platz.

Es dauerte nicht lange, auszupacken und alles in dem verschließbaren Schrank zu deponieren. Er würde die endgültige Präsentation seiner Waren erst kurz vor Eröffnung der Messe vornehmen. Jetzt musste er die Sackkarre zurück zum Fahrzeug bringen und den Volvo auf den von ihm reservierten Stellplatz fahren, wo er bis zum Abend stehen bleiben konnte. Danach stand ein Frühstück an. In etwa einer Stunde wollte er zurückkehren.

Nach dem Essen fuhr er zu seinem Parkplatz am westlichen Rand des Messegeländes. Es war deutlich voller geworden. Erste Besucher schlenderten einzeln oder in Gruppen zu den Hallen.

Nachdem er den Wagen verschlossen hatte, marschierte er in Richtung der nördlich gelegenen U-Bahnstation.

Nach einigen Metern verspürte er ein dringendes Bedürfnis. Zur Halle würde er es nicht mehr schaffen. Eine öffentliche Toilette sah er nicht. Also blieben nur die Büsche und Bäume, die den Parkplatz als Sichtschutz begrenzten.

Schawanke schlug sich in die Botanik und schaute sich um. Niemand zu sehen. Nur einige Meter entfernt stand ein heller Transporter im absoluten Halteverbot. Fragte sich nur, wie lange.

Denn spätestens nach Eröffnung der Messe flog die Polizei tief. Das wusste er aus leidvoller Erfahrung. Über fünfhundert Euro musste er vor zwei Jahren hinblättern, um sein abgeschlepptes Gespann wieder auszulösen.

Schawanke nestelte an seinem Hosenschlitz. Irgendwo läuteten Kirchenglocken. Sieben Uhr.

Den grellen Blitz und den Knall nahm er noch wahr. Dann spürte er nichts mehr.

Manfred Kollmar schaltete sein Handy wieder ein, als er das Haus verließ. Sofort poppten die zwischenzeitlich eingegangenen Nachrichten auf. Erik Grunwald bat um dringenden Rückruf. Er tat ihm den Gefallen.

»Was gibt es?«, fragte er anstelle eines Grußes.

»Ein weiterer Anschlag. Westfalenhallen Dortmund.«

»Wo genau?«

»Parkplatz A8. Im Westen.«

»Kenne ich. Sind Menschen zu Schaden gekommen?«

»Ein Toter.«

»Auch das noch.«

»Ich versuche, dich seit fast einer Stunde zu erreichen. Wo hast du gesteckt?«

»Arzt«, erwiderte Kollmar knapp. »Da habe ich das Telefon ausgeschaltet.«

»Du hörst dich so komisch an. Frühstückst du gerade?«

»Schön wär's. Ich komme vom Zahnarzt. Er hat mir einen Weisheitszahn ausgegraben. Die Betäubung macht wahrscheinlich, dass ich nuschle.«

»Beileid.«

Das hörte sich richtig mitfühlend an.

»Wo steckst du?«, fragte sein Stellvertreter.

»Hattingen. Ich bin unterwegs zum Wagen.«

»Wieso Hattingen?«, wunderte sich Grunwald.

»Weil mein Zahnarzt hier praktiziert.«

»Warum suchst du dir keinen in Werden? Da brauchst du nicht so weit …«

»Ich bin in dreißig Minuten in Dortmund«, beendete Kollmar genervt das Gespräch. Erst hämmerte ihm zu nachtschlafender Zeit jemand den Kiefer auf. Dann explodierte eine Bombe und tötete einen Menschen. Schließlich musste er noch mit einem neugierigen Kollegen telefonieren, während er darauf wartete, dass die Wirkung der Spritze nachließ und die Schmerzen begannen. Der Tag fing wirklich gut an.

Er traf auf dem Parkplatz ein. Die Feuerwehr hatte den Brand gelöscht und war bis auf eine Wache ebenso wie die meisten Streifenwagen wieder abgezogen worden. Lediglich eine Handvoll Uniformierter sicherte den Tatort, an dem die Spurensicherung bereits ihre Arbeit aufgenommen hatte.

Grunwald musterte das Gesicht seines Vorgesetzten. »Siehst aus wie Popeye«, begrüßte er ihn.

»Danke. Du mich auch.« Kollmar sah sich um. »Nicht sehr voll hier«, meinte er und runzelte die Stirn. Irgendetwas stimmte nicht. Er kam nur nicht darauf, was.

»Das ändert sich, wenn die Messe in einer Stunde öffnet.«

»Die Lage?«

Grunwald berichtete. »Es ist ein Mercedes-Sprinter in die Luft geflogen. Der Wagen stand auf einer Parkplatzzufahrt, das ganze Muster ähnelt den letzten zwei Aktionen. Vermutlich wurde der Initialsprengstoff durch einen handelsüblichen Wecker gezündet, und bereits Minuten nach der Explosion tauchten am Tatort die ersten Reporter auf – alarmiert durch ein Bekennerschreiben, das an die Deutsche Presseagentur gemailt wurde. Es spricht alles dafür, dass es sich bei den Tätern um unsere islamistischen Freunde handelt.« Sein Handy klingelte. Er nahm das Gespräch entgegen, nickte und steckte nach einigen Worten das Gerät wieder in seine Tasche. »Das Nummernschild ist unbeschädigt. Wir konnten den Halter ermitteln. Der Wagen gehört einer bundesweit tätigen Mietwagenfirma und wurde am 28. in Bochum angemietet.«

»Also am selben Tag wie der Wagen in Siegen. Auch unter dem Namen Fallada?«

»Genau. Alles wie gehabt.«

»Und das Opfer?«

»War schnell anhand seiner Ausweispapiere zu identifizieren. Der Mann heißt Martin Schawanke, wohnhaft in Bocholt. Ein Aussteller. Der Volvo mit dem Hänger dahinten ist seiner. Er muss sofort tot gewesen sein, sagt der Notarzt. Sein Oberkörper wurde von den Metallsplittern förmlich zerfetzt.«

»Hm.« Kollmar ging zunächst auf das zertrümmerte Fahrzeug zu, blieb einen Moment stehen, sah sich um, lief wieder einige Meter, schaute erneut in alle Richtungen und kehrte dann zu Grunwald zurück. »Ich bin mir nicht sicher, dass die Attentäter Islamisten sind.«

»Wie bitte?«

»Du hast eben die Gemeinsamkeiten der Anschläge aufgezählt, aber das Wichtigste vergessen.«

»Und das wäre?«

»Ich habe den Eindruck, dass die Attentate keine Menschenleben fordern sollten. Opfer wurden zwar billigend in Kauf genommen, doch das Töten von Unschuldigen war nicht das vorrangige Ziel.«

»Aber …«

»Denk nach, Erik. In Düsseldorf war der Sprinter in der hintersten Ecke des Parkhauses abgestellt. Dass die beiden Kaymaz' zufällig dort waren, als die Bombe hochging, war Pech. Hier zündet der Sprengsatz an einem menschenleeren Parkplatz, bevor der große Ansturm beginnt. Nur in Essen steht der Mercedes an einem belebten Platz. Aber bei dieser Aktion ist der Zünder nicht richtig verdrahtet. Warum handeln die Verbrecher so?« Er beantwortete die Frage selbst. »Es gibt nur eine vernünftige Erklärung. Die Täter haben es nicht darauf abgesehen, Menschen umzubringen. Das unterscheidet sie von islamistischen Terroristen. Denn deren Ziel ist es normalerweise, durch die Ermordung möglichst vieler Unschuldiger Angst und Schrecken zu verbreiten.«

»Das sehe ich anders. Der Flughafenanschlag hat nur deshalb nicht mehr als zwei Tote gefordert, weil das Parkhaus wegen des Streiks halb leer war. In Essen haben die Attentäter glücklicherweise beim Verkabeln geschlampt. Und wäre die Bombe hier eine Stunde später hochgegangen, hätten Dutzende sterben können. Möglicherweise kannten die Täter die Öffnungszeiten nicht. Oder sie haben wieder einen Fehler gemacht und den Zünder falsch eingestellt.«

Kollmar legte den Kopf zur Seite. »Mag sein. Aber ich habe so ein komisches Bauchgefühl.«

»Unterstellen wir, dass du richtigliegst. Was bezwecken die Täter deiner Meinung nach mit ihrem Vorgehen?«

Kollmar sah ihn lange an. Schließlich fragte er: »Spielst du Schach?«

»Nein.«

»Solltest du aber. Dann wüsstest du, dass eine Drohung stärker als die Ausführung ist.«

28

Der nordrhein-westfälische Innenminister Ketterling sah durch eines der bodentiefen Fenster seines Büros auf den Rhein hinunter, wo sich die tief im Wasser liegenden Frachtschiffe wie an einer Perlenkette aufgereiht flussaufwärts kämpften.

Obwohl er heute keinen öffentlichen Termin wahrnehmen musste, trug er einen dunkelblauen Anzug, ein weißes, gestärktes Hemd, Krawatte und eine weinrote Weste, die er bis zum letzten Knopf geschlossen hatte.

Der Minister griff zur Kaffeetasse, die auf einem Beistelltisch neben ihm stand, und trank einen Schluck. »Der Rhein hat Niedrigwasser. Wenn es nicht bald ausgiebig regnet, werden wir den Schiffsverkehr auf dem Fluss reglementieren müssen. Die Kähne dürfen dann nur noch halb so viel Fracht laden.« Unvermittelt wechselte er das Thema. »Kennst du die Wahlprognose von Infratest?«, fragte er.

»Welche meinst du?« Staatssekretär Brandler saß in einem der Sessel der schweren Polstergruppe, die fast ein Viertel des Raumes ausfüllte. Er kleidete sich mit Jeans und Sakko, ohne Krawatte.

»Die heute Morgen veröffentlicht wurde.«

»Nein.«

Die beiden Politiker kannten sich seit mehr als zwanzig Jahren. Zu Beginn der Karrieren im selben Ortsverein ihrer Partei hatten sie eine Seilschaft gebildet: Der eine zog, der andere schob. Und umgekehrt.

So besetzten sie zielstrebig strategisch wichtige und finanziell lukrative Posten in Partei und Verwaltungsapparat und sahen sich trotz ihrer Erfolge immer noch nicht am Ziel ihres politischen Weges: der Bundesregierung. Trotzdem kamen sie nie über das Stadium einer Zweckgemeinschaft hinaus. Obwohl sie sich duzten, waren sie keine Freunde geworden.

»Wären am nächsten Sonntag Bundestagswahlen, hätte die große Koalition keine Mehrheit mehr«, referierte Ketterling. »Auch andere Konstellationen scheitern, vorausgesetzt, niemand koaliert im Bund mit den Linken oder der AfD.«

»Das ist eine Momentaufnahme. In einigen Monaten sieht das schon wieder ganz anders aus.«

»Glaube ich nicht.« Ketterling kehrte zur Sitzgruppe zurück und ließ sich in einem der Sessel nieder. »Seit diesem Anschlag in Düsseldorf treibt die Presse jeden Tag eine neue Sau durchs Dorf. Bei der Lektüre mancher Artikel hat man den Eindruck, schon morgen würde das Kalifat in Deutschland ausgerufen. Diese permanente Berieselung setzt sich in den Köpfen fest und schürt irrationale Ängste in der Bevölkerung. Hinzu kommen diese ständigen Kundgebungen gegen eine angeblich unkontrollierte Zuwanderung, die Tausende von Terroristen ins Land lasse.«

Brandler wusste, wovon der Minister sprach. In verschiedenen Städten Nordrhein-Westfalens demonstrierten regelmäßig selbst ernannte Besorgte Bürger, eine Mischung von neonazistischen Dumpfbacken, die von Ort zu Ort zogen, lokalen Rechtspopulisten und einigen nützlichen Mitläufern, die nicht wissen oder nicht wahrhaben wollten, vor welchen Karren sie sich spannen ließen. Befeuert wurden diese Aktionen durch das kontinuierliche Posten von Lügen und Halbwahrheiten in den sogenannten sozialen Medien, für viele die einzige Informationsquelle.

Und dann gab es jene unverantwortlichen Journalisten, die jedem Gerücht hinterherhechelten und schrieben oder sendeten, das Auflage und Einschaltquoten versprach: millionenfache Migration, importierter islamistischer Terror, ausländische Parallelwelten. Das alles gemeinsam sorgte für ein politisches Klima, in dem bisher Unsagbares wieder ausgesprochen wurde und der gesellschaftliche Konsens darüber, was gerade Deutschland aus der Geschichte zu lernen hatte, ins Rutschen geriet. Steter Tropfen höhlt den Stein.

»Vielleicht sollten wir unsererseits eine Pressekampagne starten?«, gab Brandler zu bedenken. »Welche Erfolge die Integrationsbemühungen aufweisen, und die guten Taten von Immigranten herausstellen, wie sie alten Omas über die Straße helfen und Ertrinkende retten …«

»Keine brauchbare Idee«, unterbrach ihn Ketterling. »Zum einen haben wir sofort die Opposition am Hals, die uns vorwerfen wird, mit Steuergeldern Parteipolitik zu betreiben. Zum anderen befürchte ich, dass wir diejenigen, die den rechten Rattenfängern auf den Leim gehen, ohnehin nicht erreichen. Was nicht in ihr Weltbild passt, bezeichnen sie als Fake News, mit denen man sich nicht auseinandersetzen muss. Wenn sie gegenteilige Meinungen überhaupt zur Kenntnis nehmen.«

»Was sollen wir deiner Auffassung nach unternehmen?«

»Dem LKA Dampf machen, damit sie die Anschläge möglichst schnell aufklären. Sitzen die Täter erst hinter Gittern, hören hoffentlich auch diese verdammten Schreiberlinge auf, ihre Halbwahrheiten zu verbreiten.«

»Dein Wort in Gottes Ohr.« Der Staatssekretär schien nicht überzeugt.

»Oder hast du eine bessere Idee?«

Brandler hatte nicht.

Es klopfte und die Sekretärin steckte den Kopf durch den Türspalt. »Ein neuer Anschlag. Sie bringen es gerade im Morgenmagazin.«

Die beiden Politiker sahen sich an.

»Auch das noch«, stöhnte der Minister und griff zur Fernbedienung.

29

Am vergangenen Wochenende hatte Rokar Kaymaz mehrmals vergeblich versucht, Kontakt zu seiner Schwägerin aufzunehmen. Entweder sie war tatsächlich nicht zu Hause, oder sie ignorierte seine Anrufe. Er würde es später noch einmal versuchen. Wie verkraftete Sema den Verlust von Mann und Kind? Sicher litt sie noch mehr als er.

Der sinnlose Tod seiner Verwandten hatte ihn schwer getroffen.

Warum ausgerechnet sie?

Warum sein Bruder?

Vor allem: Warum Moah? Er war erst zwölf Jahre alt, hatte noch am Anfang seines Lebens gestanden. Und war jetzt tot.

Rokar schlief nur wenig, trank und rauchte zu viel, beschränkte seine Mahlzeiten auf hastig heruntergeschlungene Currywürste und fühlte sich völlig ausgelaugt. Unbändiger Wut folgte tiefe Verzweiflung. Der Schmerz brannte wie Feuer in seiner Brust.

Er ballte die Faust und schlug mit aller Kraft mehrmals gegen die Wand. Die Haut an seinen Knöcheln riss auf. Erst nach Minuten kam er zur Besinnung, ging zum Waschbecken, spülte das

Blut von den Händen und kühlte die Wunden. Dann setzte er sich wieder an seinen Schreibtisch und versuchte, sich auf seine Arbeit zu konzentrieren.

Rokar schaute auf den Ausdruck, den das automatisierte Fingerabdrucksystem des BKA ausgespuckt hatte. Der schwerverletzte Obdachlose, der im Recklinghäuser Knappschaftskrankenhaus um sein Leben kämpfte, hieß Walter Nussbaum. Nach ihm wurde im Zusammenhang mit einem Doppelmord gefahndet. Rokar griff zum Telefon.

»Wir haben Ihren Nussbaum gefunden«, eröffnete er Markus Förster, nachdem dieser sich gemeldet hatte.

»Tatsächlich?« Förster klang nicht allzu begeistert.

»Er wurde übel zusammengeschlagen und liegt im Koma. Weshalb suchen Sie genau nach ihm?«

Förster klärte Rokar auf und schloss mit den Worten: »Nachdem die Tatwaffe auch bei einem Mord in Berlin eingesetzt wurde, haben wir den Fall an das LKA abgegeben. Dort hat der Staatsschutz übernommen. Wir sind raus.«

»Verstehe.«

»Trotzdem danke für Ihren Anruf.«

»Keine Ursache.«

Sie beendeten das Gespräch. Rokar überlegte kurz, rief dann beim LKA an und ließ sich mit seinem Freund Kollmar verbinden.

»Ich habe etwas für euch. Der Staatsschutz ermittelt wegen eines Tötungsdelikts in Berlin und eines Doppelmords in Geldern. In dem Zusammenhang haben die dortigen Kollegen einen gewissen Nussbaum zur Fahndung ausgeschrieben. Der liegt derzeit in Recklinghausen in der Klinik.«

»Was hat er?«

»Schwere Schädelverletzungen. Ein Überfall. Es ist nicht klar, ob er durchkommt.«

»Du ermittelst deswegen?«

»Ja.«

»Schickst du mir bitte eine Mail mit deinen bisherigen Ergebnissen? Ich leite sie an die entsprechende Stelle im Amt weiter.«

»Natürlich.«

»Wie geht es dir?«

»Beschissen, wie sonst?«

Sie schwiegen einige Sekunden.

Dann fragte Rokar: »Stecken hinter den anderen beiden Anschlägen, über die die Medien berichten, dieselben Täter wie in Düsseldorf?«

»Wahrscheinlich.«

»Islamisten?«

»Du weißt, dass ich dazu nichts sagen darf.«

»Nun komm schon, du bist mir was schuldig.«

Kollmar wusste sofort, worauf sein Freund anspielte. Als sie damals beide an der Führungsakademie studierten, hatte Rokar ihm bei einer wichtigen Seminararbeit geholfen. Genauer gesagt: Er hatte sie in weiten Teilen geschrieben. Wäre das aufgeflogen, hätte er die Akademie ohne Abschluss verlassen müssen.

Er seufzte. »Schon wieder die alte Leier. Nun gut. Du hältst die Klappe?«

»Selbstverständlich.«

»Die Machart der zwei Anschläge, bei denen es Opfer gegeben hat, ähnelt sich. Nur Essen weicht von dem Muster in einem Punkt ab. Dort wurde der Zünder falsch verkabelt. Eigentlich ein Fehler, der selbst einem Anfänger nicht passiert wäre. Und so ein Lapsus unterläuft Terroristen? Die sollen vergessen haben, ein Kabel anzuschließen? Ich weiß nicht.«

»Das hat es in der Vergangenheit schon gegeben.«

»Klar. Trotzdem habe ich Zweifel.«

»Du meinst also, sie wollten nicht, dass der Zünder explodiert?«

»Ich bin mir nicht sicher. Das Parkhaus am Flugplatz war ebenso wie der Messeparkplatz halb leer, als die Bombe hochging. Wirklich voll war es nur in Essen. Dort hätte es bei einer Explosion Dutzende Opfer gegeben. Und ausgerechnet da vergessen sie ein Kabel?«

»Du glaubst, die Täter wollten große Opferzahlen vermeiden?«

»Messerscharfe Analyse. Kein Wunder, dass du in Hiltrup besser abgeschlossen hast als ich.«

»Viel besser. Aber warum haben die Täter so gehandelt?«

»Das, mein Freund, ist die Millioneneurofrage. Ich muss jetzt aufhören. Ich habe zu tun.«

»Rufst du mich an, wenn du etwas Neues weißt?«

»Klar.«

Doch sein Tonfall sagte das Gegenteil.

Er hatte das Telefon kaum aus der Hand gelegt, als es wieder klingelte. Gärtner, der Oberarzt, der Nussbaum behandelte, wollte ihn sprechen.

»Der Hirndruck des Patienten ist schneller als erwartet gesunken, und wir konnten das kleine Stück Schädelplatte vor drei Tagen wieder einsetzen. Gestern haben wir ihn aus dem Koma geholt. Sein Zustand ist stabil, und er ist ansprechbar. Natürlich klagt er über Kopfschmerzen. Die sind aber völlig normal nach einer solchen Operation.«

»Kann ich mit ihm reden?«

»Ja. Aber nur kurz. Er wird Ihnen allerdings nicht viel erzählen können.«

»Wie meinen Sie das?«

»Kommen Sie vorbei und sehen Sie selbst.«

Eine halbe Stunde später stand Rokar in einem grünen Kittel mit Doktor Gärtner vor der Glasscheibe.

»Ich gebe Ihnen maximal fünf Minuten. Länger werden Sie ohnehin nicht brauchen. Wie ich bereits sagte, verursacht ein schweres Schädel-Hirn-Trauma in einigen Fällen Folgeschäden. Das ist hier eingetreten. Er leidet unter einer retrograden Amnesie.«

»Das ist was?«

»Der Patient kann sich nicht an Geschehnisse erinnern, die vor einem bestimmten Ereignis liegen. Bei Herrn Nussbaum ist das der Überfall.«

»Er kann mir nicht sagen, wer ihn so zugerichtet hat?«, fragte Rokar enttäuscht.

Gärtner verneinte. »Er weiß auch nicht, wie er heißt, wo er gelebt hat oder wo er zur Schule gegangen ist. In seinem Kopf existiert ein dunkles Loch. Er erinnert sich nur an das, was passiert ist, seitdem wir ihn ins Leben zurückgeholt haben.« Doktor Gärtner musterte die Fingerknöchel des Besuchers. »Ärger gehabt?«, fragte er.

»So ähnlich.«

»Sie sollten die Wunden verbinden. Wurden sie schon desinfiziert?«

»Nicht nötig.«

»Unsinn. Kommen Sie mit. Es dauert nicht lange.«

»Ich muss meine Hände gebrauchen und kann nicht mit Verband daran durch die Gegend laufen.«

»Ich nehme Pflaster. Das behindert Sie kaum. Nun lassen Sie sich nicht länger bitten.«

Der Kommissar gehorchte und folgte in das Ärztezimmer. Wenig später standen sie wieder im Flur.

Rokar machte eine Kopfbewegung zu dem Kranken hin. »Darf ich jetzt …?«

»Fünf Minuten. Setzen Sie den Kopfschutz auf und ziehen Sie die Maske vor den Mund.«

Der Kommissar folgte der Aufforderung. Erst danach durfte er eintreten.

Ihm fiel sofort der strenge Geruch nach Desinfektionsmitteln auf, der den Raum erfüllte.

Dann das monotone Piepsen der Überwachungsgeräte. Nussbaum selbst lag auf dem Rücken und hatte die Augen geschlossen. Immer noch steckte eine Sonde in einem seiner Nasenlöcher. Dafür war sein Kopf nicht mehr vollständig bandagiert. Augen, Nase, Mund und Kinn lagen frei und ließen den Blick auf sein Gesicht zu. Wenn man dieses blaurot geschwollene Etwas als solches bezeichnen wollte.

»Guten Tag«, sagte Rokar. »Kripo Recklinghausen.« Er verzichtete darauf, seinen Dienstausweis zu zeigen. Vermutlich würde ihn der Kranke ohnehin nicht erkennen. »Wenn es Ihnen recht ist, möchte ich mich ein paar Minuten mit Ihnen unterhalten.«

Der Kopf machte eine Bewegung, die der Polizist als Nicken deutete.

»Kennen Sie Ihren Namen?«

»Walter Nussbaum.«

In Rokar regte sich so etwas wie Hoffnung.

»Der Arzt hat mir gesagt, dass ich so heiße.«

Die Hoffnung löste sich in nichts auf.

»An was erinnern Sie sich?«

»An alles, was seit gestern Morgen passiert ist.«

»Und davor?«

»Da ist nur Nebel. Manchmal blitzt daraus etwas hervor, von dem ich glaube, dass es Erinnerungen sein könnten, aber dieses Gefühl verschwindet genauso schnell wieder. Nein, ich erinnere mich an nichts.« Er drehte wie in Zeitlupe den Kopf zur Seite.

Rokar wurde klar, dass dieser Mann noch mehr Opfer war, als er angenommen hatte. Nussbaum waren nicht nur die Knochen zertrümmert worden, sondern die Scheißnazis hatten ihm auch sein Leben genommen. Das war fast so schlimm wie Mord.

»Ich wünsche Ihnen gute Besserung.« Der Hauptkommissar sprach den Satz aus. Sofort merkte er, wie hohl er klang.

Nussbaum deutete ein Nicken an und hob zum Abschied leicht den Arm. Dann ließ er ihn kraftlos auf die Bettdecke fallen.

Der Polizist verließ das Krankenzimmer. »Sie informieren mich, wenn sich sein Zustand verbessert?«

»Erwarten Sie nicht zu viel«, antwortete Gärtner.

»Ich erwarte gar nichts mehr«, erwiderte Rokar und fühlte sich unendlich müde.

30

»Wir treten auf der Stelle, verdammt noch mal«, fluchte Hauptkommissar Kollmar bei ihrer morgendlichen Besprechung. »Wir brauchen Ergebnisse. Und das schnell.« Er griff zur Kaffeetasse. »Gestern rief mich der Direktor unter dem Vorwand an, er wolle sich nach dem Sachstand der Ermittlungen erkundigen. Das war natürlich Blödsinn, und er hat sich auch nicht die Mühe gemacht, das zu verschleiern. Schließlich erhält er jeden zweiten Tag einen schriftlichen Bericht. Nein, er kritisierte mit sorgfältig gesetzten Worten unsere bisherige Erfolglosigkeit. Damit hat er noch nicht einmal unrecht. Wir kommen einfach nicht weiter. Der Direktor hat mir einen salbungsvollen Vortrag gehalten. Erst am Ende seines Monologs über die Wichtigkeit unserer Arbeit und das massive Interesse der Öffentlichkeit rückte er mit dem wahren Grund des Anrufs heraus: Der Innenminister sitzt ihm im Nacken und macht Druck. Der wiederum steht vermutlich unter Kuratel des Ministerpräsidenten. Alle schielen auf die Medien und deren neueste Meldungen. Scheiß Spiel. Also, was haben wir?« Der Hauptkommissar schaute auffordernd in die Runde seiner Mitarbeiter.

Grunwald hob ein Schriftstück hoch. »Das Konto in Florenz, von dem die Kreditkartenabrechnungen beglichen wurden, gehört tatsächlich Fallada.«

»Haben die Italiener auf unser Rechtshilfeersuchen reagiert?«

»Schneller als erwartet.«

Kollmar grinste. »Ich nehme alles zurück, was ich über Europa gesagt habe.«

»Leider hilft uns das nicht viel weiter. Dass Fallada der Kontoinhaber war, vermuteten wir bereits. Es gibt keinerlei Bewegungen auf dem Konto, wenn man von den drei Kreditkartenabrechnungen für die Mietwagen, zwei Barabhebungen an unterschiedlichen Geldautomaten in Bochum und Siegen und einer Hotelrechnung in Frankfurt absieht. Letztere haben wir natürlich überprüft. Fallada hat da einen Tag vor der Anmietung des ersten Transporters ohne vorherige Reservierung eingecheckt und in einem Doppelzimmer die Nacht verbracht. Anscheinend allein, aber das ließ sich nicht mehr feststellen. Er hat sich mit seiner Identitätskarte ausgewiesen und am nächsten Morgen das Hotel verlassen. Das Konto in Florenz weist derzeit ein Guthaben von etwas über sechstausend Euro auf.«

»Wie ist das Geld für die Ausgaben auf das Konto gekommen?«

»Per Überweisung einer Bank aus Liechtenstein. Zehntausend Euro wurden bereits vor drei Monaten transferiert.«

»Weitsichtige Planung. Wissen wir etwas über das Liechtensteiner Konto?«

»Nein. Unsere Anfrage wurde freundlich, aber bestimmt abgeschmettert. Liechtenstein schützt das Bankgeheimnis in dem winzigen Land wie die Amis ihre Goldreserven. Die beißen sich eher die Zunge ab, als dem Auskunftsersuchen einer ausländischen Polizeidienststelle nachzukommen.«

»Also eine Sackgasse?«

»Sieht so aus.«

»Was noch?«

»Die Transporter sind nirgendwo auffällig geworden. Keine Verwarnung wegen falschen Parkens, keine Geschwindigkeitsübertretung, nichts. Wir haben Anrainer, also Ladenbesitzer, die Bäcker und Getränkeshops rund um den Essener Hauptbahnhof befragt, ob ihnen etwas aufgefallen sei. Fehlanzeige. In der Nähe des Anschlagsorts in Dortmund gibt es nur Parkplätze, Straßen und Gebüsch. Das nächste Wohngebiet ist zu weit entfernt. Wie in Essen fanden sich in den Trümmern des Wagens jede Menge Fingerabdrücke und DNA, aber ohne Vergleichsspuren …« Grunwald zuckte mit den Schultern.

»Was ist mit den Bauteilen der Bombe?«

»Die Kisten, in denen die Kleineisenteile gesteckt haben, sind Kartons, die jeder Baumarkt täglich zu Dutzenden verkauft. Aus den Märkten stammen auch die Eisenteile. Alles handelsübliche Schrauben, Muttern und Nägel. Sie werden häufig nach Gewicht veräußert. Wir haben bei einem dieser Läden in Essen nachgefragt. Da gehen jeden Tag etwa einhundert Kilo von dem Zeug über die Ladentheke. Es gibt allein in dieser Stadt etwa zwanzig solcher Kaufhäuser.« Er schüttelte den Kopf. »Eine Identifikation des oder der Käufer ist nahezu ausgeschlossen. Das gilt ebenso für die verwendeten Kabel. Wir konnten die benutzten Zünder und den Initialsprengstoff ermitteln. Beides stammt vermutlich aus Syrien. Das ist es aber auch schon. Die drei Wecker hingegen kommen aus China. Anhand der Produktionsnummern ließ sich feststellen, dass sie 2017 in einer Firma in Zhangzhou gefertigt und nach Tripolis geliefert wurden. Was dann mit ihnen passierte – keine Ahnung.«

Kollmar stöhnte leise.

»Bei dem Anschlag in Dortmund wurde der Tachometer vollständig geschreddert. Wir wissen nicht, wie viele Kilometer der Mercedes gefahren ist.«

»Was ist mit den Nachrichten, die die Terroristen versandt haben?«

»Dafür haben die Täter einen Anbieter für anonyme E-Mail-Dienste genutzt.«

Kollmar schaute ratlos.

»Das sind Provider, über deren Internetseiten man ohne Anmeldung E-Mails schicken kann. Sie enthalten keinen Absender, keine IP-Adresse oder Ähnliches, durch die eine Identifikation des Senders möglich ist. Wenn du deine Nachricht dann noch aus einem öffentlichen Netzwerk verschickst, ist eine Rückverfolgung ausgeschlossen.«

»Immer?«

»Zumindest wir im LKA können nichts machen.« Grunwald schmunzelte. »Ob allerdings die NSA über solche Fähigkeiten verfügt …?« Er zuckte mit den Schultern. »Selbst wenn, werden sie uns sicher nicht Amtshilfe leisten.«

»Also haben wir es mit ausgebufften Profis zu tun«, stellte Kollmar mit leichter Resignation in der Stimme fest.

»Ja.«

Kollmar stand auf und ging zum Fenster. »Ich frage mich schon die ganze Zeit, warum die Täter einen solchen Aufwand betreiben. Islamisten brüsten sich üblicherweise mit ihren Morden, stellen Bilder und Videobotschaften ins Netz und verschleiern nicht ihre Intentionen und ihre Herkunft. Dann die abgelegenen Tatorte, bei denen die Opfer nur durch einen unglücklichen Zufall ums Leben gekommen sind. Wir sollten neben unserer Ausgangsthese, dass islamistische Terroristen hinter den Anschlägen stecken, noch andere Täter in die Überlegungen einbeziehen.«

»Welche?«

»Cui bono? Vielleicht sollten wir auch dieser Frage nachgehen.«

31

Margarethe Halla zählte die Stunden, bis ihr Vater und vor allem Jens aus London zurückkämen. Das Alleinsein in dem großen Haus ging ihr gehörig auf die Nerven. Mittlerweile konnte sie nachvollziehen, warum ihr Vater seinen Besitz damals verkaufen wollte.

An der Kühlschranktür pappte ein Bild. Es zeigte sie mit ihrer Schwester Beate, die seit einigen Jahren in Berlin als wissenschaftliche Mitarbeiterin für eine Bundestagsabgeordnete der Grünen tätig war. Nach ihrem Politologiestudium hatte sie selbst eine Karriere als Politikerin geplant, fiel aber den innerparteilichen Machtkämpfen der Grünen zum Opfer. Ihre Kandidatur für einen sicheren Listenplatz für die letzte Landtagswahl scheiterte am Proporz zwischen Männern und Frauen, Fundis und Realos und Westfalen und Rheinländern. Beate war daraufhin in das Berliner Büro einer Abgeordneten aus Dortmund gewechselt und arbeitete dort als …? Ja, was tat Beate eigentlich genau? Margarethe wusste es nicht. Sie musste ihre Schwester endlich einmal wieder anrufen. Glücklicherweise erreichte sie sie.

»Hast du Lust, für einige Tage nach Recklinghausen zu kommen?«

»Lust schon, ich habe nur leider keine Zeit. Sonja ist in den Ausschuss für wirtschaftliche Zusammenarbeit und Entwicklung berufen worden. Ich muss Berge von Unterlagen aufbereiten. Sorry.«

»Wer ist Sonja?«

»Das hab ich dir bereits mehrmals erzählt. Sonja Bachmeier. Bundestagsabgeordnete. Meine Chefin in Berlin.«

Sie erinnerte sich. »Stimmt. Schade. Wann sehen wir uns?«

»Ich melde mich.«

Es würde dabei bleiben, falls Margarethe nicht den Kontakt aufrechterhielt. »Alles klar. Lass dich nicht von deiner Arbeit auffressen.«

»Du auch nicht.«

Sie verabschiedeten sich.

Margarethe hatte den Rat des Polizisten befolgt und einen Panzerriegel und neue Sicherheitsschlösser einbauen lassen. Doch ihre Beklemmungen verschwanden nicht. Jeden Abend prüfte sie sorgfältig, ob alle Türen, die ins Freie führten, verriegelt waren, und ließ die Rollläden herunter – eine Arbeit, für die sie früher zu faul gewesen war. Auch auf der Straße sah sie sich häufiger um als noch vor drei Wochen, oder sie wechselte die Straßenseite, weil dort Laternen ihren Weg ausleuchteten.

Dieses ungute Gefühl hatte sich verstärkt, nachdem sie eines Abends einen Mann beobachtet hatte, der sich auf dem Gehweg vor ihrem Grundstück auffällig lange aufhielt und irgendetwas in seinem Rucksack suchte – Einbruchswerkzeug vielleicht? Sie hatte die Außenbeleuchtung eingeschaltet. Daraufhin war der Unbekannte verschwunden, ihre Unsicherheit jedoch geblieben.

Am nächsten Morgen klemmte der Werbeprospekt eines Baumarktes zwischen den Zaunstangen. Kein Wunder, sie hatte gestern das Außentor abgeschlossen, sodass der Prospektverteiler nicht zum Briefkasten am Haus gelangen konnte.

Sie beschimpfte sich als hysterisches Weib und versuchte, sich nicht von ihren Ängsten besiegen zu lassen. Das klappte nur manchmal. Sie wurde einfach das Gefühl nicht los, beobachtet zu werden.

Die Maschine aus London sollte gegen siebzehn Uhr landen. Um das Gepäck von Jens und ihrem Vater zu transportieren, konnte sie nicht den Smart nehmen, sondern musste wieder in den verhassten Benz steigen. Warum hing ihr Vater nur so an dieser Karre? Es gab doch auch kleinere Wagen, die trotzdem geräumig waren.

Glücklicherweise fand sie im Parkhaus am Flughafen schnell einen Abstellplatz für den Mercedes, ohne sich in enge Parklücken quetschen zu müssen. Sollten die Plätze neben dem Benz bei ihrer Rückkehr belegt sein, konnte ja ihr Vater die Bonzenschleuder zurück nach Recklinghausen steuern. Das war ihr ohnehin lieber. So könnte sie ihre ganze Aufmerksamkeit ihrem Sohn schenken und musste sich nicht darauf konzentrieren, den Feierabendverkehr zu bewältigen.

Sie erreichte die Ankunftshalle viel zu früh. Der Flieger war noch nicht gelandet. Also kaufte sie sich einige aktuelle Tageszeitungen, deren Schlagzeilen sie förmlich ansprangen, und blätterte sie bei einem Kaffee durch. Ausführlich lesen wollte sie die Blätter später. Auch heute beschäftigte sich die Berichterstattung hauptsächlich mit den drei Attentaten. Andere Ereignisse rutschten in den Hintergrund.

Die Journalisten überboten einander mit Spekulationen über die Täter und ihre Motive. Islamischer Staat, Taliban, tschetschenische Separatisten – die gesamte Breite der üblichen Verdächtigen wurde genannt. Einig waren sich die Reporter nur darin, dass es sich um Islamisten handeln müsse. Auch Volkes Stimme kam in den Berichten ausgiebig zu Wort. Dumpfe Ausländerfeindlichkeit triefte unverblümt aus den Zeilen: Von der sofortigen Ausweisung illegal Eingereister war da zu lesen. Von Abschiebungen ohne Gerichtsverfahren. Bis hin zur vorsorglichen Inhaftierung arabischstämmiger Männer. Und so etwas wurde abgedruckt. Margarethe vermutete, dass sich manche der Befragten noch ganz anders geäußert hatten. Ihr schauderte es.

Pünktlich fand sie sich an der Glasschiebetür ein, durch die die Ankommenden den gesicherten Flughafenbereich verließen.

Jens sah sie als Ersten. Mit heftigem Winken machte sie auf sich aufmerksam.

Der Junge stolperte fast über seinen Rollkoffer, als er auf sie zulief. Lachend sprang er in die Arme seiner Mutter und ließ es sogar zu, von ihr mit überschwänglichen Küssen eingedeckt zu werden. Dann begrüßte sie ihren Vater.

»Wie war euer Flug?«

»Ruhig«, erwiderte Jürgen Halla und zog seine Tochter an sich.

»Mama, stell dir vor, was ich alles gemacht habe. Also, an einem Tag waren wir bei Madame Tussauds, das ist ein Wachsfigurenkabinett. Da stehen jede Menge berühmte Leute herum.

Auf den ersten Blick erkennst du nicht, dass die nicht echt sind. Erst wenn du genauer hinguckst …«

Jens plapperte fröhlich weiter, bis sie zurück in Recklinghausen waren.

Sie standen vor der Haustür. Margarethe steckte den Schlüssel nicht nur ins Türschloss, sondern sperrte auch den Panzerriegel auf. Ihr Vater fragte: »Du hast neue Schlösser einbauen lassen?«

»Ja.«

»Weshalb?«

Sie wartete mit der Antwort, bis sie den Hausflur betreten und die Haustür hinter sich geschlossen hatten. »Bei uns wurde eingebrochen.«

»Echt? Cool«, stellte Jens mit der Selbstsicherheit eines Vierzehnjährigen fest.

Jürgen Halla hingegen reagierte bestürzt. »Meine Münzsammlung?«

»Ist noch da«, beruhigte sie ihn. »Gott sei Dank wurden nur die Computer von Jens und mir gestohlen.«

»Mein Computer ist weg?«, fragte Jens entgeistert. »Wie soll ich denn ohne Rechner klarkommen?«

»Du wirst schon einen Weg finden. Außerdem bekommst du einen neuen, sobald die Versicherung den Schaden ersetzt hat.«

»Wann ist das?«

»Keine Ahnung. Aber bestimmt in einigen Wochen.«

»In einigen Wochen?«, entgegnete Jens gedehnt. »So lange?«

»Ja. Ich kann es auch nicht ändern.«

»Aber ich wollte dir doch meine Bilder zeigen.« Seine Stimme klang weinerlich. Die vorherige Selbstsicherheit wich kindlicher Enttäuschung.

Margarethe strich ihrem Sohn über das Haar. »Vielleicht finden wir ja eine andere Lösung.«

»Prima.«

»Ich habe ›vielleicht‹ gesagt.«

Jens stürmte die Treppe zu seinem Zimmer hoch.

Sein Opa stiefelte hinterher.

»Es gibt zum Abendessen Frikadellen«, rief sie ihnen nach. »Die esst ihr doch so gern.« Doch niemand reagierte. »Familienglück ist einfach wunderschön«, murmelte sie ein wenig enttäuscht. Dann packte sie die Koffer aus.

Am Abend durfte Jens etwas länger aufbleiben als gewöhnlich. Sie plauderten über den Urlaub in England und mieden das Einbruchsthema.

Später im Bett hörte Margarethe ihren Vater in seinem Zimmer räumen. Auch ihr Sohn schlief noch nicht, sondern schien ein lustiges Buch zu lesen, denn manchmal vernahm sie sein gedämpftes Kichern.

Endlich herrschte wieder Leben im Haus. Mit einem Lächeln duselte sie ein.

32

Zum ersten Mal seit dem Anschlag suchte Rokar Kaymaz ein Restaurant in der Recklinghäuser Innenstadt auf, um etwas anderes als Fast Food zu sich zu nehmen. Er setzte sich an einen Tisch möglichst weit von den belegten Plätzen, bestellte einen trockenen Riesling und ein Filetsteak, lauschte neidisch dem Lachen und den lebhaften Unterhaltungen an den Nachbartischen und wartete auf sein Essen.

Als es dann kam, hatte er keinen Hunger. Das Steak war perfekt gebraten und schmeckte. Trotzdem kaute er lustlos und legte schnell das Besteck beiseite. Er bekam nicht einen Bissen mehr herunter, schob den Teller von sich, verlangte die Rechnung und gab der überrascht dreinblickenden Bedienung ein fürstliches Trinkgeld.

Eine halbe Stunde schlenderte er durch die Straßen, überlegte mehrmals, einen weiteren Wein in einem der zahlreichen Straßenlokale zu bestellen, und landete schließlich im Drübbelken, einer Szenekneipe, die er seit seiner Schulzeit kannte. Es war, obwohl Dienstagabend, brechend voll in dem Laden. Nur an der Theke fand sich noch ein freier Platz.

An einem Tisch in der Nähe amüsierten sich drei Männer und Frauen in seinem Alter, augenscheinlich Paare. Ihrem etwas zu lauten Lachen nach zu urteilen, waren sie leicht angetrunken. Einer der Gäste, ein korpulenter Bartträger, sah zufällig in Rokars Richtung, sodass sich ihre Blicke trafen. Der Typ kam ihm bekannt vor, und das schien auf Gegenseitigkeit zu beruhen, denn immer wieder schaute der Fremde zu ihm herüber. Rokar zerbrach sich erfolglos den Kopf, woher er den Mann kannte. Schließlich gab er auf. Es war auch völlig unwichtig. Er drehte sich zur Theke hin und widmete seine Aufmerksamkeit den Spirituosenflaschen, die im Regal an der Wand gegenüber standen.

Eine halbe Stunde später wurde der Barhocker neben ihm frei. Der einsame Trinker neben ihm, mit dem er nicht ein Wort gewechselt hatte, verabschiedete sich mit einem Kopfnicken, welches Rokar schweigend erwiderte.

Der Platz blieb nicht lange leer. Der Unbekannte, mit dem er eben Blicke getauscht hatte, kletterte auf den Sitz.

»Du bist Rokar Kaymaz, stimmt's?«, fragte der Bartträger.

»Ja.«

»Lange nicht gesehen.«

Rokar wusste nicht, was er darauf antworten sollte. Also hielt er die Klappe, nickte jedoch vorsichtig.

Sein Nachbar lachte laut auf. »Du hast nicht die geringste Ahnung, wer ich bin, oder?«

»Um ehrlich zu sein, nein«, erwiderte der Kommissar zurückhaltend.

»Lukas Urner.« Er streckte Rokar die Hand entgegen und sah ihn erwartungsvoll an. »Immer noch nicht?«

»Tut mir leid.«

»Für einen Bullen verfügst du über ein erschreckend schlechtes Gedächtnis. Wir haben einige Monate zusammen in Hiltrup studiert, bis ich die Brocken hingeworfen habe.«

In Rokar regte sich so etwas wie ein Erkennen. Dann hatte er es. »Du hast erfolgreich diesen blonden Vamp angebaggert, die ihre Klausuren nur mit Hängen und Würgen bestanden hat und eigentlich völlig ungeeignet für den Polizeidienst war.«

»Lass sie das bloß nicht hören.«

Rokar schaute irritiert.

»Der Vamp sitzt da am Tisch, heißt Heike und ist meine Frau.«

»Upps. Entschuldigung. Ich hab's nicht so gemeint.«

»Doch, hast du. Macht aber nichts. Du liegst nämlich richtig. Sie wäre eine miserable Polizistin geworden. Sie hat zwar die Ausbildung in Hiltrup beendet, später allerdings wie ich den Polizeidienst verlassen. Ihr Vater ist gestorben und sie hat das elterliche Geschäft in Haltern übernommen. Ich habe auch dort angefangen. Damals nur Gerüstbau.« Er zog eine Visitenkarte aus der Tasche und reichte sie Rokar. »Heute vermieten wir Hubwagen, Kräne, Bagger. Wir sind einer der größten Anbieter in Nordrhein-Westfalen. Wenn du also mal einen Kran benötigen solltest …« Er grinste.

»Kaum.«

»Dachte ich mir.« Er orderte zwei Wein. »Hast du eigentlich noch Kontakt zu den anderen von damals?«

»Nein.«

»Auch nicht zu den beiden Typen, mit denen du so dicke warst? Wie habt ihr euch genannt? Irgendwas mit Ruhrpott.«

»Ruhrpotttrio. Aber nicht wir, sondern ihr habt uns so tituliert.«

»Egal. Den einen hab ich kürzlich zufällig getroffen. Am Bochumer Stadtpark zieht ein Kunde von uns, ein Bauunternehmer, für einen wirklich reichen Typen ein Haus hoch. Der wollte ein Schwimmbad in seinem Garten. Ein Fertigteil. Das Becken wog gute fünf Tonnen. Das ist ihm allerdings erst eingefallen, nachdem der Rohbau schon stand. Abreißen kam nicht in Frage. Also musste das Teil über das Gebäude gehoben werden. Das Gewicht spielte keine Rolle. Es gibt Mobilkräne, die heben locker eintausend Tonnen.«

Die Bedienung brachte die Getränke und unterbrach Urners Werbemonolog.

»Wo soll ich den Wein aufschreiben?«, fragte sie.

»Auf meinen Deckel. Liegt am Tisch da vorn.«

Rokar rechnete damit, dass dieser kurze Dialog seinen früheren Kollegen aus dem Konzept bringen würde. Er hoffte umsonst.

»Die Entfernung war das Problem. Die Schwimmhalle sollte ganz hinten in den Garten. Wir mussten also eine Maschine mit einem entsprechenden Ausleger einsetzen. Wir haben einen Liebherr LTM 11200 genommen. Der kann seinen Teleskopausleger bis einhundert Meter ausfahren und hebt eintausendzweihundert Tonnen. Stell dir das vor: über tausend Tonnen.«

Rokars Begeisterung hielt sich in Grenzen.

»Tagesmiete fast fünftausend Euro. Wie sind wir auf das Thema gekommen? Du brauchst doch keinen Mobilkran, oder?«

Rokar schüttelte den Kopf.

»Jetzt hab ich es wieder. Die Kumpels von damals. Wie ich also da stehe und mit einem Vertreter vom Ordnungsamt über die erforderliche Straßensperrung verhandle, läuft ein Typ an uns vorbei, der mir bekannt vorkommt. So wie du eben. Klar, dass ich ihn angesprochen habe. Es war Tom Grieg. Er wohnt in der Straße, in der ich zu tun hatte. Wie hieß sie gleich? Ach ja, Gudrunstraße.« Er holte Luft. »Du bist noch bei den Bullen?« Er wartete die Antwort nicht ab. »Natürlich bist du.«

Vom Tisch rief eine Frauenstimme: »Lukas, bist du da festgewachsen?«

»Meine Holde«, erklärte Urner überflüssigerweise. »Kommst du mit zu uns? Heike wird sich freuen, dich wiederzusehen. Dann können wir die nette Unterhaltung fortsetzen.«

Sie springt garantiert nicht vor Begeisterung an die Decke, dachte Rokar. Er erinnerte sich an eine Karnevalsfeier an der Akademie, auf der sie ihn angebaggert hatte und er sie mit übertrieben barschen Worten zurückgewiesen hatte. Der Rotwein, den sie ihm deswegen über den Kopf geschüttet hatte, war aus seinem Sakko trotz mehrerer chemischer Reinigungsversuche nie wieder hinausgegangen. Sie hatten daraufhin bis zum Ende ihres Studiums nicht ein Wort mehr miteinander gewechselt.

»Danke. Aber ich wollte gleich gehen.« Er gab Urner die Hand und sah zu, wie der sich zu seiner Frau und ihren Freunden setzte. Heike würdigte ihn wie erwartet keines Blickes.

Zurück in seiner Wohnung fragte Rokar die Telefonauskunft im Netz ab. Tatsächlich. Tom Grieg war wieder in Deutschland. Tom war ein noch besserer Kumpel als Manni gewesen. Das hieß schon etwas. Er würde sich gern mit ihm treffen. Vielleicht sollte er ihn anrufen und sich mit ihm verabreden. Er notierte sich die Nummer.

33

Ulf Maurer sah sich prüfend um, bevor er am frühen Abend die Kneipe westlich des Bahnhofs im Düsseldorfer Stadtteil Garath betrat. An der Theke hockten eine Handvoll Männer und tranken, einer fütterte den Geldspielautomaten mit Münzen. Aus den Lautsprechern hoch in den Ecken klang leise Schlagermusik.

Der Wirt, ein massiger Kerl mit schulterlangen Haaren und tätowierten Oberarmen, musterte den neuen Gast gelangweilt.

Maurer trat an den Tresen. »Ist Giovanni da?«, fragte er leise.

»Wer will das wissen?«, erwiderte der Kneipier.

»Der Getränkelieferant.«

Der Wirt machte eine Kopfbewegung zu einer Tür, die zur Toilette führte. Maurer nickte. Er kannte den Weg.

Im Flur hing der süßliche Geruch von Urinalreinigern. Zwei Kameras unter der Decke registrierten jede Bewegung. Er ließ die sanitären Anlagen hinter sich und drückte auf den Klingelknopf neben einer Stahltür am Ende des Ganges. Es dauerte etwas, bis ein Summen ertönte, gefolgt von einem leisen Klacken. Das Türschloss war vom Wirt entriegelt worden. Maurer schob die Tür auf und betrat den Raum. Die Tür schloss sich automatisch hinter ihm.

Die Luft in dem fensterlosen Zimmer war zum Schneiden. Ein Ventilator auf einem kleinen Regal lief auf Hochtouren. Trotzdem blieb es stickig und warm. Schweißperlen bildeten sich auf Maurers Stirn.

In der Mitte des Raumes stand ein großer, runder Tisch mit acht Stühlen, der mit rotem Stoff bezogen war. Zusätzliche Sitzgelegenheiten stapelten sich an einer der Wände.

Vier Männer spielten Karten, sahen nur kurz auf und beachteten ihn dann nicht weiter.

Ein fünfter beobachtete das Geschehen aus einem abgewetzten Ledersessel. Er trug einen dunklen Anzug mit Weste, allerdings keine Krawatte. Am Revers des Sakkos prangte ein goldener Sticker in Form einer Pistole. Schwere Goldringe schmückten die Ringfinger. Am auffälligsten waren die Schuhe mit dem Besatz aus Krokodilleder. Er hatte ein Whiskeyglas in der Hand und sprach Maurer an. »Ulf«, meinte er mit einem Lächeln.

»N'Abend, Tobias.«

»Hast du die Knete, die du mir schuldest?«

»Sicher.« Maurer trat an den Sessel, griff in die Innentasche seiner Jacke, zog einige Hunderteuroscheine heraus, blätterte sie zu einem Fächer auf und drückte sie dem Mann, der sich Tobias nannte, in die Hand. »Dreitausend.«

»Auf dich ist wirklich Verlass. Wenn alle Bullen so entgegenkommend wären …«

Maurer verzog gequält das Gesicht. »Nicht so laut.«

»Die nehmen nichts von dem wahr, was wir hier besprechen. Die interessieren sich nur für ihre Karten. Willst du auch spielen?«

»Natürlich.«

»Hast du genug Geld?«

»Sicher.«

»Gut.« Tobias stemmte sich aus dem Sessel und trat an den Tisch. »Mein Freund hier will einsteigen.«

Die Zocker signalisierten Zustimmung, und Maurer nahm Platz. Seine Hände zitterten. Nicht aus Angst, sondern vor Erregung.

»Sie spielen Five Card Draw«, erklärte Tobias. »Mindesteinsatz zehn Euro. No Limit. Der Geber wechselt nach jedem Spiel.«

»Alles klar.«

»Zeig deine Knete.«

Der Polizist blätterte knapp tausend Euro in kleinen Scheinen auf den Tisch. Dann wartete er auf seine Karten.

Angefangen hatte alles mit einer wöchentlichen Pokerrunde unter Kollegen. Gespielt wurde lediglich mit Monopolygeld. Der Verlierer bezahlte den anderen einmal im Monat die Currywurst in der Imbissbude in der Nähe des Amts. Später entdeckte Maurer das Pokern im Internet. Im ersten halben Jahr gewann er so viel, dass er damit seinen Jahresurlaub finanzieren konnte. Schließlich spielte er in schummrigen Hinterzimmern um hohe Einsätze. Mal gewann er, mal verlor er. Er bildete sich ein, alles unter Kontrolle zu haben und jederzeit aussteigen zu können. Als sein Konto leer geräumt war und er seine Schulden nicht mehr bezahlen konnte, warfen ihn die anderen Zocker aus den Pokerrunden. Einer seiner Gläubiger brachte ihn zu Tobias, der für Informationen bezahlte. Wann ist wo die nächste Razzia? Gegen wen wird warum ermittelt?

Tobias zahlte gut.

Er verspielte alles. Immer tiefer verstrickte er sich im Spinnennetz des organisierten Verbrechens, lieferte Hinweise an jeden, der seine Spielschulden beglich, bis ihn schließlich nicht nur Tobias in der Hand hatte. Irgendwann vor einem Jahr wollte er aussteigen. Er nahm Urlaub, kratzte sein letztes Geld zusammen und meldete sich zu einer stationären Therapie gegen Spielsucht in einer Klinik an. Alles lief bestens.

Nach seiner Rückkehr rührte er keine Karten mehr an. Bis eines Abends Tobias vor seiner Tür stand, seine Schuldscheine präsentierte und unverhohlen drohte, seine Vorgesetzten zu informieren, wenn er nicht zahlte. Tobias hielt ihm Fotografien vor die Nase, die irgendwer irgendwo geschossen hatte. Sie zeigten ihn mit bekannten Kiezgrößen beim Zocken, besoffen in den Armen irgendwelcher Nutten, bei der Übergabe fotokopierter Polizeidokumente. Jedes Bild für sich allein hätte zu seiner Entlassung und dem Verlust seines Beamtenstatus gereicht. Geld, um die Ansprüche Tobias' zu befriedigen, hatte er keines. So unter Druck gesetzt, ließ er sich darauf ein, auch Mironov zu beliefern. Der zahlte sogar noch besser als Tobias. Schon bald war der Georgier der einzige Abnehmer seiner Hinweise. Maurer resignierte und ging jede Woche in das Hinterzimmer der Garather Kaschemme.

Heute war Fortuna auf seiner Seite. Fast fünfzigtausend Euro stapelten sich vor ihm auf den Tisch. Er würde endlich alle Schulden begleichen und sein Bankkonto auffüllen können. Noch eine Runde, dann war Schluss.

Langsam blätterte er dicht vor seinen Augen die Karten auseinander. Eine Neun, zwei Asse, zwei Könige. Ausbaufähig.

Wie beiläufig warf er die Neun verdeckt auf den Tisch, machte seinen Mindesteinsatz und wartete auf die neue Karte. Es war ein Ass. Er hatte das höchste Full House, das möglich war. Die Wahrscheinlichkeit für eine solche Hand lag bei etwas über einem Promille. Nur drei weitere Kombinationen waren besser und noch seltener. Er setzte als Erster und legte fünfzig Euro in die Mitte des Tisches. Die anderen erhöhten. Dann war wieder er an der Reihe. Er glich den Einsatz der Spieler vor ihm aus und schob fünfhundert in den Pot. Zwei Zocker passten und warfen verdeckt ihre Karten hin, zwei blieben im Spiel. Fünf Minuten später lagen im Pott einige zehntausend Euro. Ein Weiterer stieg aus.

Maurer versuchte, irgendetwas aus dem Mienenspiel seines Gegenübers zu lesen. Aber da war kein Mienenspiel, sondern nur eine in Stein gemeißelte Maske, die auf die Geldscheine auf dem Spieltisch starrte.

Er entschloss sich zum Alles-oder-Nichts. »All in«, hörte er sich sagen und schob seine verbliebenen Vierzigtausend in den Pot.

Erst jetzt lächelte sein Gegenüber. Er glich den Betrag aus und meinte gelassen: »Sehen.«

Über einhundertsiebzigtausend Euro lagen da vor ihm und warteten, in seine Tasche zu wandern. Vielleicht reichte die Kohle sogar dazu, irgendwo im Ausland ganz neu anzufangen. Ohne Pokern, ohne den Verrat von Dienstgeheimnissen.

Maurer blätterte seine Hand auf. »Full House«, sagte er siegessicher. Schweißtropfen liefen ihm zwischen den Schulterblättern den Rücken hinunter.

»Nicht schlecht«, meinte der andere gelassen. Schlagartig wusste Maurer, dass sich gleich alle Hoffnungen in Luft auflösen würden.

»Vier Damen.« Der Mitspieler legte seine Hand offen. »Danke für das Geld.«

Der Kommissar war wie gelähmt.

Tobias trat an seine Seite. »Ich gebe dir natürlich Kredit. Wie viel willst du?«

Wortlos drängte sich Maurer zur Tür und verließ fluchtartig Hinterzimmer und Kneipe. Draußen atmete er tief durch und ignorierte den Regen, der auf ihn niederprasselte. Alles war verloren.

Aus und vorbei.

Schweren Schrittes ging er zu seinem in der Nähe geparkten Fahrzeug, stieg hinein, blieb für Minuten wie erstarrt sitzen, zog schließlich die Dienstpistole aus dem Handschuhfach, entsicherte sie, steckte den Lauf in den Mund und drückte ab.

34

Yusef Seif arbeitete seit drei Jahren als Lehrer in der Oberstufe eines Herner Gymnasiums. Er wurde in Osnabrück geboren, war dort zur Schule gegangen und hatte später Mathematik, Physik und Soziologie studiert.

Heute unterrichtete er den Leistungskurs Sozialwissenschaften und hatte außerhalb des Lehrplans ein besonderes Thema vorbereitet: Islamismus als politisches Programm.

Er betrat nach der Pause den Klassenraum. Es dauerte eine Zeit, bis Ruhe einkehrte und alle auf ihren Plätzen saßen.

»Ich möchte mit Ihnen heute über Islam und Islamismus sprechen. Wie Sie wissen, bin ich Muslim, so wie auch einige andere in der Klasse hier, aber kein Islamist.« Er schrieb beide Begriffe an die Tafel. »Worin bestehen Ihrer Meinung nach die Unterschiede?«

Zögernd hoben sich die ersten Hände.

»Bitte, Zahir?«

Zahir Bata gehörte zu den besten Schülern der Oberstufe. Sein Berufsziel war Arzt. Angesichts seiner schulischen Leistungen war zu erwarten, dass er trotz des strengen Numerus clausus sein Studium recht bald nach dem Abitur aufnehmen konnte.

»Islam steht für Religion, Islamismus ist eine Ideologie.«

»Sehr gut.« Seif notierte das Gesagte.

»Das ist doch Quatsch«, rief Stephan Schmidt in den Raum. Der Achtzehnjährige galt, obwohl hochintelligent, unter den Lehrern als latent renitent.

»Weshalb?«

»Weil es ohne den Islam keinen Islamismus gäbe.«

»Richtig. Aber was unterscheidet die beiden?«

»Nichts«, entgegnete Stephan. »Der Koran verlangt von seinen Gläubigen die Missionierung Andersdenkender. Was, wenn die sich nicht bekehren lassen wollen? Dann werden sie gezwungen.«

»Auch Christen haben in der Geschichte mit dem Schwert missioniert«, warf Zahir ein. »Denk doch nur an die Kreuzzüge.«

»Das war vor ein paar Hundert Jahren.«

»Na und?«

»Christen glauben jedenfalls nicht an die vierzig Jungfrauen, die im Paradies auf sie warten, falls sie sich als Selbstmordattentäter in die Luft sprengen.«

Zahir schüttelte den Kopf. »Ich bin Muslim und glaube auch nicht daran. Das ist nichts anderes als eine Metapher. Ähnliches findet sich in der Bibel.«

»Dann erzähl den Angehörigen der drei Toten, die in den letzten Wochen bei den Anschlägen ums Leben gekommen sind, dass ihre Verwandten für eine Metapher gestorben sind. Viel Vergnügen dabei.«

»Unter den Toten waren zwei Muslime.«

»Das macht es auch nicht besser.«

Seif griff ein, um die Debatte zwischen den beiden Kontrahenten nicht völlig aus dem Ruder laufen zu lassen. »Sie haben den Konflikt gut auf den Punkt gebracht. Aber wir wollten uns nicht mit den Gegensätzen von islamischer und christlicher Theologie beschäftigen, sondern mit dem Islamismus.«

Doch Stephan ließ sich nicht so leicht disziplinieren. »Die Ermordung Ungläubiger gehört zu den Grundsätzen des Korans.«

»Das stimmt«, räumte Seif ein. »Aber zum einen müssen die entsprechenden Suren in ihrem historischen Kontext gesehen werden, zum anderen fordert der Koran die Todesstrafe nur für die, die vom wahren Glauben abgefallen sind, also konvertierte Muslime zum Beispiel.«

»Na toll«, spottete Stephan. »Bringen sich die Moslems eben gegenseitig um die Ecke.«

Seif entglitt die Kontrolle. Vielleicht war es doch keine so gute Idee gewesen, dieses Thema ausgerechnet in der derzeit aufgeheizten gesellschaftlichen Atmosphäre anzusprechen.

Bevor er reagieren konnte, rief Zahir erregt: »Was ist mit den christlichen Fundamentalisten, die in den USA andere Christen über den Haufen schießen, nur weil die sich für Abtreibungen einsetzen? Oder dein Glaubensbruder Breivik, der in Schweden fast achtzig Menschen ermordet hat, die meisten davon Christen?«

Stephan sprang auf. »Willst du damit sagen, ich toleriere solche Morde?«

»Nein. Genauso wenig wie die überwiegende Mehrheit der Muslime die Attentate der letzten Wochen.«

Stephan machte eine abwertende Handbewegung und murmelte: »Leck mich doch.«

Die Schulglocke schellte. Die Unterrichtsstunde war vorüber. Die Schüler strebten in verschiedene Klassenräume, um dort an anderen Kursen teilzunehmen. Beim Hinausgehen würdigten sich Zahir und Stephan keines Blickes.

Bereits am Mittag poppte die erste Nachricht auf Facebook auf. Ein Freund schrieb Zahir, dass Stephan Schmidt sich zu Wort gemeldet hatte. Er habe einen unsachlichen Post über die Diskussion eingestellt, samt Foto von Zahir und der Behauptung, dieser äußere Verständnis für die islamistischen Terroristen und versuche, deren Taten zu relativieren und gegen die Morde von Einzeltätern aufzurechnen. Der Beitrag sei bereits dutzendfach gelikt worden.

Dann ging es Schlag auf Schlag. Im Sekundentakt meldeten sich völlig Fremde zu Wort, beschimpften ihn, drohten, übergossen ihn mit Häme. Ein Shitstorm brach über ihn herein. Einige stellten Bilder vom Lebensmittelgeschäft seiner Eltern ins Netz, andere teilten diese Postings, verbreiteten sie weiter.

Der Gymnasiast kam am späten Nachmittag nach Hause. Schon von Weitem sah er das Polizeifahrzeug und die Menschentraube vor ihrem Laden. Einige der Leute hielten selbst gemalte Plakate hoch. *Kauft nicht bei den Unterstützern von Terroristen*, las Zahir. Oder: *Deutschland den Deutschen*.

Die Rollläden des elterlichen Geschäfts waren heruntergelassen, die Tür verschlossen. Zahir benutzte den Hauseingang und ging von dort in den Laden. Seine Eltern saßen mit vor Schreck geweiteten Augen auf ihren Stühlen mitten im Verkaufsraum, sein Vater hielt einen Besenstiel in der Hand.

»Ich dachte, in Deutschland wären wir sicher«, schluchzte seine Mutter. Sie war Christin und mit ihrem Ehemann, einem Moslem, vor zwanzig Jahren geflüchtet, als die Repressalien der Nachbarn wegen ihrer interkonfessionellen Eheschließung unerträglich wurden. »Aber das ist ja fast wie in Syrien.«

35

In der letzten Nacht war eine heftige Gewitterfront über Westdeutschland hinweggezogen. Sie brachte kurzzeitig die ersehnte Abkühlung, vor allem aber Regen. Die Erde lechzte geradezu nach Wasser.

Rokar Kaymaz hatte sich mit seinem alten Kumpel Tom Grieg in einer Kneipe nahe des Engelbertbrunnens im Bochumer Bermudadreieck verabredet. Der Recklinghäuser Kommissar war dreißig Minuten zu früh. Für einen Samstagabend war es überraschend leer in dem Lokal. Der große Ansturm begann vermutlich erst in einigen Stunden. Er suchte sich einen freien Platz unter einem der weit ausladenden Sonnenschirme und bestellte ein alkoholfreies Weizenbier.

Rokar kannte die Kneipe gut. Hier hatten er und sein Bruder Hawar vor dessen Ehe mit Sema viele Abende verbracht. Diese regelmäßigen Treffen waren nach der Hochzeit deutlich zurückgegangen und nach der Geburt Moahs völlig eingeschlafen. Damals bewohnten sie gemeinsam ein kleines Zechenhaus im Bochumer Norden. Hawar arbeitete als Elektrofahrsteiger in der zentralen Wasserhaltung eines Bergbauunternehmens, Rokar hegte als Streifenpolizist höhere berufliche Ambitionen. Es ging ihnen gut. Aber jetzt waren Hawar und Moah tot. Rokars Augen wurden feucht. Er wischte die Tränen mit dem Handrücken ab. Er hätte nicht diese verdammte Kneipe, die so viele Erinnerungen barg, für ihr Treffen vorschlagen sollen.

Endlich erschien Tom. Rokar erkannte ihn schon von Weitem. Immer noch die sportliche Gestalt, die breiten Schultern, der leicht wiegende Gang. Nur sein Haar war grauer geworden.

Er hob den Arm, um auf sich aufmerksam zu machen. Lächelnd trat Tom an seinen Tisch. Sie begrüßten sich mit einer Umarmung.

»Zehn Jahre. Eine lange Zeit«, meinte Tom, nachdem er sich gesetzt hatte. »Wie ist es dir ergangen?«

»Ich bin Hauptkommissar bei der Kripo in Recklinghausen und leite das Kriminalkommissariat 11. Gewaltkriminalität.«

»Respekt.«

»Was hast du in den letzten Jahren getrieben?«

»Du weißt, dass ich bei *Blackcloud* angeheuert habe?«

»Ja. Greti hat es mir erzählt.«

»Ihr habt noch Kontakt?«

»Jetzt nicht mehr. Zum letzten Mal sind wir uns zufällig in der Stadt über den Weg gelaufen. Wir haben einen Kaffee zusammen getrunken. Siehst du sie manchmal?«

»Hin und wieder«, antwortete Tom ausweichend.

Er wollte nicht darüber sprechen. »Was genau hast du bei *Blackcloud* gemacht?«

»Menschen beschützt. Eigentlich so wie früher als Bulle auch.«

»Die zahlen gut, nehme ich an?«

»Sehr gut.«

»Was habe ich mir darunter vorzustellen?«

»Mindestens tausend Dollar. Manchmal mehr. Plus Spesen und freier Logis.«

»Das nennst du gut?« Rokar schüttelte entgeistert den Kopf. »Dafür würde ich nicht aufstehen.«

Tom grinste. »Am Tag natürlich.«

Sein Freund pfiff durch die Zähne. »Das ist tatsächlich gut«, stellte er fest. »Suchen die da noch Leute?«, fragte er halb im Scherz, halb im Ernst.

»Nichts für dich. Du bist zu lange Polizist.«

»Wie soll ich das verstehen?«

»Jemand wie du ist zu gesetzestreu.«

Rokar lachte auf. »Das sagt ausgerechnet einer, der Lehrgangsbester in Hiltrup war und mit Bravour die Aufnahmeprüfung für die Sicherungsgruppe des BKA bestanden hat.«

»Du vergisst eine Kleinigkeit: drogenabhängig, korrupt.«

»Ich habe nie geglaubt, dass du die Hand aufgehalten hast. Mit dem Koksen allerdings ...«

»Habe ich gemacht. Manchmal. Wie andere Bullen auch. Bestechlich war ich tatsächlich nicht. Aber lassen wir das. Wie geht es deinem Bruder und Sema?«

Rokars Miene verhärtete sich. Er schaute an seinem Freund vorbei ins Leere, was Tom nicht verborgen blieb.

»Habe ich etwas Falsches gesagt?«

»Du kannst es ja nicht wissen. Hawar ist tot. Mit seinem Sohn Opfer eines terroristischen Anschlags geworden.«

»Um Gottes willen. Wann war das?«

»Vor nicht ganz einem Monat.«

»Dann waren sie es, die bei der Bombenexplosion in Düsseldorf ums Leben gekommen sind?«

Rokar schluckte. Der Kloß im Hals drohte ihn zu ersticken. Irgendwie schaffte er es, zu nicken.

Tom platzierte seine Hand auf der seines Freundes. »Kann ich irgendwie helfen?«

Rokar legte die Stirn in Falten. »Vielleicht«, antwortete er zurückhaltend.

»Was soll ich tun?«

»Manni leitet beim LKA die Ermittlungen. Ich habe ihn nach den bisherigen Ergebnissen gefragt, aber er hält mich mit Allgemeinplätzen hin.«

»Kein Wunder. Er darf dir nichts sagen.«

»Ich weiß. Er hat mir zu verstehen gegeben, dass entgegen der öffentlichen Meinung möglicherweise auch nichtislamistische Motive hinter den Anschlägen stecken könnten.«

»Das würde mich überraschen.«

»Mich auch.«

»Du benutzt den Plural? Dann sind für die Anschläge in Essen und Dortmund dieselben Täter wie am Flughafen verantwortlich?«

»Glaubt Manni. Nur war der Zünder in Essen nicht funktionsfähig.«

»Es stand aber so in den Zeitungen.«

»In fast allen. Eine hat die Pressekonferenz des LKA korrekt wiedergegeben. Außerdem hat die Presse Details gemeldet, von denen ich nicht glaube, dass Manni sie freigegeben hat.«

»Woher weißt du das?«

»Weil ich seit dem Anschlag täglich alle überregionalen Zeitungen aus Düsseldorf und dem Ruhrgebiet kaufe und auswerte.

Die Artikel füllen zwei Aktenordner. Wenn Manni diese Hinweise nicht durchgestochen hat und es keine undichte Stelle im LKA gibt, können es nur die Terroristen selbst sein, die die Medien füttern.«

»Weshalb?«

»Das frage ich mich auch. Wenn an Mannis vagen Andeutungen etwas dran ist, stellt sich die Frage nach dem Sinn der Aktionen.«

»Wie meinst du das?«

»Lass es mich anders formulieren: Wer könnte ein Interesse daran haben, Anschläge von Islamisten vorzutäuschen?«

»Frag mich Leichteres.«

»Du könntest versuchen, es herauszufinden.«

»Du teilst Mannis Skepsis?«

»Ich würde seine Zweifel jedenfalls nicht von vornherein als unbegründet abtun. Hilfst du mir?«

»Wie stellst du dir das vor? Du bist der Bulle.«

»Aber nicht in den Fall involviert. Ich kann schlecht in die Redaktionen marschieren, meinen Ausweis zücken und Erkundigungen einholen. Eine Rückfrage beim LKA, und ich fliege auf.«

»Aber bei mir wäre das deiner Meinung nach anders?«

»Du bist wirklich ein Schnellmerker.«

»Ha, ha. Wie soll das gehen?«

Rokar zog einen kleinen Zettel aus der Tasche und reichte ihn Tom. »Hier ist die Anschrift eines Typografen aus Herne. Gilbert Harquin fragt weder, wer sein Auftraggeber ist, noch hat er Skrupel, was den Inhalt seiner Aufträge angeht. Vorausgesetzt, sein Kunde zahlt gut.« Er kramte erneut in seiner Jacke und zog einen

USB-Stick hervor. »Darauf ist eine hochauflösende Kopie meines Dienstausweises, natürlich mit geschwärztem Namen. Gib sie ihm mit einem Foto von dir und in wenigen Tagen bist du wieder Hauptkommissar.« Er schob einen Briefumschlag über den Tisch. »Für deine Auslagen.«

Tom gab den Umschlag zurück. »Ich habe nicht zugesagt. Warum machst du das nicht selbst?«

»Geht was schief, bin ich meinen Job und die Pension los. Du hast beides nicht mehr.«

»Ein schwacher Trost. Das Fälschen und Benutzen solcher Ausweise ist eine Straftat und wird mit Gefängnis bestraft.«

»Da sagst du mir nichts Neues. Allerdings gibt es bei Ersttätern fast immer nur eine Geldstrafe. Das wird auch bei dir so sein. Schließlich schadest du niemandem.«

»Du machst mir Spaß.«

»Außerdem glaube ich nicht, dass du auffliegst. Du verstehst es, wie ein Polizist aufzutreten, kannst Fragen stellen wie einer und bist selbstsicher genug für den Job.«

»Danke für die Blumen. Dieser Harquin ist Franzose?«

»Belgier.«

Tom steckte den Zettel mit der Anschrift ein. »Ich werde es mir überlegen.«

»Das hatte ich gehofft.«

36

Sie waren in dem Lokal in der Düsseldorfer Altstadt verabredet. Auf dem Weg dorthin stach Schelsky auf einer Plakatwand der Hinweis auf eine Rubens-Ausstellung im Museum Kunstpalast ins Auge. Quer über der Ankündigung prangte ein Aufkleber, auf dem stand: *Das Massaker der Unschuldigen. Seit 2002 erstmals wieder in Deutschland. Ab dem 13. August. Nur drei Tage.*

Er war wie elektrisiert. Natürlich kannte er das Kunstwerk von Fotos, hatte es aber nie gesehen. Es hing in der Art Gallery of Ohio und gehörte mit einem Kaufpreis von fast achtzig Millionen zu den dreißig wertvollsten Gemälden der Welt.

Schelsky wollte das Plakat abfotografieren, um den Termin festzuhalten, fand aber sein Handy nicht. Er hatte es in der Wohnung vergessen. Einen Stift hatte er auch nicht. Egal. Er würde sich in dem Restaurant einen leihen. Diese Ausstellung durfte er unter keinen Umständen verpassen.

Das Lokal war voller als bei ihrem letzten Treffen. Dimitri Mironov saß an dem üblichen Tisch weit hinten. Der Stimmenpegel in dem Schankraum war hoch. Das störte nicht, im Gegenteil. Es erschwerte das Mithören vertraulicher Unterhaltungen.

Ihre Begrüßung fiel knapp aus. Noch bevor er Platz nahm, fragte Schelsky: »Hast du einen Schreiber?«

»Sicher. Warum?«

»Ich muss mir etwas notieren.« Er schrieb den Ausstellungstermin auf eine Serviette.

»Die Telefonnummer einer Nutte?«, vermutete Mironov.

Die Bedienung kam, und sie bestellten zwei Bier.

»Unsinn. In einem Düsseldorfer Museum wird Rubens ausgestellt.«

»Das ist doch der Maler, der die dicken Weiber gezeichnet hat, oder?«

Schelsky verzog das Gesicht. »Ja, Rubens hat auch Frauenakte gemalt. Er bevorzugte jedoch religiöse Motive.«

»In der Wohnung liegt ein Bilderbuch. Sind die Fotos darin von Rubens?«

»Die Fotografien nicht. Die Bilder schon.«

»Wenn ich mich recht erinnere, schleppst du dieses Buch ständig mit dir durch die Gegend.«

»Ich trage es nicht mit mir herum, sondern nehme es mit, falls ich in einer anderen Stadt zu tun habe und länger dort bleibe.«

Mironov schüttelte verständnislos den Kopf. »Wird das nicht langweilig, sich immer wieder dieselben Fotos anzugucken?«

»Nein.« Er wechselte das Thema. »Du hast mich doch nicht hierherbestellt, um mit mir über Rubens zu plaudern.«

»Niet. Der Kerl geht mir am Arsch vorbei.«

Banause, dachte Schelsky.

Ihre Getränke wurden serviert.

Mironov wartete, bis die Bedienung fort war. Dann meinte er: »Es gibt ein Problem wegen der Sache in Geldern. Ein Penner wurde von der Polizei als Tatzeuge gesucht.«

Schelsky schwieg betreten.

»Ja, du hast allen Grund, so dämlich zu gucken«, blaffte ihn sein Gegenüber an. »Warum weiß ich nichts davon?«

»Weil ich es gerade zum ersten Mal gehört habe.«

»Dieses Arschloch muss sich irgendwo in der Nähe versteckt haben. Wir haben Glück im Unglück. Ihm fehlt jedes Erinnerungsvermögen. Er ist wohl von irgendwelchen Schlägern schlimm zugerichtet worden und liegt in einer Klinik in Recklinghausen. Das warst doch hoffentlich nicht du, oder?«

Schelsky lächelte schief. »Du solltest mich besser kennen. Wenn ich ihn in der Nacht gesehen hätte, wären die Bullen über drei Leichen gestolpert.«

»Ich habe mich sachkundig gemacht. Das mit der Erinnerungslücke muss nicht so bleiben. Jeden Moment kann sein verdammtes Gedächtnis wiederkommen. Dann ist die Kacke wirklich am Dampfen.« Er holte tief Luft und brüllte unvermittelt los: »Das ist einfach Scheißdreck, ist dir das klar?«, nahm sich jedoch sofort zurück, als er die verstohlenen Blicke der anderen Gäste registrierte. »Du gefährdest das ganze Projekt«, sagte er leise.

»Ich bringe die Sache in Ordnung.«

»Wie willst du das machen?«

Schelsky antwortete mit einer Gegenfrage: »Wie heißt der Penner und in welchem Krankenhaus liegt er?«

»Keine Ahnung«, gestand Mironov.

»Frag deinen Informanten.«

»Würde ich ja gern. Aber der hat sich vor ein paar Tagen eine Kugel in den Kopf geschossen.«

»Das ist ärgerlich.«

»In der Tat.«

»Ich löse das Problem. Mir wird schon etwas einfallen.«

»Hoffentlich. Wir werden uns einige Zeit nicht kontaktieren. Ich muss nach Berlin.«

»Gute Reise.« Schelsky kippte das Bier in einem Zug. »Dieses Mal zahlst du«, sagte er und ging.

37

Das Radio dudelte leise.

Tom Grieg hatte den Ausweis mit einer starken Lupe einer gründlichen Überprüfung unterzogen, aber keine Auffälligkeiten festgestellt. Der Belgier hatte wirklich gute Arbeit abgeliefert. Einer oberflächlichen Untersuchung würde die Fälschung locker standhalten.

Jetzt lag der Dienstausweis neben seinem Weinglas auf dem Tisch, und es kam Tom vor, als starrte ihn die Fotografie darauf an. Vielleicht konnte er deswegen den Blick nicht abwenden. Sollte er Rokars Drängen nachgeben und sich wirklich als Polizist ausgeben?

WDR 2 unterbrach die laufende Musik, und der Moderator meldete sich. »Uns erreicht soeben eine Meldung, derzufolge die islamistischen Terroristen, die in den letzten Wochen drei Attentate verübt haben, weitere Anschläge in Deutschland planen. Dies sei den Redaktionen der wichtigsten Medien in einem Bekennerschreiben mitgeteilt worden. Näheres erfahren Sie in den Nachrichten um elf.« Wie es scheint, tappt die Polizei noch völlig im Dunkeln.

Tom dachte einen Moment über das Gehörte nach. Dann fasste er einen Entschluss. Er steckte den Ausweis in seine Hosentasche, stand auf, griff seine Jacke und verließ die Wohnung.

Der Weg nach Essen nahm eine gute halbe Stunde in Anspruch. Die Parkplatzsuche rund um das neue Gebäude der Mediengruppe dauerte ebenso lang.

Endlich stand er vor dem Pförtner, wedelte mit dem falschen Dienstausweis und verlangte, jemanden von der Chefredaktion zu sprechen.

Nach einigen Telefonaten erklärte sich der Chef vom Dienst bereit, mit ihm zu reden.

Tom ließ sich den Weg erklären und fuhr mit dem Fahrstuhl in die entsprechende Etage.

Der CvD stellte sich als attraktive Mittvierzigerin heraus. Sie warf einen flüchtigen Blick auf Toms Ausweis. »Was kann ich für Sie tun, Herr Gregor?«

Diesen Namen hatte ihm der Fälscher verpasst.

»Ich werde Sie nicht lange aufhalten und habe nur einige kurze Fragen. Ist auch bei Ihnen in den letzten Tagen ein neues Bekennerschreiben der Terroristen eingegangen?«

»Ja. Vor drei Stunden.«

»Darf ich es sehen?«

»Sicher. Wir werden es morgen ohnehin veröffentlichen.« Sie ging zu ihrem Schreibtisch, kramte in einem Papierstapel und zog schließlich ein Blatt hervor, das sie Tom reichte.

Der überflog den Text. In der für Islamisten typischen blumigen Sprache kündigte das Kommando Märtyrer Kalif Abu Bakr al-Baghdadi Anschläge in mehreren Städten der Bundesrepublik an, darunter in München und Berlin. Die Terrorattacken sollten sich gegen Sportveranstaltungen, Jahrmärkte, Konzertaufführungen oder Theater richten.

»Al-Baghdadi war bis Oktober letzten Jahres Kalif des Islamischen Staates. Er starb bei einer amerikanischen Operation, die unter dem Tarnnamen Kayla Mueller durchgeführt wurde«, erklärte die Journalistin.

»Ich weiß.«

»Entschuldigung. Ich wollte Sie nicht belehren. Da ist leider mein professionelles Mitteilungsbedürfnis mit mir durchgegangen.«

»Kein Problem. Passiert mir auch manchmal.« Tom lächelte. »Wie ist das Schreiben bei Ihnen eingegangen?«

»Per Mail. Absender war das Al Hayat Media Center, das sonst die Propagandavideos des Islamischen Staates produziert.«

»Halten Sie die Nachricht für authentisch?«

Sie schaute verwundert. »Sicher. Sie enthält Details der letzten drei Anschläge. Wer könnte sonst davon wissen? Sie zweifeln?«

»Üblicherweise führen diese Terroristen die Attentate erst aus und bekennen sich später dazu. Von vorherigen Warnungen habe ich noch nie gehört.«

»Vielleicht haben sie ihre Taktik geändert.«

»Mag sein.« Tom sah erneut auf das Blatt. »Das ist eine bearbeitete Fassung der Nachricht, oder?«

»Bearbeitet nicht gerade. Das ist schon der Originaltext, nur ohne Anschrift, Absender, Datum und Betreff.«

»Hätten Sie einen Ausdruck der Original-Mail zur Hand?«

»Klar.« Sie zögerte. »Ich wundere mich, dass das LKA nicht selbst über eine Kopie verfügt.«

Tom wurde erst warm, dann kalt. Er bemühte sich, seine Nervosität zu überspielen. »Haben wir. Ich möchte die Versionen nur vergleichen. Möglicherweise sind unterschiedliche Fassungen verschickt worden.«

»Ach so.« Die CvD öffnete die Tür zu ihrem Vorzimmer. »Die Mail bitte, mit der wir morgen aufmachen.« Sie kehrte mit dem Schreiben zurück.

»Darf ich das behalten?«, fragte Tom.

»Sicher.«

»Eine Frage noch. Haben Sie auf die Mail geantwortet?«

»Nein, warum?«

»War nur so eine Idee. Danke, dass Sie mir Ihre Zeit geschenkt haben.«

»Keine Ursache.«

Tom verabschiedete sich.

Vor dem Gebäude atmete er tief durch.

Zurück in seiner Wohnung loggte er sich bei einem Anbieter für anonyme E-Mail-Adressen ein, über die auch Nachrichten zu empfangen waren, und schickte ein belangloses Schreiben an den Absender, der in dem Bekennerschreiben angegeben war. Es dauerte nicht lange, dann poppte die Antwort auf, dass seine Mitteilung nicht ausgeliefert werden konnte, da die Adresse nicht existiere.

Wollten sich die Verfasser dadurch vor Verfolgung schützen? Unwahrscheinlich. Das Al Hayat Media Center publizierte seit einigen Jahren ausschließlich in besonders geschützten, schwer zugänglichen Bereichen des Darknets. Das bot eigentlich Sicherheit genug.

Nein, er glaubte, dass das Bekennerschreiben nicht wirklich von einem Kommando des Islamischen Staats stammte. Alle Indizien sprachen dagegen. Da war jemand anderes am Werk, der sich hinter der Maske solcher Terroristen verstecken wollte. Nur warum?

Rokar hatte in der Tat die richtigen Fragen gestellt.

Er rief ihn an.

38

Da, wo sonst die Botschaftsfahrzeuge parkten, war eine von Lautsprechern flankierte und überdachte Bühne aufgebaut, große Zelte mit hochgeschlagenen Seitenwänden standen auf der Rasenfläche davor.

Einige der etwa einhundert Gäste aus Politik und Wirtschaft flanierten mit Sektgläsern durch den Garten, weitere unterhielten sich in Gruppen an den Stehtischen. Andere wiederum verspeisten die Steaks, die von den Köchen an den beiden Grills zubereitet wurden.

Zwischen den Geladenen flitzten hübsche Servicekräfte in russischer Tracht umher und servierten die Getränke. Eine dreiköpfige Jazz-Combo sorgte für leise Hintergrundmusik.

Das Wetter spielte an diesem Abend mit. Die Temperaturen in Berlin waren mit etwas über zwanzig Grad angenehm, keine Wolke zeigte sich am Himmel.

Bundestagsabgeordnete stellten die Mehrheit der Gäste. Viele von ihnen hatten zum ersten Mal eine Einladung in die Botschaft der Russischen Föderation erhalten. Manche vermochten ihre Neugier kaum zu bändigen.

Gastgeber aber war nicht der Botschafter, sondern eine Gruppe, die sich *Parlamentarische Freunde Russlands* nannte und die heute ihre offizielle Anerkennung durch die russische Regierung feierte.

Die meisten der Abgeordneten gehörten der CDU/CSU-Fraktion an oder waren Mitglied in der AfD. Letztere wurden von den anderen Gästen wie Parias gemieden und blieben meist unter sich. Lediglich Diplomaten der Botschaft gesellten sich zu ihnen.

Von den Parlamentariern der Grünen und der Linken waren nur je zwei Politiker eingeladen worden, die sich angesichts der überwiegenden Mehrheit stramm konservativer Gäste zu Recht in der Alibirolle fühlten. Die beiden Männer und Frauen standen deshalb abseits von den anderen an einem Stehtisch am Ende des Gartens.

Ein leicht fülliger Mittvierziger, an dessen Revers ein Sticker in den Farben Russlands prangte, bestieg die Bühne und klopfte auf das Mikrofon.

»Meine sehr verehrten Damen und Herren«, begann er mit hartem Akzent. »Ich heiße Sie im Namen unseres Botschafters herzlich willkommen. Unaufschiebbare Amtsgeschäfte verhindern noch seine Anwesenheit auf unserer Festveranstaltung. Aber er hat mir versichert, dass er im Laufe des Abends zu uns stoßen wird. Ich bin Yuri Vasin, Botschaftssekretär und verantwortlich für die Kontakte zum Deutschen Bundestag. Bis zum Eintreffen des Missionschefs müssen Sie mit mir vorliebnehmen, obwohl ich natürlich nur einen unzureichenden Ersatz darstelle.« Wenn er an diesem Punkt auf eine amüsierte Reaktion des Publikums gehofft haben sollte, wurde er enttäuscht. Also sprach er weiter.

»Sie kennen den Grund unserer Zusammenkunft. Wir möchten Ihnen heute die neu gegründete Vereinigung *Parlamentarische Freunde Russlands* vorstellen und Sie zur Mitarbeit, zumindest aber zur ideellen Unterstützung ermuntern.«

Zwei Fotografen schossen eifrig Bilder.

»Die Gruppe hat es sich zur Aufgabe gesetzt, die Beziehungen zwischen unseren beiden Ländern zu intensivieren. Sie arbeitet völlig unabhängig von meiner Regierung, die lediglich finanzielle und organisatorische Hilfestellung leistet, jedoch keinerlei inhaltliche oder politische Einflussnahme ausübt.«

»Wer's glaubt«, murmelte einer der Grünen gerade so laut, dass ihn die Gäste an den Nachbartischen hörten und ihm indignierte Blicke zuwarfen.

Der Redner bat zwei Herren und eine Dame, alle drei in gedecktem Blau gekleidet, auf die Bühne und stellte sie vor. Als Erste ergriff die Dame das Wort. Sie sprach von den jahrhundertelangen Beziehungen zwischen den beiden Völkern, betonte deren gemeinsame Geschichte und bezeichnete Russland als orthodox-christliches Bollwerk gegen islamische Einflüsse aus dem Süden.

»Das ist Susanne von Appoli«, raunte Sonja Bachmeier, Bundestagsabgeordnete der Grünen. »Eine Schwester der AfD-Hinterbänklerin. Offen neonazistisch. Der Typ neben ihr stammt aus Thüringen. Er gehört dem *Flügel* an und wird als kommender Mann im dortigen Landtag gehandelt, sollte Höcke irgendwann in die Bundespolitik wechseln. Den dritten Kerl kenne ich nicht.«

»Aber ich«, sprang ihr der Linke bei. »Dimitri Mironov, in Georgien geborener Russe. Eine undurchsichtige Person. Er taucht häufiger im Umfeld der Botschaft auf. Es heißt, er handelt mit allem, was guten Gewinn verspricht. Vor einigen Jahren war er in eine Bestechungsaffäre verwickelt. Es ging damals um die Ausfuhrgenehmigungen irgendwelcher Zieleinrichtungssysteme für Boden-Luft-Raketen. Die Dinger sollten nach Katar geliefert werden, von da weiter in die Krisengebiete des Nahen Ostens. Der Deal flog im letzten Moment auf und wurde unterbunden. Man munkelt, Mironov habe exzellente Kontakte zum russischen Inlandsgeheimdienst FSB.«

»Na toll. Zwei AfD-Rechtsaußen und ein Spion. Wirklich eine illustre Gemeinschaft.«

»Psst«, zischte es vom Nachbartisch. »Benehmen Sie sich. Sie sind Gäste.«

Der Linke senkte seine Stimme. »Das sagt ausgerechnet der berüchtigtste Zwischenrufer der AfD, dessen rassistische Kommentare schon mehrmals vom Bundestagspräsidium gerügt wurden.«

»Was ist denn nun die Intention dieser Kontaktgruppe?«, fragte die Grüne.

»Wenn sie zu mehr dienen soll als zur Spesengenerierung und Durchführung von als Infofahrten getarnten Urlaubsreisen, wird es wohl darum gehen, russischen Interessen in der deutschen Innenpolitik Gehör zu verschaffen.«

»Also Putins verlängerter Arm?«

»Etwas in der Art.«

Die Vorstellungsrunde auf der Bühne war beendet. Warmer Applaus verabschiedete die Redner. Dann schwärmten jugendlich aussehende Anzugträger aus und verteilten Aufnahmeanträge an die Anwesenden.

Die Linke überflog den Text. »Die Mitgliedschaft kostet keinen Cent, im Gegenteil. Wer eintritt, erhält regelmäßig Einladungen zu Tagungen in, wie heißt es da so schön, Luxusresorts in exponierten Urlaubslandschaften.« Sie schaute zu den Nachbartischen. »Die halbe AfD unterschreibt bereits.«

Der Abgeordnete der Grünen grinste über beide Backen. »Es zahlt sich eben aus, in einer solchen Partei zu sein. Oder wann hast du zuletzt einen kostenlosen Urlaub auf der Krim verbracht?«

39

Hauptkommissar Manfred Kollmar warf die Tageszeitung in den Papierkorb. Er konnte sich den Scheiß nicht mehr antun. Die aufgeregten Meldungen in Rundfunk, Fernsehen und den Printmedien befeuerten die ohnehin schon angespannte Stimmung im Land weiter. Gewalttätige Übergriffe auf Ausländer häuften sich. Syrische oder libanesische Restaurantbesitzer zogen auch tagsüber ihre Rollläden nicht mehr hoch, weil ihnen regelmäßig die Scheiben eingeworfen wurden. Aus verschiedenen Städten der Bundesrepublik meldeten die Behörden vereinzelte Hamsterkäufe. Deutschland stand an der Schwelle einer kollektiven Massenhysterie.

Es klopfte. Erik Grunwald betrat das Büro. »Der Bericht aus dem Libanon ist endlich gekommen. Wir wissen jetzt, wer Abdul Moussa wirklich ist.«

»Nun?«

»Eigentlich heißt er Louay Hassan und stammt aus dem Irak. Im Jahr 2005 floh er vor den bürgerkriegsähnlichen Unruhen in seinem Heimatland in den Libanon. Ein politischer Dissident war er aber nicht. Er fand bei Bekannten in Beirut Aufnahme und schlug sich als Kleinkrimineller durch. Als ein Nachbarskind vergewaltigt und ermordet wurde, geriet auch er ins Visier der Ermittler. Die Polizei legte eine Akte an und entnahm eine DNA-Probe. Er hatte mit dem Mord jedoch nichts zu tun. Der Täter war der Onkel des Mädchens. Hassan …«

»Bleib bei Moussa«, bat Kollmar. »An den Namen habe ich mich mittlerweile gewöhnt.«

»Er wurde in der Folgezeit mehrmals wegen Einbruchs und Diebstahls verurteilt und saß insgesamt sechzig Monate im Knast. Seine letzte Haft endete im März dieses Jahres. Der DNA-Abgleich ist eindeutig.«

»Gibt es irgendwelche Hinweise auf Kontakte zu islamistischen Organisationen?«

»Nein. In dieser Hinsicht scheint Moussa völlig sauber zu sein.«

»Das dachte ich mir fast.«

»Moussa ist dann zu Geld gekommen, denn er kaufte sich Ende Mai ein Haus westlich der Stadt am Mittelmeer. Mehr wissen wir nicht.«

Kollmar kratzte sich am Kopf. »Hast du schon von einem islamistischen Selbstmordattentäter gehört, der sich kurz vor seinem geplanten Ableben ein Haus zulegt?« Er wartete Grunwalds Antwort nicht ab. »Ich nicht. Hätte er Kinder oder nahe Verwandte, sähe die Sache anders aus. Aber auch dann bliebe die Frage, woher er die Kohle für die Investition hat. Wieder ein Indiz, dass wir es nicht mit Islamisten zu tun haben.«

»Bist du dir sicher?«

»Natürlich nicht. Sicher ist nur der Tod. Aber ich halte es für immer wahrscheinlicher.«

Er griff zum Telefonhörer. »Ich muss mit Direktor Schaubel sprechen. Er reißt mir den Kopf ab, wenn ich ihn nicht über meine Bedenken in Kenntnis setze.«

Eine halbe Stunde später saß Kollmar im Büro seines Vorgesetzten.

»Ich befürchte, wir jagen einer Schimäre hinterher. In unserem Fall passt nichts, aber auch gar nichts zusammen.«

»Wie meinen Sie das?«

Kollmar berichtete von seinen Zweifeln.

Nachdem er geendet hatte, machte Schaubel ein nachdenkliches Gesicht. »Ihre Bedenken sind nachvollziehbar. In welche Richtungen gehen Ihre Überlegungen?«

»Wenn ich ehrlich bin, fehlt mir bisher die Fantasie. Ich habe schon eine groß angelegte Erpressung in Erwägung gezogen.«

»Wer soll erpresst werden?«

»Die Bundesregierung vielleicht? Oder Nordrhein-Westfalen?«

»Opfern Erpresser ihre Leute am Flughafen?«

»Sicher nicht. Es könnte jedoch sein, dass dieser Anschlag eher ein Unfall war. Die Experten des kriminaltechnischen Instituts schließen das nicht aus.«

»Nur existiert kein entsprechendes Schreiben.«

»Nein«, räumte Kollmar ein. »Aber das kann ja noch kommen.«

»In Ordnung. Verfolgen Sie beide Ansätze weiter. Halten Sie mich auf dem Laufenden.«

»Selbstverständlich.«

»Ach, Herr Kollmar«, meinte Schaubel, als der Hauptkommissar schon fast die Tür erreicht hatte. »Auf ein Wort noch.«

»Ja?«

»Es wird heute ohnehin noch ein Rundschreiben an alle Verantwortlichen geben. Der Kollege Maurer aus dem Dezernat 22 hat sich das Leben genommen.«

Kollmar kannte den Toten flüchtig. »Der Flurfunk verbreitet seit zwei, drei Tagen solche Gerüchte ...«

»Leider kein Gerücht. Er hat sich mit seiner Dienstwaffe erschossen. Unmittelbar vor seiner Selbsttötung hat er in einer Zockerbude in Garath eine hohe Summe verloren. Es scheint, als ob er seit Jahren spielsüchtig gewesen ist und seine Sucht mit Schmiergeld finanziert hat. Ich habe die Interne Ermittlung beauftragt, den Sachverhalt aufzuklären. Er war zwar nicht Ihr Mitarbeiter, aber möglicherweise hat sich jemand aus Ihrer Ermittlungsgruppe mit Maurer über Ihren aktuellen Fall ausgetauscht. Fragen Sie Ihre Leute.«

»Geht klar.«

40

Jens Halla kickte vor der Turnhalle missmutig eine leere Getränkedose beiseite. Bei einem Testspiel seines Handballvereins hatte ihn der Trainer heute zum ersten Mal als zentralen Deckungsspieler am Kreis eingesetzt, und er hatte es versaut. Drei Siebenmeter waren durch sein dämliches Verhalten auf seine Kappe gegangen. Nur deswegen hatten sie verloren. Nach dieser Leistung, das stand für ihn fest, konnte er jede Hoffnung begraben, zum Auftakt der neuen Saison Anfang September auf seiner Lieblingsposition zu spielen. Wenn er denn überhaupt mitfahren durfte. Zu mehr als einem Platz auf der Bank würde es nicht reichen. Er kannte ihren Trainer. Einen Fehler würde er vielleicht verzeihen. Aber drei? Niemals. Dafür war das Match zu wichtig. Es ging gegen den ewigen Rivalen Suderwich, und damit war dieses erste Punktspiel gleich der Höhepunkt der Hinrunde. Für die Jungs in seinem Verein ähnlich bedeutend wie Schalke gegen Dortmund in der Fußballbundesliga. Wenn sie das wegen ihm verlören … Jens verstand den Trainer sogar. Er war unkonzentriert gewesen, verdammter Mist.

Der kürzeste Weg nach Hause führte durch den Stadtgarten den Festspielhügel hinunter Richtung Innenstadt.

Auf der Brücke zum Festspielhaus überholte Jens ein Jogger, der trotz der milden Temperaturen die Kapuze seines Hoodies tief ins Gesicht gezogen hatte. Einige Meter weiter blieb er stehen, beugte sich vor und stützte seine Arme auf die Oberschenkel. Es sah aus, als ob er nach Luft schnappte.

Jens ging an ihm vorbei. Der Sportler sprach ihn an. »Bist du Jens Halla?«

»Ja«, antwortete der verwundert. Er hatte den Typen noch nie vorher gesehen.

»Ich soll dir einen Brief für deine Mutter geben.« Der Jogger griff in die Tasche und reichte Jens einen verschlossenen Umschlag. Dann lief er grußlos weiter.

Was war das denn für ein seltsames Verhalten? Auf dem Kuvert standen weder Anschrift noch Absender. Schulterzuckend steckte Jens es in seine Sporttasche. Seine Mama würde sicher etwas damit anzufangen wissen.

Zu Hause vergaß er das Schreiben. Erst nach dem Abendessen fiel es ihm wieder ein. Er holte den Brief und drückte ihn seiner Mutter in die Hand. »Das hat mir jemand für dich gegeben.«

»Wer?«

»Keine Ahnung. Der Typ ist auf dem Weg von der Sporthalle nach Hause an mir vorbeigejoggt und hat mir den Umschlag in die Hand gedrückt.«

»Du kanntest ihn nicht?«

»Nö. Kann ich jetzt auf mein Zimmer?«

Sie riss das Kuvert auf. »Erst hilfst du Opa und mir beim Abräumen.« Margarethe faltete das Schreiben auseinander. Bilder fielen auf den Tisch. Sie las und wurde blass. »Du gehst sofort nach oben«, befahl sie.

Jens' Opa warf ihr einen erstaunten Blick zu.

»Was denn nun? Eben sollte ich noch die Teller in die Küche schaffen und jetzt ...«

»Nun geh schon!«, blaffte sie ihren Sohn an.

»Welche Laus ist denn dir über die Leber gelaufen?«, fragte ihr Vater.

»Einen Moment.« Sie wartete, bis sie das Quietschen der Tür zu Jens' Zimmer hörte. Dann schob sie das Schreiben zu ihrem Vater hinüber. Der las laut:

»In Ihrem Besitz befindet sich ein Foto, das Sie am 29. Juni in einem Flughafenparkhaus gemacht haben. Wir vermuten, dass Sie dafür ein Smartphone oder eine Digitalkamera benutzt haben. Wir wissen natürlich, dass Sie sich, wenn Sie wollen, eine unbegrenzte Anzahl Kopien von diesem Bild ziehen können. Also verzichten wir darauf, von Ihnen den Ausdruck zu verlangen. Stattdessen erwarten wir, dass Sie das Foto von allen Datenträgern, auf denen es gespeichert sein kann, löschen und diese Datenträger irreparabel vernichten. Sollten Sie unserem Wunsch nicht nachkommen oder die Aufnahme beziehungsweise dieses Schreiben an die Polizei weitergeben, wird Ihre Familie die Folgen tragen müssen. Damit Sie den Ernst der Lage begreifen, legen wir einige Fotografien bei. Sie zeigen Ihr Haus, Ihren Sohn auf dem Weg zu seinem Training im Sportverein und Ihren Vater bei der Gartenarbeit. Wir kennen die Schule Ihres Sohnes sowie die Lieblingskneipe Ihres Vaters. Sie sehen, wir behalten Sie im Auge. Ihrem Haus haben wir bereits einen Besuch abgestattet, auf den Computern aber leider nichts gefunden.«

»Von welchem Bild ist da die Rede?«

»Keine Ahnung.«

»Vielleicht ein übler Scherz?« Er legte den Brief zurück auf den Tisch und griff nach den Fotografien. Margarethe bemerkte, dass seine Hände zitterten.

»Natürlich«, stieß sie plötzlich hervor. »Jetzt weiß ich es wieder. Der Tag, an dem ich Jens zum Flughafen gebracht habe. Da bin ich ungewollt an den Auslöser seiner Kamera gekommen.« Ihre Gesichtsfarbe wurde noch bleicher. »Das war doch der Tag, an dem in dem Parkhaus eine Bombe explodiert ist, oder?«, fragte sie tonlos.

»Du musst die Polizei informieren.«

»Hast du das Schreiben nicht gelesen? Einen Teufel werde ich tun.« Sie dachte nach. Entschlossen stieß sie hervor: »Ich rufe Tom an. Schließlich war der früher Polizist.« Sie stand auf und lief in den Flur. »Danach Beate. Es wäre schön, wenn sie ein paar Tage kommen könnte.«

Tom Grieg traf eine gute halbe Stunde später bei ihnen ein. Sie erzählte ihm von der Aufnahme, dem Einbruch und zeigte ihm den Drohbrief.

»Jens kannte den Überbringer des Schreibens nicht?«

»Nein.«

»Vermutlich haben die Kerle den Burschen nur für diese Aktion angeheuert. So würde ich jedenfalls vorgehen. Das Foto hast du mit Jens' Kamera gemacht?«

»Ja.«

»Und später nicht entfernt?«

Margarethe schüttelte den Kopf. »Dafür bin ich zu blöd«, gestand sie. »Ich bin froh, wenn ich mit der Kiste überhaupt Bilder machen kann.«

»Dann muss es ja noch auf der Speicherkarte sein. Wir sollten uns das Bild ansehen«, meinte Tom und stand auf, um seinen Sohn zu holen.

Margarethes Vater schaute skeptisch, sagte aber nichts.

Jens überlegte einen Moment, dann fiel ihm das Foto ein und er erzählte, dass er es an die E-Mail-Adresse seiner Mutter geschickt und anschließend gelöscht habe.

»Was ist darauf zu sehen?«, erkundigte sich Tom.

»Eigentlich nichts. Ein dunkles Auto, drei Männer.«

»Aha. Jens' Nachricht ist nicht bei dir angekommen?«, wunderte sich Tom und sah seine Ex an.

»Wie denn? Die Kerle haben unsere Rechner gestohlen.«

»Was ist mit deinem Handy?«

Jens grinste breit, als seine Mutter ihr Telefon präsentierte. Das Display war so klein, dass lediglich die Telefonnummern darauf Platz fanden.

Tom schaute verwundert. »Benutzt du immer noch dieses vorsintflutliche Teil? Das stammt doch vermutlich aus der Zeit Konrad Zuses.« Er sah Margarethes Vater an.

»Mich brauchst du nicht zu fragen«, interpretierte der den Blick richtig. »Ich nutze das Festnetztelefon. Das reicht mir.«

»Wer ist dieser Zuse?«, wollte Jens wissen.

»Er hat den Computer erfunden.«

»Ich dachte, das war Mark Zuckerberg?«

Margarethe verdrehte die Augen. »Da siehst du es.«

»Mama, kauf dir endlich ein neues Smartphone. Und mir auch eines.«

»Ich habe dir gesagt, dass du vor deinem vierzehnten Geburtstag kein solches Teil bekommst. Dabei bleibt es. Was mein

Handy angeht: Leute, das ist ein Telefon.« Sie dehnte das letzte Wort. »Mit diesen Geräten telefoniert man. Ich will mit einem Telefon weder Filme gucken, irgendwas im Internet bestellen oder wildfremde Menschen zu Freunden erklären. Ich will Gespräche führen, sonst nichts.«

»Das heißt, in diesem Haus gibt es zurzeit keinen funktionierenden Internetzugang?«

»Nein.«

»Wie kommt ihr ohne klar?« Tom schaute auf die Uhr. Kurz vor sieben. »Der Elektronikmarkt hat noch auf. Wir kaufen zwei Computer für euch«, beschloss er und stand auf. »Wollen wir?«

»Muss das sein?«, fragte Margarethe zunehmend genervt.

»Ich befürchte, ja.«

»Ich wollte eigentlich damit warten, bis das Geld von der Versicherung …«

»Ich schenke sie euch, wenn ich darf.«

»Meinetwegen.«

Eine Stunde später saßen sie wieder um den Esstisch, und Margarethe und Tom richteten die Rechner und die Benutzeraccounts ein.

Dann rief sie die E-Mails der vergangenen drei Wochen ab. »Hier ist die Nachricht von Jens.« Sie öffnete den Anhang. »Und das ist das Bild.«

Gemeinsam starrten sie auf das Foto. Es zeigte zum größten Teil den Betonboden des Parkhauses. Zu sehen war, wie Jens schon erzählt hatte, ein dunkler Mercedestransporter mit Dürener Kennzeichen und geöffneter Hecktür sowie drei Männer mit Baseballkappen. Lediglich einer von ihnen schaute in die Richtung der Kamera, doch dessen Gesicht war durch die tief nach unten gezogene Mütze nicht zu erkennen. Trotzdem glaubte Tom, den Typen schon einmal gesehen zu haben. Er war sich jedoch nicht sicher, die Aufnahme war einfach zu schlecht. Deshalb behielt er diesen Gedanken für sich. Von den anderen beiden Männern sah man nur deren Hinterköpfe. Drei Plätze weiter parkte ein heller Sportwagen.

»Das ist alles?«, fragte Margarethe irritiert. »Deswegen brechen die Kerle in unser Haus ein und schreiben Drohbriefe ...«

»Was für Drohbriefe?«, erkundigte sich Jens neugierig.

»Das geht dich nichts an. Es ist ohnehin Zeit fürs Bett.«

»Es ist doch erst neun Uhr«, maulte ihr Sohn. »Wenn Papa schon mal hier ist ...«

»Keine Widerrede. Und nun verschwinde.«

Jens war in seinem Zimmer verschwunden. Tom meinte: »Dass auf dem Foto kaum etwas zu sehen ist, konnten die Gangster ja nicht wissen.«

»Stimmt. Daran habe ich nicht gedacht.« Margarethe legte die Stirn in Falten. »Die Bombe war doch in einem Mercedes versteckt, oder?«

»Ja.«

»Dann sind das die Attentäter?«

»Es sieht danach aus.«

Ihr Vater meldete sich zu Wort. »Du musst zur Polizei gehen«, schlug er erneut vor.

»Jürgen hat recht«, unterstützte ihn Tom.

»Nein. Habt ihr den Brief denn nicht verstanden? Sie tun Jens etwas an, wenn sie davon Wind bekommen.« Sie schüttelte den Kopf. »Kommt nicht in Frage«, verkündete sie resolut.

»Vielleicht liegst du sogar richtig.« Tom kratzte sich am Kinn. »Das Schreiben liest sich so, als ob die Täter annehmen, dass du die Polizei bisher nicht informiert hast. Wenn das so ist, woher wissen sie das?« Er machte eine Pause. »Gibt es in diesem Haus eigentlich etwas zu trinken?«

Margarethe schaute skeptisch.

»Nur ein Glas«, versicherte Tom.

Margarethe stand auf. »Entschuldige. Geht mich ja auch nichts an. Bier? Oder möchtest du lieber einen Wein? Mir ist danach.«

»Wein wäre nicht schlecht.«

Sie zögerte einen Moment. Schließlich meinte sie: »Du kannst im Gästezimmer schlafen, wenn du wegen des Alkohols nicht mehr fahren willst.«

»Gern.«

»Vater?«

»Auch ein Glas, bitte.«

Kurz darauf setzte Tom seinen angefangenen Gedankengang fort. »Es gibt eigentlich nur drei Möglichkeiten. Erstens: Auf den gestohlenen Rechnern war ja kein Bild gespeichert. Das könnte bedeuten, dass sie glauben, dass du das Foto nicht aufgehoben hast. Mit dem Drohbrief wollen sie lediglich auf Nummer sicher gehen. Schließlich haben sie keine Digitalkamera bei ihrem Einbruch gefunden. Zweitens: Sie schließen aus der Tatsache, dass keine öffentliche Fahndung eingeleitet wurde, dass die Fotografie nicht im Polizeibesitz ist. Drittens: Sie wissen, dass die Polizei keine Kopie vorliegen hat. Das würde allerdings bedeuten, dass sie einen Informanten beim LKA haben. Man darf diese Leute nicht unterschätzen. Sie scheinen mir wirklich gefährlich zu sein.«

»Wie sind die Verbrecher an unsere Anschrift gekommen?«

»Vielleicht haben sie, nachdem sie der Blitz aufgeschreckt hat, sich das Kennzeichen deines Wagens notiert.«

»Warum haben sie Greti die Kamera nicht an Ort und Stelle abgenommen?«, warf Jürgen ein.

»Eine gute Frage.« Tom kam ein Gedanke. »Waren noch andere Leute im Parkhaus?«

Margarethe überlegte. »Wenn ich mich recht erinnere, hat weiter vorn ein Paar gerade sein Gepäck aus dem Kofferraum geholt. Dann schoben da noch zwei junge Männer ihre Koffer Richtung Fahrstuhl.«

»Da hast du deine Antwort. Margarethe hätte die Kamera nicht freiwillig herausgerückt, möglicherweise um Hilfe gerufen. Die anderen Reisenden wären auf den Vorfall aufmerksam geworden. Das wollten die Attentäter vermeiden.«

»Aber kann man sich denn einfach bei einer Zulassungsstelle nach dem Halter eines Fahrzeugs erkundigen?«

»Nein. Das Zentrale Verkehrsinformationssystem steht nur den Behörden zur Verfügung. Alle anderen müssen einen besonderen Grund angeben, um Auskunft zu erhalten.«

»Es muss also jemand von einer Straßenverkehrsbehörde die Anfrage stellen?«, fragte Jürgen.

»Oder ein Polizist. Womit wir wieder bei Punkt drei angekommen wären. Wenn ich das alles gegeneinander abwäge, ist es sicher besser, die Polizei nicht zu informieren.«

Margarethe lächelte dankbar.

»Ich werde diskret versuchen, über alte Kontakte etwas in Erfahrung zu bringen.«

»Welche Kontakte meinst du?«

»Rokar Kaymaz.«

»Den habe ich seit Jahren nicht gesehen. Wie geht es ihm?«

»Schlecht. Sein Bruder und Neffe sind bei dem Attentat in Düsseldorf ums Leben gekommen.«

Greti riss die Augen auf. »Oh Gott.« Nachdem sie sich wieder gefangen hatte, sagte sie: »Was ist mit seiner Schwägerin?«

»Sie heißt Sema. Hadert mit ihrem Schicksal.«

»Das kann ich verstehen. Wenn ich mir vorstelle, dass Jens … Nein, daran will ich nicht einmal denken. Kennst du sie näher?«

»Das wäre übertrieben. Hawar hat mich zu ihrer Heirat eingeladen. Das war kurz nach unserer Trennung. Danach habe ich sie nicht mehr gesehen.«

Sie nickte. »Richte Rokar mein Beileid aus. Wenn ihm die Decke auf den Kopf fällt, ist er jederzeit willkommen. Das gilt selbstverständlich auch für seine Schwägerin.«

»Ich werde es ihm sagen.«

41

Sema sah schrecklich aus. Sie schien um Jahre gealtert. Dunkle Tränensäcke hingen unter ihren Augen, die müde ins Leere starrten. Ihre Haut wirkte grau und faltig. Ihr sonst so sorgfältig gepflegtes Haar fiel strähnig auf ihre Schultern. Der Lack auf ihren Fingernägeln blätterte. Den negativen Eindruck verstärkte der offen stehende Morgenmantel, den sie übergeworfen hatte und der den Blick auf ein uraltes, fleckiges Shirt und eine ausgeleierte Trainingshose freigab. So hätte sie noch vor einem Monat niemandem die Tür geöffnet, auch nicht einem Familienmitglied.

Sie starrte ihn an, ohne seinen Gruß zu erwidern.

»Darf ich reinkommen?«, fragte Rokar.

Wortlos gab sie den Weg frei.

Die Wohnung war aufgeräumt wie immer. Ein seltsamer Gegensatz zu ihrer ungepflegten Erscheinung. Was hatte er erwartet? Batterien leerer Schnapspullen?

»Was willst du?«, fragte Sema. Ihre Stimme klang heiser.

»Mit dir reden.«

»Dann rede.« Sie ließ sich in einen der Sessel fallen.

Rokar war dabei gewesen, als Hawar die Möbel mit ihr gekauft hatte. Die Erinnerung schnürte ihm die Kehle zu.

»Wie geht es dir?« Kaum hatte er diese Floskel ausgesprochen, wusste er, wie bescheuert sie in Semas Ohren klingen musste.

Die Reaktion kam prompt und bitter. »Gut. Das sieht man mir doch an, oder?«

»Entschuldige.«

Sie schaute durch ihn hindurch.

»Kann ich dir helfen?«

»Nein.« Immerhin zeigte sie auf einen der anderen Plätze. »Setz dich. Es macht mich nervös, wenn du auf mich herabsiehst.«

Rokar gehorchte. »Ich habe mit Manfred Kollmar gesprochen.«

Sie sah auf. »Wer ist das?«

»Ein früherer Freund. Kollege beim LKA. Er leitet die Ermittlungen.«

»Er war mit dir in Hiltrup, stimmt's?«

»Ja.«

»Was sagt er?«

Rokar erzählte, was er wusste.

»Welche Arschlöcher verüben Attentate, wenn sie keine Menschen töten wollen?« Sie schüttelte den Kopf. »Das ist Quatsch.«

»Es gibt entsprechende Indizien.«

Sie hob die Stimme. »Wenn ich das schon höre. Indizien. Irgendwer hat Hawar und Moah auf dem Gewissen. Ich will wissen, wer.«

»Sie finden die Täter.«

»Du gibst mir dein Wort?«

»Ja.«

Sie lachte spöttisch. »Ich glaube dir nicht. Nicht mehr seit jenem Morgen.«

Rokar senkte den Kopf. »Ich konnte es ihm nicht sagen. Er ist der Ältere und …«

»Und was?«

»Er hätte mir nie verziehen.«

»Er war dir wichtiger als ich. Er ist es immer noch.«

»Sema …«

Sie sprang auf, lief zu seinem Sessel und trommelte mit geballten Fäusten auf ihn ein. Ihren Hieben fehlte die Kraft, trotzdem schmerzten sie, als würde sie ihn mit glühenden Zangen traktieren.

»Zum Vögeln war ich gut genug, oder? Mal eben die Frau des Bruders verführen. Was für ein Spaß. Aber nicht den Mut aufbringen, am nächsten Tag dazu zu stehen. Soll ich dich daran erinnern, was du mir in dieser Nacht ins Ohr gesäuselt hast? Ich habe dich geliebt, Rokar. Ich wäre für dich gestorben. Du hast mir die Heirat versprochen, das Paradies auf Erden. Du würdest mit Hawar reden, hast du gesagt. Wir würden Deutschland verlassen, wenn ich wollte. Irgendwo ein neues Leben anfangen. Alles nur hohle Worte, Lügen. Selbst deinem Sohn konntest du nicht in die Augen sehen. Zwölf lange Jahre hast du den Kontakt mit ihm gemieden. Aus Scham, oder war er dir zu lästig?«

Rokar weinte.

»Deine Reue kommt zu spät.« Sie setzte sich wieder. »Verhalte dich wenigstens jetzt wie ein Mann.«

Er wusste, was Sema von ihm verlangte. Er konnte sie sogar verstehen. Aber sie lebten in Deutschland, nicht in Mêrdîn an der syrischen Grenze. Und er war Polizist. Wie sollte er ihre Forderung erfüllen?

Langsam stand er auf.

Sie sah ihm wortlos zu und spuckte ein verächtliches »Feigling« aus.

42

Ben Schelsky war bewusst, dass er auf einem schmalen Grat wanderte. Sollte sich dieser Penner irgendwann an das Autokennzeichen seines Porsches erinnern, würde die Polizei seinen französischen Wohnort binnen Stunden ermitteln und sein Haus durchsuchen. Bisher war das mit großer Wahrscheinlichkeit noch nicht passiert. Denn gegenüber wohnte Pierre, der ihm nicht nur einen, sondern gleich mehrere Gefallen schuldete. Pierre hätte ihn informiert, wenn die Bullen bei ihm herumschnüffelten.

Der gebürtige Amerikaner war kein wirklicher Freund. Aber Schelsky vertraute ihm, denn er hatte ihn in der Hand. Pierre hieß mit richtigem Namen Norman Mathieu und stammte wie Schelsky aus La Crosse in Wisconsin. Die beiden waren zusammen zur Schule gegangen, hatten gemeinsam ihren ersten Vollrausch erlebt, den ersten Joint geraucht und zu zweit den ersten Puffbesuch hinter sich gebracht – das verband. Sie blieben über all die Zeit in Kontakt, auch als Mathieu nach New Orleans gezogen war.

Dort geriet er vor sechs Jahren in eine unschöne Auseinandersetzung mit zwei Brüdern, bei der es um sehr viel Kokain und um eine Frau ging. In dieser Reihenfolge. Am Ende lagen drei Leichen im Dreck der Docks von New Orleans, und Mathieu musste untertauchen. Dummerweise war die Tote eine verdeckt arbeitende Drogenfahnderin der Drug Enforcement Administration der USA.

Schelsky besorgte ihm aufgrund seiner Kontakte damals Papiere und eine andere Identität und ermöglichte ihm ein neues Leben in Frankreich. Allerdings ließ er keinen Zweifel daran, dass alle Informationen über Mathieus frühere Existenz sicher in einem Banksafe einer großen Bostoner Anwaltskanzlei lagen. Mathieu wusste, dass er wegen des Mordes an der DEA-Beamtin auf dem elektrischen Stuhl landen würde, sollten ihn die US-Behörden jemals schnappen. Deshalb tat er alles, was Schelsky von ihm verlangte, der ihn darüber hinaus fürstlich für seine Dienste entlohnte.

Der Porsche stand uneinsehbar für Fremde in einem separaten Bereich der Tiefgarage der Düsseldorfer Wohnung. Solange die Karre da blieb, bestand keine Gefahr. Allerdings konnte Schelsky nicht bis in alle Ewigkeit in dem Penthouse bleiben. Es gehörte seinen Auftraggebern, die es mit Sicherheit später für andere Zwecke nutzen wollten.

Schelsky besaß ein Appartement in Monaco. Dort konnte er, sobald seine Arbeit in Düsseldorf beendet war, einige Monate ausspannen. Neue Nummernschilder für den Wagen würde er sich in den nächsten Tagen aussuchen. Über die Königsallee rollten an milden Abenden Dutzende Porsche, deren Fahrer stolz ihren Besitz präsentierten. Gut, sicher waren kaum Oldtimer wie seiner unterwegs. Aber das Baujahr eines Porsches erkannten ohnehin nur Experten. Hauptsache, die Marke stimmte. Eine Kennzeichendublette und den dazu passenden Fahrzeugschein konnte ihm Mironov besorgen. Er würde ihn anrufen, sobald er einen passenden Wagen entdeckt hatte.

Blieb nur noch sein Haus in Frankreich. Kurz erwog er, sich einen Wagen zu mieten und das Erforderliche selbst zu erledigen, verwarf den Gedanken aber wieder. Das Risiko, dass ihn die Polizei dort überraschte, war unkalkulierbar. Er würde Mathieu entsprechend instruieren.

In der Küche goss er sich einen Wein ein. Zurück auf der Dachterrasse streckte er sich auf dem flauschigen Polster der Liege aus, griff zum Telefon und wählte seine Nummer.

»Ich bin's«, sagte er, als sich Mathieu gemeldet hatte. »Ist dir in den letzten Tagen irgendetwas aufgefallen?«

»Was meinst du?«, fragte der zurück.

»Bullen oder sonst jemand, der sich für das Haus interessiert.«

»Nein.«

»Die Alarmanlage ist auch nicht angesprungen?«

»Nein.«

»Okay. Sollte das passieren, ruf mich sofort an. Jetzt machst du Folgendes: Hinter der Rubenskopie, die im Schlafzimmer an der Wand hängt, ist ein Safe. Die Zahlenkombination, um ihn zu öffnen, besteht aus meinem Geburtsdatum, also Tag, Monat, Jahr zuzüglich einer Ziffernfolge.« Er nannte sie ihm. »Die Ziffern stehen am Ende. Hast du das?«

»Einen Moment. Ich notiere mir die Zahlen. So, erledigt.«

»Vergiss nicht, den Zettel später zu verbrennen.«

»Natürlich nicht.«

»Im Safe findest du eine verschlossene Kassette. Nimm sie an dich und schaffe sie an einen sicheren Ort, bis du sie an die bekannte Adresse schicken kannst. Du kennst sie noch?«

»Ja.«

»Die Bildbände über Rubens, die im Regal im Wohnzimmer stehen, verpackst du in eine Kiste und lagerst sie in deinem Haus. Das gilt auch für das Bild im Schlafraum. Ich sage dir in einigen Tagen, wohin du später die Sachen bringen kannst.«

»In Ordnung.«

»Sollte ich nicht in den nächsten drei Wochen zurückkehren, kündige den Mietvertrag für das Haus mit den von mir blanko unterschriebenen Briefen. Sie sind in dem Umschlag, der ebenfalls im Safe liegt. In diesem Fall schmeißt du meine Kleidung auf den Müll. Kannst du irgendetwas von den Möbeln gebrauchen, nimm es dir. Ansonsten verfährst du mit den Sachen, wie du es für richtig hältst. Im Tresor liegen etwa fünftausend Euro. Begleiche damit die anfallenden Kosten. Der Rest ist für dich. Alles klar?«

»Sicher. Sehen wir uns wieder?«

»Selbstverständlich. Ich melde mich.« Er beendete das Gespräch.

Mehr konnte er im Moment nicht tun. Fand er den Penner, bevor dieser sein Gedächtnis wiedererlangte, waren diese Vorsichtsmaßnahmen überflüssig. Aber er spielte ungern Vabanque. Dumm war nur, dass es in dem Haus von seinen Fingerabdrücken und DNA-Spuren nur so wimmelte. Sicherer wäre es, die ganze Bude abzufackeln. Doch wenn nicht alles vollständig niederbrannte, nutzte das auch nichts. Die Wache der Freiwilligen Feuerwehr war gleich um die Ecke. Keine erfolgversprechenden Aussichten, alle Spuren zu vernichten.

43

Es schellte. Margarethe schaute durch das vergitterte Fenster der Eingangstür zur Straße. Dort stand Beate.

Sie drückte den Türsummer.

Wenig später umarmten sich die Schwestern.

»Das Schloss der Zauntür funktioniert ja wieder«, wunderte sich Beate nach der Begrüßung. »Das war doch seit Jahren kaputt?« Sie zeigte auf die Haustür. »Einen Panzerriegel habt ihr auch einbauen lassen. Alles wegen dieses Einbruchs?«

Margarethe nickte.

»Wo sind Papa und Jens?«

»Kurz in die Stadt gefahren. Vater wollte ihm ein neues Bildbearbeitungsprogramm für seinen Computer schenken. Der alte ist ja gestohlen worden.«

»Verwöhnt er ihn immer noch so?«

»Wie man's nimmt. Ich sage, ja, Jens ist da natürlich völlig anderer Meinung.«

Beate lachte.

»Ich habe das Bett in deinem früheren Zimmer bezogen. Wie lange bleibst du?«

»Nur zwei Nächte.«

Margarethe schaute enttäuscht.

»Sorry, aber es geht nicht anders. Ich muss Montagnachmittag zurück in Berlin sein. Am Dienstag steht eine wichtige Sondersitzung an. Sonja möchte, dass wir vorher gemeinsam die Unterlagen noch einmal durchgehen.«

»Trotz parlamentarischer Sommerpause?«

Ihre Schwester grinste. »Das übliche Vorurteil. Das heißt doch nicht, dass im Sommer im Bundestag niemand arbeitet. Es finden nur keine Plenarsitzungen statt.« Sie griff Margarethe am Arm und zog sie in die Küche. »Machst du uns einen Kaffee?«

»Klar.«

Zehn Minuten später saßen sie mit Kaffee und Kuchen, den Margarethe extra gebacken hatte, im Schatten einer uralten Blutbuche.

Beate streckte sich in ihrem Gartensessel aus. »Ich hatte fast vergessen, wie schön es hier ist.«

»Das schon. Wie früher sitzen wir im Sommer oft an diesem Tisch. Der Garten macht aber auch viel Arbeit.«

»Ach, komm.«

Margarethe zeigte in die Baumkrone. »Da sind zum einen die Tauben, die ständig die Polster vollscheißen, wenn man sie abzunehmen vergisst. Weißt du noch, wie einmal ein Klecks Vogelkacke auf Mamas Sahnetorte gelandet ist?«

Beate kicherte.

»Es ist fast Winter, bis der Baum seine Blätter verliert. Wir schaffen jedes Jahr Dutzende Müllsäcke voller Laub zur Kippe. Glücklicherweise erledigt das fast immer Vater. Noch spielt sein

Rücken mit.« Sie machte eine Pause. »Aber du hast recht. Es ist wirklich schön.«

Margarethe schenkte Kaffee nach. »Bei dir ist alles in Ordnung?«

»Jobmäßig?«

»Nee, privat.«

»Nein, ich habe keine feste Beziehung, wenn du das meinst.«

Ihre Schwester nickte. »Dann geht es dir auch nicht anders als mir.«

Breit grinsend versicherte Beate: »Du musst nicht befürchten, dass ich als frustrierte Jungfrau sterbe. Nur waren mir die meisten der Kerle, die bisher in meinem Bett lagen, am nächsten Morgen schon über. Für eine Nacht – okay. Aber länger? Nein, danke. Ich …«

Jens kam aus dem Haus gestürmt. »Tante Beate«, rief er freudestrahlend und warf sich ihr an den Hals.

»Wächst du eigentlich unaufhörlich?« Sie schaute an ihm herunter und sah zu ihrer Schwester hinüber. »Wie viele neue Hosen braucht er im Jahr?«

»Frag nicht.«

Jürgen Halla stiefelte die drei Stufen in den Garten hinab und nahm seine jüngste Tochter in den Arm. »Schön, dich zu sehen.«

»Ich freue mich auch, Papa.«

»Du bleibst doch hoffentlich ein paar Tage?«

»Nur bis Montag.«

»Schade.«

»Willst du auch einen Kaffee?«, fragte Margarethe.

Nachdem er bejahte, bat sie Jens, eine Tasse zu holen. Der trottete los.

»Bist du mit dem Auto gekommen?«, erkundigte sich Jürgen. »Ich habe deinen Wagen nicht gesehen.«

»Nein, mit dem Zug. Ich habe den Fiat verkauft.«

»Weshalb? Wegen der Kosten?«

»Eigentlich eher wegen des ökologischen Fußabdrucks. Außerdem braucht man in Berlin kein Auto. Manchmal dauerte die Parkplatzsuche am Ziel länger als die Fahrt dorthin mit öffentlichen Verkehrsmitteln.«

Jens kehrte mit der Tasse in der einen, einem Glas Limonade in der anderen Hand zurück und setzte sich zu den Erwachsenen. »Hast du mir etwas mitgebracht?«, fragte er erwartungsvoll seine Tante.

»Jens«, schalt ihn seine Mutter.

»Was denn?«

Beate erhob sich. »Lass gut sein, Greti.« Zu ihrem Neffen gewandt meinte sie: »Natürlich. Ich gehe es schnell holen.«

Sie kam mit einem Jutebeutel zurück, zog daraus ein schmales Päckchen hervor und reichte es Jens. »Das neueste Strategiespiel für deine Konsole. Ich hoffe, du hast es noch nicht.«

Über das ganze Gesicht strahlend riss der Junge das Papier auf. »Krass. Krieg der Welten Teil drei. Danke, Tante Beate. Ich werde es gleich anspielen.« Er sprang auf.

»Aber nicht länger als eine Stunde«, mahnte seine Mutter.

»Ja, ja«, rief Jens, ohne sich umzudrehen. Dann verschwand er im Haus.

»Für euch habe ich auch eine Kleinigkeit.« Beate kramte weiter in ihrem Beutel und stellte eine Flasche und zwei schmale Konservendosen auf den Tisch. »Hier. Wodka und echter Kaviar.«

»Seit wann verschenkst du Alkohol?«, wunderte sich ihre Schwester. »Und Belugakaviar. Hast du im Lotto gewonnen?«

»Nein. Ich habe die Sachen auch nicht gekauft, sondern geschenkt bekommen«, gestand sie. »Von Sonja.«

»Deine Chefin beglückt dich mit Kaviar?«

»Sie war kürzlich auf einer Veranstaltung in der russischen Botschaft. Jeder der Gäste hat zum Abschied einen Beutel mit diesen Sachen überreicht bekommen. Sonja ist Veganerin und verzichtet auf Alkohol. Deshalb hat sie mir das Zeug überlassen.«

»Abgeordneten ist es erlaubt, Präsente anzunehmen?«, wunderte sich ihr Vater.

»Ja, aber nur unterhalb von zweihundert Euro. An das Geschenk dürfen keine Bedingungen geknüpft sein. Da sind die Grenzen allerdings fließend.«

»Ich wusste gar nicht, dass Botschaften Parlamentarier einladen.«

»Da finden ständig irgendwelche Empfänge oder auch kulturelle Veranstaltungen statt. Bei den Russen ging es um die offizielle Anerkennung einer etwas obskuren Gruppe namens *Parlamentarische Freunde Russlands.*«

»Warum obskur?«, fragte ihr Vater.

»Diese Gruppierung besteht fast ausschließlich aus Mitgliedern der AfD. Zwei von ihnen sitzen im Vorstand. Der Dritte ist ein undurchsichtiger Russe, der Mironov heißt. Sonja meint, der Kerl arbeite eng mit dem russischen Inlandsgeheimdienst FSB zusammen.«

»Na, wenn Sonja das sagt«, bemerkte Margarethe spöttisch. »Sie muss es ja wissen.«

»Das behauptet nicht nur sie«, gab Beate spitz zurück. »Aber du warst ja schon immer schlauer als alle anderen.«

»Na, na, Mädels«, griff ihr Vater ein. »Ihr wollt euch doch nicht wegen einer solchen Lappalie streiten.«

»Natürlich nicht«, lenkte Margarethe ein. »Ich wollte dich nicht verärgern.«

»Schon gut.«

»Welchen Zweck hat denn eine solche Gruppierung?«, fragte Jürgen.

»Das wüssten wir auch gern. In England hat es vor einiger Zeit ebenfalls einen Gründungsversuch gegeben. Da waren vor allem die Tories involviert. Der Versuch wurde vom Unterhaus schnell wieder gestoppt, als sich herausstellte, dass der Gründer nicht nur Kontakte zum FSB hatte, sondern sogar auf dessen Gehaltsliste stand. Die AfD scheint da weniger empfindlich zu sein. Die verstehen sich ohnehin gut mit Autokraten aller Couleur. Kein Wunder, sie rufen ja selbst ständig nach dem starken Staat.«

»Aber was hat Russland davon?«, fragte Greti.

»In Großbritannien ging es wohl darum, diejenigen zu unterstützen, die den Brexit vorangetrieben haben. Der Brexit hat die EU und England geschwächt. Und europäische Staaten, die mit sich selbst beschäftigt sind, kümmern sich weniger um das, was außerhalb ihrer Grenzen geschieht: Die Krim, die Ukraine, die Aufnahme neuer Mitglieder aus Südosteuropa – Russland sieht in diesen Punkten seine Interessen bedroht und wünscht keine, wie sie es nennen, Einmischung in ihre Angelegenheiten. Außerdem fordert Russland ein Ende der Sanktionen gegen ihr Land. Deshalb unterstützen sie Parteien, die in dieser Frage mit ihnen übereinstimmen, wie die AfD. Aber das ist noch nicht alles. Rechtspopulisten reisen zum Beispiel auf die Krim und spielen dort Wahlbeobachter. Zurück in Deutschland verkünden sie, dass die dortigen Wahlen demokratisch gewesen seien, das Ergebnis spiegele den Willen des Volkes wider. Sie agieren wie eine Außenstelle der russischen Medien. Oder sie besichtigen die Ostukraine und erklären, es gäbe dort einen Volksaufstand. Russische Soldaten hätten sie aber nicht gesehen.«

»Na und? Solche Propaganda glaubt doch ohnehin niemand«, warf Jürgen ein.

»Da wäre ich mir nicht so sicher, Vater«, erwiderte Beate. »Russische Medien greifen diese Statements auf und führen sie als Beweis dafür an, dass die Politik ihres Landes auch im Westen anerkannt wird.«

»Außenpolitik als Innenpolitik«, bemerkte Margarethe.

»Genau. Vor einigen Jahren hat Russland Nachrichtensender mit deutschem Programm gegründet. Das richtet sich speziell an ehemalige Bürger der Sowjetunion und ihre Nachkommen. Die stellen rund drei Prozent der Wähler und sind damit die größte wahlberechtigte Migrantengruppe in Deutschland.«

»Das hört sich nicht so beeindruckend an. Weiß man, wie viele davon für die AfD stimmen?«, fragte Jürgen.

»Ja. Etwa fünfzehn Prozent.«

»Das beunruhigt mich nicht wirklich.«

»Für die AfD ist diese Gruppe groß genug, um sie mit einer russischsprachigen Werbestrategie zu umgarnen. Vieles, was sich die AfD auf ihre Fahnen geschrieben hat, kommt bei den Russlanddeutschen gut an: ihre prorussische Position, das traditionelle Familienbild, die Propaganda gegen Flüchtlinge.«

»Aber sie sind doch selbst irgendwann geflohen?«

»Ausgereist. Das ist in ihren Augen ein Unterschied. Außerdem fühlen sie sich dem westlichen Kulturkreis verpflichtet. Christliche Religion, ähnliche Werte, gemeinsame Geschichte …«

»Wie das?« Margarethe guckte erstaunt.

»Ihre Vorfahren sind vor Jahrhunderten aus Mitteleuropa nach Russland eingewandert.«

»Ach so.«

»Zusammenfassend: Die AfD teilt viele der russischen Positionen. Russland wäre es deshalb nur recht, wenn die Rechtspopulisten größeren politischen Einfluss auf die Innenpolitik der Bundesrepublik hätten. Das verspräche außenpolitische Zurückhaltung gegenüber ihrem Land.«

»Germany first«, vermutete Jürgen.

»So ungefähr.«

»Wie in den USA unter Trump.« Ihr Vater schüttelte den Kopf. »Was für eine verkehrte Welt.«

»Die Einmischung Russlands zugunsten Trumps in den US-Wahlkampf hatte damit zu tun, dass sich Hillary Clinton für eine konsequentere Politik gegen Russland ausgesprochen hat. Außerdem galt Trump im Gegensatz zu ihr nicht als Freund der NATO. Er hat das Verteidigungsbündnis in der Vergangenheit immer wieder kritisiert und erklärt, dass Amerika zu viel Geld für die militärische Unterstützung anderer Nationen ausgebe. All das spielte Putin in die Karten. Deshalb wollte er Trump und nicht Clinton im Weißen Haus sitzen sehen. Darum wurden auch ihre privaten Mailaccounts gehackt und wahrscheinlich von russischen Netzwerken Schmutzkampagnen gegen die Kandidatin gesteuert. Dann waren da noch Trumps undurchsichtige Geschäftsinteressen.«

»Ich verstehe nur nicht, dass ein Nachfolgestaat der Sowjetunion sich bei uns mit Rechtsradikalen gemein macht«, wunderte sich ihre Schwester.

Beate lachte auf. »Du meinst, Russland und Putin hätten ein kommunistisches Erbe?«

»So ungefähr.«

»Nie im Leben. Putin hat mit Kommunismus so viel am Hut wie du mit Schweißfüßen. Nämlich nichts. Den interessiert an der Sowjetunion nur deren Großmachtstreben und der frühere KGB. Außerdem solltest du dich vor Verallgemeinerungen hüten. Nicht jeder Wähler oder jedes Mitglied der AfD ist ein Neonazi.«

»Aber fast jeder Neonazi wählt AfD«, warf Jürgen ein.

»Auch wieder wahr. Besonders nach den Anschlägen der letzten Zeit. Greti, du hast mir am Telefon erzählt, dass euer Wagen kurz vor dem Attentat in dem betroffenen Parkhaus gestanden hat?«

»Ja. Als ich Jens zu seinem Flieger gebracht habe.«

»Gruselig.«

»Das kannst du laut sagen. Wir haben ...« Sie fühlte einen leichten Tritt am Bein. Ihr Vater schüttelte fast unmerklich den Kopf. Sie verstand die Geste richtig. »... nach dem Einbruch die Schlösser verstärkt.«

»Das hast du mir schon erzählt.«

»Tatsächlich? Ich werde eben alt.« Sie lachte etwas zu gekünstelt.

Beate bemerkte es nicht. »Ich schaue kurz nach Jens und packe meinen Koffer aus.«

Sie verschwand im Haus. Margarethe fragte: »Warum sollte ich nicht über den Drohbrief reden?«

»Ich finde, es reicht, wenn wir uns deswegen Sorgen machen. Beate ist nur zwei Tage hier. Ich möchte nicht, dass sich alle Gespräche nur noch um diesen Scheißbrief drehen.«

Margarethe griff seine Hand. »Hast ja recht.«

44

Die Ermittlungsgruppe Parkhaus traf sich wie immer um neun Uhr.

»Was gibt es Neues?«, fragte Kollmar und baute sich vor seinen Männern auf.

Erik Grunwald stellte seinen Kaffeebecher beiseite und ergriff das Wort. »Ich glaube, wir wissen jetzt, wo die Mercedes-Sprinter präpariert worden sind. Zumindest ungefähr«, schränkte er sofort ein.

»Ich bin ganz Ohr.«

»Bei der KTU wurden an den beiden Fahrzeugen in Essen und Dortmund Erdspuren in den Reifenprofilen festgestellt. Das Dezernat 53 hat sie untersucht. Es finden sich darin Partikel von Kalk und Rauchquarz. Letzteres ist eine Varietät des Quarzminerals, welches von Gammastrahlen braun bis schwarz eingefärbt worden ist. Daher der Name.«

»Gammastrahlen? Ist es radioaktiv?«

»Nein. Irgendwann in der Erdgeschichte vor Millionen von Jahren hat es zu viel von dem Zeug abbekommen, das ist alles. Man kann Rauchquarz auch künstlich erzeugen, indem man aluminiumhaltige Bergkristalle mit Gammastrahlen beschießt. Das wird vor allem in Alaska praktiziert. Größere Stücke von Rauchquarz dienen zur Herstellung von Schmucksteinen oder Kunstobjekten.«

»Wie groß?«, wollte Kollmar wissen.

»Der schwerste bisher gefundene Brocken wog siebenundsiebzig Tonnen.«

»So ein Trumm steckte in den Reifenprofilen?«, scherzte einer der Beamten.

Grunwald blieb todernst. »Rauchquarz findet sich an rund zweieinhalbtausend Standorten weltweit. Auch in Nordrhein-Westfalen. Allerdings sind die meisten der Fundorte zu weit von dem Versteck der Transporter entfernt, das wir für wahrscheinlich halten.«

»Du meinst das Gebiet zwischen Velbert und Duisburg?«

»Genau. Dort gibt es lediglich drei infrage kommende Orte: die Grube Georg, ein ehemaliges Eisenerzbergwerk bei Lintorf, das aber bereits 1965 geschlossen wurde. Da findet sich auf den Wegen und Straßen rund um das frühere Betriebsgelände nach so langer Zeit nach menschlichem Ermessen keine Spur mehr von dem Zeug, sagen unsere Experten. Das gilt auch für den *Blauen See* bei Ratingen, ein vollgelaufener Steinbruch, der heute als Ausflugsziel dient.«

»Ich war da schon mit meiner Familie«, quatschte einer der Polizisten dazwischen und handelte sich dafür einen missbilligenden Blick ihres Vorgesetzten ein.

»Bleibt nur der Steinbruch Rohdenhaus bei Wülfrath. Von dort wird über ausgedehnte Bandanlagen Flandersbach beliefert, das größte Kalkwerk Europas. Rund um das Werk und auf den

Zufahrtsstraßen ist alles weiß vom Kalkstaub. Südlich des Steinbruchs befindet sich ein kleineres Industriegebiet mit Hallen und Werkstätten. Die Techniker sind dort hingefahren und haben anschließend die Proben in den Profilen ihres Fahrzeugs mit denen verglichen, die sie bei den Transportern gefunden haben. Es gibt keinen Zweifel. Die beiden Sprinter und wahrscheinlich auch der bei der Explosion am Flughafen zerstörte waren in diesem Gebiet unterwegs.«

»Wie groß ist das Areal?«

»Vielleicht zehn Fußballfelder. Da sind nicht mehr als dreißig oder vierzig Hallen, Betriebe noch weniger.«

»Wo liegt das Gewerbegebiet genau?«

»Nördlich der L 403, die von Wülfrath Richtung Osten verläuft und später als L 74 weiter nach Tönisheide führt.«

Kollmar überlegte kurz. Dann meinte er: »Okay, Folgendes: Wir observieren den Bereich einige Tage lang. Die Attentäter haben bisher dreimal einen Mercedes eingesetzt. Sollten sie einen vierten Anschlag planen oder vortäuschen, spricht einiges dafür, dass sie bei diesem Fahrzeugtyp bleiben. Wie viele Zufahrtsstraßen gibt es?«

»Eine raus, eine rein«, antwortete Grunwald.

»Je zwei Zivilfahrzeuge dorthin. Stündlicher Wechsel. Das Kennzeichen jedes Mercedes-Transporters, der in den überwachten Bereich hineinfährt oder ihn verlässt, wird geprüft. Ein herausfahrender Sprinter wird von dem zweiten Wagen verfolgt, bis der Halter feststeht. Handelt es sich dabei um eine Mietwagenfirma, beschatten wir den Benz bis zu seinem Ziel. Ein Zugriff erfolgt erst nach dem Eintreffen des MEK. Spielt nicht den Helden. Wir müssen davon ausgehen, dass wir es mit mehreren schwer bewaffneten Tätern zu tun haben, die sich notfalls rücksichtslos den Weg freischießen werden.«

»Was ist mit den Fahrzeugen, die in das Industriegebiet fahren und nicht wieder hinauswollen?«, fragte einer.

»Fragen, wohin sie fahren. Ansonsten wie in dem anderen Fall.«

»Was machen wir, wenn sich herausstellt, dass der entsprechende Wagen gestohlen wurde?«

»Ebenso. Noch Fragen?«

»Ja.« Grunwald meldete sich. »Unterstellen wir, die Observation bleibt erfolglos. Was dann?«

»Was wohl?«, antwortete Kollmar. »Klinkenputzen im Industriegebiet.« Mit einem Stöhnen ließ er sich auf seinen Stuhl fallen. Dieser verdammte Rücken.

45

Das Gespräch mit seiner Schwägerin ließ ihm keine Ruhe. Wie oft schon hatte er diese Nacht verflucht, in der er ihre Unzufriedenheit mit ihrer Beziehung ausgenutzt und sie verführt hatte. Natürlich stimmte, was sie ihm vorwarf. Er hatte ihr das Blaue vom Himmel versprochen. Sicher, Sema und Hawar waren damals noch nicht verheiratet gewesen. Aber verlobt. Ein solches Versprechen band den Bruder so wie die ganze Familie. Niemals hätte Rokar seine zukünftige Schwägerin geheiratet, auch wenn er das Gegenteil behauptet hatte, um sie ins Bett zu bekommen. Er hatte gelogen und sie und Hawar hintergangen. Er war schuldig.

Sein Telefon schrillte. »Ja?«

Doktor Gärtner rief an. »Ich habe eine gute Nachricht. Nussbaums Gedächtnis ist zurückgekehrt.«

Rokar richtete sich auf. »Er erinnert sich wieder?«

»Das sagte ich bereits.«

»Kann ich ihn sprechen?«

»Sicher. Wann wollen Sie kommen?«

»Sofort.«

Eine halbe Stunde später betrat Rokar das Krankenzimmer. »Guten Tag, Herr Nussbaum.«

Der Patient sah auf. Noch immer waren Teile seines Kopfes verbunden, aber die Nasensonde fehlte.

»Ihr Arzt hat mir gesagt, Ihr Gedächtnis sei zurückgekehrt?«

»Gott sei Dank.«

»Erinnern Sie sich an den Überfall, dessen Opfer Sie geworden sind?«

»Ja.«

»Bitte erzählen Sie.« Rokar zog sein Notizbuch aus der Jackentasche.

»Ich bin davon aufgewacht, dass mich jemand angepinkelt hat. Dann habe ich die Stimmen gehört. Kurz darauf hat mich der erste Tritt getroffen.«

»Haben Sie die Täter gesehen?«

»Kaum. Nur als die Schläger mit ihren Feuerzeugen geleuchtet haben.«

»Könnten Sie sie identifizieren?«

»Anhand ihrer Gesichter? Vielleicht. Aber sicher bin ich mir nicht.«

Der Hauptkommissar war enttäuscht.

»Aber ich würde in jedem Fall ihre Stimmen wiedererkennen. Stimmen vergesse ich nie.«

Das war wenigstens etwas. »Wir kommen darauf zurück. Herr Nussbaum, meine Kollegen in Geldern suchen Sie als Zeugen in einem Mordfall. Können Sie mir auch dazu etwas sagen?«

Nussbaum schwieg.

»Sie erinnern sich nicht?«

»Doch, schon. Aber ...«

»Ja?«

»Ich weiß nicht ...«

Rokar kam ein Gedanke. »Sie befürchten, wegen des Diebstahls des Handys belangt zu werden?«

Nussbaum nickte vorsichtig.

»Ich glaube nicht, dass meine Kollegen diese Tat verfolgen, wenn Sie aussagen.«

»Dann habe ich auch noch Geld genommen.«

»Aus der Geldbörse eines der Opfer?«

»Ja.«

»Wie viel war das?«

»Etwa dreihundert Euro. Aber das habe ich noch. Jedenfalls den größten Teil.«

»Sie werden es zurückgeben müssen.«

Nussbaum nickte ergeben.

»Also?«

»Ich kam aus Lüllingen, war zu Fuß auf der Landstraße unterwegs und wollte nach Geldern, als ich frühmorgens Motorengeräusche hörte. Ich habe mich umgedreht und Blaulicht gesehen. Aus Angst vor den Bullen ...«, erschrocken schaute er den Polizisten an. »Entschuldigung.«

»Schon gut. Fahren Sie fort.«

»Also, ich habe mich hinter einem Busch am Straßenrand versteckt. Die beiden Autos hielten nur wenige Meter von mir entfernt. Da konnte ich alles gut beobachten.«

Er berichtete von den Morden.

»Es war um diese Zeit noch dunkel«, bemerkte der Hauptkommissar.

»Das schon. Aber es dämmerte bereits. Außerdem standen die drei Männer zwischen den beiden Fahrzeugen. Eines war ein weißer Porsche. Dessen Lampen waren an. Das war hell genug.«

»Drei Männer? Es gab nur einen Täter?«

»Ja.«

»Sind Sie sicher?«

»Natürlich.«

»In dem Porsche saß sonst niemand?«

Nussbaum schüttelte den Kopf.

»Woher wissen Sie das so genau?«

»Das Dach von dem Wagen war offen. Der Mörder hat es erst vor dem Wegfahren geschlossen.«

»Wie sah der Mann aus?«

»Kurze, schwarze Haare, ein bisschen gekräuselt. So ein südländischer Typ. Meine Größe. Also etwa einen Meter achtzig und schlank. Eigentlich hatte er ein freundliches Gesicht.«

»Sie sagten, südländischer Typ. Dann war er kein Deutscher?«

»Das kann ich vom Aussehen her nicht sagen. Der Sprache nach zu urteilen, schon. Er hat jedenfalls völlig akzentfrei gesprochen.«

»Wie alt war er?«

»Um die vierzig vielleicht.«

»Konnten Sie das Kennzeichen des Porsches erkennen?«

»Erst beim Wegfahren. Vorher haben mich die Scheinwerfer geblendet.«

Rokar war ganz Ohr.

»Es war ein ausländisches Nummernschild. Weiße Schrift auf schwarzem Grund. Vorn standen zwei Buchstaben. A und L.

Dann folgten die Zahlen 4 und 0. Schließlich konnte ich noch eine 6 erkennen. Die letzte Zahl weiß ich nicht mehr.«

Rokar erinnerte sich, dass in Europa schwarze Kennzeichen nur in Liechtenstein ausgegeben wurden. Die begannen aber ausnahmslos mit FL.

»Bei den Farben irren Sie sich nicht?«

»Ausgeschlossen.«

Das musste er nachprüfen.

Der Oberarzt betrat das Krankenzimmer. »Das ist genug für heute, Herr Kommissar«, ordnete er an. »Der Patient braucht noch Schonung.«

Rokar klappte sein Notizbuch zu. »Ich bin ohnehin fertig. Danke, Herr Nussbaum. Sie haben uns sehr geholfen. Wenn es Ihnen besser geht, werden wir sicher erneut auf Sie zukommen.« Er verabschiedete sich.

Auf dem Flur meinte Doktor Gärtner: »Ich weiß nicht, ob es wichtig ist, aber kurz bevor Sie kamen, hat sich ein Unbekannter an der Pforte nach Patienten erkundigt, die an einer Amnesie leiden. Wen er genau suchte, konnte oder wollte er nicht sagen.«

Der Kommissar sah Gärtner unwirsch an. »Das erzählen Sie mir erst jetzt?«

»Wie gesagt, ich wusste nicht …«

Rokar ließ den Mediziner einfach stehen und marschierte den Gang hinunter Richtung Fahrstuhl.

An der Pforte wies er sich aus und fragte nach dem Fremden. »Was wollte er genau wissen?«

»Er hat sich erkundigt, ob wir einen Patienten haben, der innerhalb der letzten vier Wochen nach einer Schlägerei eingeliefert wurde und sein Gedächtnis verloren hat. Ich kenne natürlich nicht den Grund der Einlieferungen, kann aber anhand der Station, auf der ein Patient liegt, auf die Ursache schließen. Dazu brauche ich natürlich den Namen. Zufällig habe ich etwa vor einer Woche aufgeschnappt, dass auf der Intensivstation jemand mit diesem Krankheitsbild gelegen hat, der gestern auf die Normalstation verlegt wurde. Ich habe den Mann gefragt, ob der Patient, den er sucht, Nussbaum heißt. Er hat verneint und ist gegangen. Das ist alles.«

»Wie sah der Unbekannte aus?«

»Schlank, groß gewachsen, dunkler Teint, schwarzes, gekräuseltes Haar. Er sprach fehlerfreies Deutsch und drückte sich gepflegt und ausgesprochen höflich aus.«

Rokar war wie elektrisiert. Dann spurtete er zurück zum Fahrstuhl.

Er traf den Oberarzt in dessen Büro. »Ist Nussbaum transportfähig?«, stieß er hervor.

»Wenn Sie ihn nicht gerade auf eine Reise von Hunderten von Kilometern schicken wollen, ja. Warum?«

»Erfahren Sie gleich.« Rokar griff zu seinem Handy und rief im Präsidium an. »Ich benötige sofortigen Personenschutz für einen Patienten im Knappschaftskrankenhaus. Zwei Kollegen dürften reichen. Natürlich bewaffnet. Der Mann heißt Nussbaum. Ich warte vor dessen Zimmer.«

Er wandte sich an Gärtner. »Wie schnell können Sie Nussbaum verlegen?«

»In eine andere Klinik?«

»Wovon rede ich eigentlich die ganze Zeit?«

»Wir brauchen ein freies Bett. Das kann …«

»Kümmern Sie sich darum. Bereiten Sie Ihren Patienten auf die Verlegung vor. Ach, noch etwas. Nussbaum heißt ab sofort …« Er dachte kurz nach. »Klaus-Peter Müller. Alles klar?«

»Aber warum …«

»Nussbaum war Zeuge eines Doppelmordes. Ich habe das unangenehme Gefühl, dass sich der Mörder unten an der Pforte nach ihm erkundigt hat.«

Gärtner schaute erschrocken und griff zum Telefonhörer.

Rokar tastete seine Jacke ab. Verdammt. Seine Waffe lag verschlossen in der Schublade seines Schreibtisches.

Der Oberarzt hielt die Hand vor den Hörer. »Er kann ins Prosper.«

»Wann?«

»In einer Stunde. Aber …«

»Was?«

»Die Klinik will wissen, welche Krankenkasse die Kosten übernimmt.«

Rokar atmete tief durch. Diese elenden Pfennigfuchser. »Sagen Sie, er sei privat versichert.«

Gärtner schaute verwundert.

»Tun Sie es einfach«, forderte der Kommissar. Um mögliche Konsequenzen konnte er sich später Gedanken machen. Er zückte erneut sein Handy, um Manfred Kollmar anzurufen.

»Manni, wir haben ein Problem.« Er informierte seinen Freund von Nussbaums Aussage und dem Vorfall an der Pforte. »Ja, ich weiß, dass das alles Zufall sein kann und ich möglicherweise überreagiere. Aber mir ist das Risiko zu groß, dass der Zeuge unter meinen Augen beseitigt wird. Gibst du die Nachricht an die zuständige Abteilung bei euch weiter? Danke. Ich melde mich, sobald wir Nussbaum in Sicherheit gebracht haben.« Er wandte sich wieder an Gärtner. »Ich gehe zum Krankenzimmer. Lässt sich das abschließen?«

Doktor Gärtner schüttelte den Kopf.

Er überlegte. »Können Sie kurzfristig zwei kräftige Pfleger entbehren, die mir vor dem Zimmer Gesellschaft leisten, bis meine Kollegen eintreffen?«

»Eigentlich nicht.«

»Die Frage war eher rhetorisch gemeint. Sie können also?«

»Was sollen die Männer da genau tun?«, fragte Gärtner verunsichert.

Rokar verzog das Gesicht. »Mit mir zusammen ein abschreckendes Bild abgeben. An was haben Sie gedacht? Skatspielen?«

Zehn Minuten später trafen zwei uniformierte Beamte ein. Eine weitere Viertelstunde darauf lag Nussbaum auf einer Liege, zur Tarnung zugedeckt wie eine Leiche, und wurde zu einem Hinterausgang der Klinik geschoben, wo ein Krankenwagen wartete.

Die Polizisten und der Oberarzt hatten die Etage gerade mit dem Fahrstuhl verlassen, als sich die zweite Fahrstuhltür öffnete und ein Arzt im weißen Kittel mit einem locker umgehängten Stethoskop den Flur betrat. Er orientierte sich schnell und ging dann zielsicher zu dem Zimmer, in dem noch vor Minuten Nussbaum gelegen hatte.

Er trug eine kurz geschnittene, schwarze Kraushaarfrisur. Die rechte Tasche seines Kittels beulte sich eigentümlich aus.

Ohne anzuklopfen, betrat er den Raum, sah sich um, eilte zum Krankenbett, legte prüfend seine Hand unter die Bettdecke, ertastete die noch vorhandene Körperwärme und lief aus dem Raum, ohne sich um die Krankenschwester zu scheren, der er ein Tablett mit Medikamenten aus der Hand schlug. Er rannte Richtung Fahrstuhl, nahm dann doch die Treppe und hastete hinunter, dabei mehrere Stufen auf einmal überspringend. Erst in der Empfangshalle bremste er seinen Schritt, ging zügig nach draußen und warf einen Blick in die bereit stehenden Krankenwagen.

Aber er war zu spät gekommen.

Auf dem Weg zu seinem Mietwagen knallte er das Stethoskop wütend in einen Mülleimer, zog den Kittel aus, stopfte ihn ebenfalls in den Abfallbehälter, stieg in den Wagen und fuhr laut vor sich hin fluchend Richtung Autobahn.

Ben Schelsky hatte verloren. Für den Moment.

46

Er lief neben Dimitri Mironov die Rheinuferpromenade entlang nach Norden. Die Mittagssonne brannte von einem wolkenlosen Himmel.

Der Georgier schwitzte. »Die Aktion ist beendet«, erklärte er. »Wir werden die restlichen Arbeiten übernehmen.«

»Gut. Wann?«

»Sofort. Unsere Aktivitäten in den sozialen Medien zeigen erste Erfolge. Die Bevölkerung ist verunsichert. Die ständigen Demonstrationen helfen, unsere Ziele zu erreichen. Die Presse hat wie erwartet reagiert. Unsere Auftraggeber werden hoffentlich in diesem Punkt zufrieden sein.« Er wischte sich mit einem Taschentuch die Schweißperlen von der Stirn. »Es gibt noch zwei Probleme, um die du dich kümmern musst.«

»Diesen Nussbaum? Da bin ich dran.«

»Das ist eines davon.«

»Und das andere?«

»Was ist mit deinen beiden Mitarbeitern?«

»Warten wie verabredet in ihrem Hotel auf neue Anweisungen.«

»Wir brauchen sie nicht mehr. Du hast verstanden?«

»Sicher.«

»Sobald beides erledigt ist, setzt du dich ab.«

»In Ordnung.«

»Ist es wirklich erforderlich, deinen Porsche zu benutzen? Das stellt ein unkalkulierbares Risiko dar.«

»Ich verschwinde nicht ohne meinen Wagen.«

Mironov seufzte. »Wenn du meinst. Ich besorge dir bis übermorgen die Nummernschilder und die passenden Fahrzeugpapiere. Was ist mit dem Haus in Frankreich?«

»Gebe ich auf. Es ist alles veranlasst. Kein Problem.«

»Natürlich ist das ein Problem«, fauchte der Georgier. »Es wimmelt dort von deinen Fingerabdrücken und deiner DNA. Die Bullen werden möglicherweise international nach dir fahnden. Was ist mit den Pässen und den anderen Dokumenten?«

»In Sicherheit.«

»Wo?«

»Pierre hat sie postlagernd nach Monaco geschickt.«

»Gibt es im Haus irgendwelche Bilder von dir?«

Ben Schelsky schüttelte gelassen den Kopf.

»Hat jemand Fotos?«

»Nein. Mein Pass ist ebenso wie der Führerschein gefälscht. Keine französische Behörde ist im Besitz von Fotografien.«

»Immerhin etwas. Es ist zu viel schiefgelaufen bei dieser Aktion. Zu viele Tote. Unsere Auftraggeber sind nicht gerade begeistert.«

»Kollateralschäden. Das war unvermeidlich.«

»Nein, war es nicht. Wenn du mit dem Zug oder einem Mietwagen nach Düsseldorf gekommen wärest – aber du musstest ja unbedingt dein Spielzeug bewegen.«

Schelsky schwieg.

»Es lässt sich nicht mehr ändern.« Mironov zeigte auf ein nicht weit entferntes Hotel, von dessen Terrasse man auf den Rhein schauen konnte. »Lass uns etwas trinken.«

Nachdem der Georgier das zweite Bier bestellt hatte, fragte er: »Hast du die Unterlage durchgesehen, die ich dir gegeben habe?«

»Noch nicht.«

»Das ist der Abschlussbericht.«

»Ihr seid wirklich Bürokraten hoch drei. Führt konspirative Aktionen durch und verfasst darüber auch noch Berichte.«

»Meine Vorgesetzten müssen sich weiter oben verantworten. Die Führungsetage will wissen, wofür wir ihr Geld ausgeben.«

»Das ginge ebenso mündlich.«

»Solche Entscheidungen sind nicht meine Gehaltsklasse. Deine übrigens auch nicht. Du hast bis Ende der Woche Zeit. Dann leite ich den Bericht weiter. Es wäre mir allerdings lieb, wenn du einen Blick darauf werfen könntest. Es geht schließlich um die Zusammenfassung all unserer Aktivitäten.«

»Auch um den Unfall mit den zwei Junkies?« Schelsky blickte erschrocken.

»Ich bin doch nicht bescheuert«, erwiderte Mironov. »Es reicht, wenn mein direkter Vorgesetzter davon weiß. Und der ist schon stinksauer über deinen Fehler. Da muss ich nicht noch den gesamten Apparat auf unser Versagen aufmerksam machen.«

»Du hast damit nichts zu tun.«

»Nett von dir, aber ich habe dich für den Job vorgeschlagen und bin letztendlich verantwortlich. Wie auch immer. Sobald du die Unterlage durchgesehen hast, vernichte sie. Danach rufst du mich an.«

»Selbstverständlich.«

»Stell dich darauf ein, dass du auf absehbare Zeit nicht mehr in Mitteleuropa eingesetzt wirst. Du bist verbrannt, mein Freund. Gründlich.«

47

Sie hatten sich in ihren Fahrzeugen vier Tage und Nächte den Arsch plattgesessen und ihr Überstundenkonto weiter aufgefüllt – dann hatte Hauptkommissar Kollmar die Aktion abgebrochen und die Befragung sämtlicher Hallenbesitzer angeordnet, die infrage kamen.

Erik Grunwald wurde bei seinem dritten Kontakt fündig. Die Firma Stadlhuber lag am Anfang des Industriegebiets.

Der aus Bayern stammende Besitzer fertigte mit drei Arbeitern Aluminiumprofile, die zur Sicherung von Transportbändern benötigt wurden und die er an das nahe gelegene Kalkwerk verkaufte.

»Das Geschäft lief schlecht in letzter Zeit«, klagte Stadlhuber. »Ich musste schon zwei Leute entlassen. Deshalb stand auch die kleinere Halle leer. Fast ein halbes Jahr hing das Schild an der Straße, dass ich den Bau vermieten wolle, und es interessierte sich niemand dafür. Bis eines Tages dieser Carson bei mir auftauchte.«

»Carson?«

»Karl Carson, ja. Er stammt aus Husum in Schleswig-Holstein und versucht, sich im Großraum Düsseldorf einen neuen

Kundenstamm aufzubauen. Er handelt mit Sicherheitstechnik, hat er mir gesagt. Sie wissen schon, Alarmanlagen, Schlösser und so ein Zeug. Er benötige die Halle, um seine Wagen umzubauen. Er erzählte mir, dass er in Essen drei Mercedes aus einer Insolvenzmasse gekauft hätte. In den Fahrzeugen fehlten allerdings eingepasste Schränke und Ablagemöglichkeiten für sein Werkzeug und die Waren. Die wollte er bei mir einbauen. Das passierte nachts.«

»Wieso das?«

»Tagsüber hat er die Kunden besucht, die sich auf seine Anzeigen in der Zeitung gemeldet hatten.«

»Ohne Fahrzeuge und Waren?«, wunderte sich Grunwald.

»Kataloge können Sie auch auf dem Rücksitz eines PKW transportieren. Jedenfalls habe ich ihn nur ein paar Mal gesehen, ebenso wie die Leute, die nachts an den Sprintern herumgeschraubt haben.«

»Wann haben Sie ihm die Halle vermietet?«

»Warten Sie, das war am 25. Juni. An dem Tag hat meine Frau Geburtstag. Deshalb weiß ich das so genau.«

»Für wie lange?«

»Bis zum 15. August.«

»Beschreiben Sie bitte Ihren Mieter.«

»Ach Gott. Groß, schlank, gekräuseltes Haar, fast wie bei einem Afrikaner. Ein bisschen südeuropäisch sah er aus. Wissen Sie, eigentlich hab ich ja nichts gegen Ausländer. Aber vorsichtig ist man doch, wenn man mit denen Geschäfte macht.«

Grunwald verkniff sich eine Bemerkung. »Bei Carson hatten Sie diese Bedenken nicht?«

»Er sprach gutes Deutsch. Außerdem hat er im Voraus bezahlt.«

»Wie viel?«

»Fünftausend Euro.«

»Ein stolzer Preis. Vermutlich haben Sie deshalb Ihre Bedenken gegen Ausländer zurückgestellt, oder?«

Stadlhuber ging nicht auf Grunwalds bissige Bemerkung ein.

»Ich vermute, er hat bar gezahlt?«

»Ja.«

»Hat sich Carson ausgewiesen?«

»Sie meinen, ob er mir seinen Ausweis gezeigt hat?«

»Was sonst?«

»Ich habe ihn nicht danach gefragt. Ich war froh, die Halle vermietet zu bekommen.«

»Herr Stadlhuber, ich würde mir gern das Gebäude ansehen, sofern Sie nichts dagegen haben. Falls doch, komme ich in zwei Stunden mit einem Durchsuchungsbefehl zurück.«

»Warum sollte ich Einwände haben?«

»Prima. Können wir dann?«

Auf den ersten Blick erschien die Halle völlig unspektakulär. Dann aber entdeckte Grunwald in einer Ecke mehrere Kisten, die identisch waren mit jenen, die sie in den Sprintern gefunden hatten. Er ging zurück ins Freie und rief seinen Chef an.

»Ich habe da was.« Er berichtete.

Dreißig Minuten später wussten sie, dass in Husum zwar ein Karl Carson lebte, der aber über achtzig war und im Rollstuhl saß.

Zwei weitere Stunden danach nahm die KTU ihre Arbeit auf.

48

Sie trafen sich gegen Mittag in Toms Wohnung.

Rokar musterte seinen Freund. »Seit wann trägst du eine Brille? «

»Seit ich meine Kontaktlinsen verlegt habe.«

»Darf ich mich umsehen? Ich bin nicht häufig in solchen Luxusetablissements.«

»Nur zu.«

Rokar stiefelte über den Marmorboden, blieb hier stehen, schaute dort und nickte nach seiner kurzen Besichtigungstour anerkennend. »Hast es auch ohne Beamtensalär weit gebracht.« Er strich sich durch seinen dunklen Bart.

Tom lächelte.

Sein Freund setzte sich in einen der Polstersessel.

»Möchtest du etwas trinken?«

»Mineralwasser, wenn du hast.«

»Sonst nichts? Einen Kaffee vielleicht?«

»Wär nicht schlecht.«

»Was für einen?«

»Wie meinst du das?«

»Café Crema, Espresso, Cappuccino …«

»Wie bei einem guten Italiener. Ich bin beeindruckt. Espresso, bitte. Mit etwas Zucker.«

Tom verschwand in der Küche. Rokar hörte ihn hantieren, kurz darauf das Mahlgeräusch einer Kaffeemaschine. Wenig später kehrte Tom mit den Espressi und Wasser zurück und setzte sich auf das Sofa.

»Bei Greti wurde also eingebrochen«, begann Rokar ihr Gespräch.

»Ja.« Tom berichtete. »Dabei ist es aber nicht geblieben. Die Familie hat außerdem einen Drohbrief erhalten.«

»Was steht drin?«

Tom sagte es ihm.

»Ihr seid nicht zur Polizei gegangen«, stellte Rokar fest. »Vermutlich wüsste ich sonst davon.«

»Nein. Greti wollte nicht. Ich bitte dich darum, ihr nicht zu sagen, dass wir miteinander gesprochen haben.«

»Ihre Entscheidung. Was zeigt nun das Foto?«

Tom stand auf und ging zu einem Schrank, um eine Schublade zu öffnen. Er kehrte mit einem Stück Papier zurück und reichte es seinem Freund. »Nicht viel. Die Qualität ist nicht besonders gut. Das ist ein simpler Papierausdruck. Aber du kannst alles erkennen.«

Rokar sah auf das Foto. Auf den ersten Blick entsprach es dem, was ihm Tom gerade erzählt hatte. »Was ist das hier?«, fragte er und tippte auf den Rand des Ausdrucks. »Da steht ein weißer Wagen. Er scheint beim Drucken abgeschnitten worden zu sein. Leider kann man das Nummernschild nur schwer identifizieren. Ist das nicht schwarz?«

Er reichte seinem Freund das Blatt.

Der nahm seine Brille ab und kniff die Augen zusammen. »Sieht so aus.«

»Hast du das Foto auf deinem Rechner?«

»Auf einem USB-Stick.«

»Lass es uns ansehen.«

»Der Computer steht im Arbeitszimmer.«

Sie gingen in den Raum, der mit einem groß dimensionierten Schreibtisch, einem davor stehenden Stuhl und einer Stehlampe recht spärlich möbliert war.

»Sieht nicht so aus, als ob du dieses sogenannte Arbeitszimmer wirklich benötigst«, spottete Rokar.

»Halt die Klappe«, erwiderte Tom, setzte sich und fuhr den Rechner hoch. Das Firmenlogo darauf zeigte einen angebissenen Apfel.

»Du weißt schon, dass du bei der Kiste nicht nur Leistung, sondern vor allem Design bezahlst?«, fragte Rokar und schaute seinem Freund über die Schultern.

»Wollen wir uns das Foto ansehen oder die Vor- und Nachteile von Computern diskutieren?«, erwiderte Tom und steckte den Stick in das Gerät. Dann lud er das Bild.

»Kannst du das bitte vergrößern?«, bat Rokar. »So weit nach links scrollen wie möglich. Ich möchte mir den hellen Wagen näher anschauen.«

Tom tat ihm den Gefallen.

Rokar beugte sich vor. »Ein schwarzes Kennzeichen …«

»Mit weißer Schrift«, ergänzte Tom.

»Das ist doch ein Porsche 911, oder?« Er kraulte nachdenklich seinen Bart.

»Eindeutig. Ein Oldtimer.«

»Die letzte Zahl ist eine Neun? Und die davor?«

»Ich vergrößere noch etwas.«

Die Körnung nahm zwar zu, aber nun waren die letzten zwei Ziffern deutlich zu erkennen: 69.

Rokar sog hörbar die Luft ein. »Das gibt es doch nicht.«

»Was meinst du?«

»Etwa eine Woche vor dem Sprengstoffattentat am Flughafen wurden bei Geldern zwei Junkies erschossen. Die Tatwaffe fand sich später an der B 9 in einem Teich bei Krefeld. Hast du eine Kartensoftware auf der Kiste?«

»Sicher.« Tom öffnete das Programm und suchte die Bundesstraße. Den See erkannten sie gut.

»Verfolge den Weg der Straße«, bat Rokar.

»Sie führt Richtung Norden direkt nach Geldern. Südlich geht's nach Düsseldorf.«

»Wenn du von Geldern dorthin unterwegs bist und willst nicht die Autobahn benutzen, folgst du der B 9 über Krefeld bis Düsseldorf. Richtig?«

»Klar. Es sei denn, du fährst über die Dörfer. Erzählst du mir bitte, was das Ganze soll?«

»Der Mord wurde beobachtet. Ein Zeuge beschrieb das Fluchtfahrzeug als weißen Porsche-Cabrio. Er konnte von dem Kennzeichen aber nur AL – 40 – 6 erkennen. Das LKA hat die Nummer mit Sicherheit gecheckt.« Er tippte auf den Bildschirm. »Was sagt uns das?«

Obwohl Rokars Frage nicht ihm gegolten hatte, beantwortete sie Tom. »Der Mörder von Geldern war am Tag des Anschlags am Düsseldorfer Flughafen. Das kann aber auch Zufall gewesen sein.«

»Ich denke, das ist kein Zufall. Ich sehe da einen Zusammenhang.« Er dachte einen Moment nach. »Ich rufe Manni an.«

»An einem Samstag? Ist er im Dienst?«

»Seit dem Tod seiner Frau ist er immer im Dienst. Glaub mir. Ich gehe zum Telefonieren ins Wohnzimmer. Da kann ich mich wenigstens hinsetzen«, setzte er hinzu. »Hast du noch ein Glas Wasser?«

»Sicher.«

Tatsächlich erreichte er ihren Freund im Amt. Nach einigen kurzen, belanglosen Sätzen rückte Rokar mit seinem Anliegen heraus.

»Was kannst du mir zu dem Kennzeichen des Porsches sagen?«

»Rokar ...«

»Du bist mir etwas schuldig. Außerdem wüsstet ihr ohne mich nichts davon. Schon vergessen?«

Manfred Kollmar seufzte. »Aber das bleibt unter uns.«

»Sicher«, log Rokar.

»Ich habe gestern mit meinen Kollegen vom Staatsschutz darüber gesprochen. Es handelt sich um ein französisches Kennzeichen.«

»Weiße Schrift auf schwarzem Grund?«, wunderte sich sein Freund.

»Silberne Schrift. So werden in Frankreich Oldtimer gekennzeichnet.«

»Wieder etwas Neues gelernt.«

»Die letzten zwei Buchstaben bezeichnen das Département, in dem das Fahrzeug zugelassen wurde. Diese Regelung galt bis 2009. Solche Nummernschilder werden schrittweise ausgemustert. Dieser Nussbaum hat, wie du weißt, ausgesagt, dass das Fahrzeug ein weißer Porsche war. Das deckt sich mit anderen Aussagen. Also mussten unsere französischen Kollegen einen Abgleich aller zehn in Frage kommenden Départements durchführen.«

»Das kann doch kein Problem gewesen sein.«

»War es auch nicht.«

»Hörte sich aber so an.«

»Willst du nun das Ergebnis wissen?«

»Entschuldige.«

»Es gab zwei Treffer. Ein Porsche gehört einem reichen Sammler im Département Orne. Er hat den Wagen nicht abgemeldet, weil er ihn zeitweilig bewegen wollte. Das hat er aber in den letzten Monaten nicht getan.«

»Sicher?«

»Ziemlich. Der Porsche hat nämlich seit einem guten Vierteljahr keinen funktionierenden Motor. Der stand aufgebockt neben der Karre, berichten die französischen Kollegen. Es fehlen Ersatzteile für die Reparatur. Der Sammler besteht darauf, alle Teile nur im Originalauslieferungszustand einzubauen.«

»Wer es sich leisten kann. Und der andere Wagen?«

»Wurde im Département Bas-Rhin zugelassen. Er gehört einem Mann namens Ben Schelsky, der in Neewiller-près-Lauterbourg wohnt.«

»Wo ist das?«

»Ein winziges Kaff mit sechshundert Einwohnern im Elsass unmittelbar an der Grenze zu Deutschland.«

»Habt ihr was über den Kerl?«

»Nein. Bei Interpol findet sich nichts. Auch kein Foto.«

»Seltsam. Er muss doch einen Ausweis oder Pass besitzen, einen Führerschein?«

»Er könnte mit gefälschten Papieren unterwegs sein. Dann gibt es bei den Behörden keine Unterlagen über ihn.«

»Kannst du mir eine Kopie der Akte schicken?«

»Rokar, das geht wirklich nicht. Ich mache mich eines Dienstvergehens schuldig, wenn ich dir die Akte besorge. Ganz abgesehen davon, dass ich für diesen Fall in Geldern und Berlin nicht zuständig bin. Wie soll ich an das Material kommen, ohne mich zu weit aus dem Fenster zu lehnen?«

»Sagtest du eben Berlin?«

»Ja. In Berlin wurde vor einiger Zeit ein vermutlich politisch motivierter Mord begangen. Dabei wurde dieselbe Waffe wie in Geldern eingesetzt.«

»Wow.«

»Das muss jetzt reichen.«

Nachdem sie ihr Gespräch beendet hatten, nippte Rokar am Mineralwasser.

Tom sah ihn neugierig an. »Warum hast du ihm nichts von dem Porsche am Flughafen erzählt?«

»Wollte Greti nicht, dass die Polizei außen vor bleibt?«

»Sorry. Stimmt.«

Rokar nickte. »Manni hat mir nur widerstrebend Auskunft erteilt.«

»Kann ich mir vorstellen. Er war schon immer die menschgewordene Dienstvorschrift.«

Rokar lachte auf. »Sein Muffensausen konnte ich durch die Leitung hören. Also: Der Wagen gehört einem gewissen Ben

Schelsky, der in einem französischen Kaff nahe der Grenze zu Deutschland lebt.«

»Sag das noch einmal.«

»Der hat seinen Wohnort an der Grenze …«

»Nein. Den Namen.«

»Ben Schelsky.«

Tom klappte der Unterkiefer herunter. »Ich kenne den Kerl.« Er griff das Foto und zeigte auf einen der drei Männer. »Der Großgewachsene hier, von dem nur Teile des Profils zu sehen sind. Er kam mir gleich so bekannt vor. Ich wusste nur nicht, wohin ich ihn stecken sollte. Jetzt weiß ich es wieder. Das ist Schelsky. Ohne jeden Zweifel.«

»Du kennst ihn?«, fragte Rokar überrascht. »Dunkler Teint, schwarzes, gekräuseltes Haar?«

»Ja.«

»Woher?«

»Er war mit mir bei *Blackcloud*.«

»Ach nee. Erzähl.«

»Aber erst sagst du mir, wieso du weißt, wie Schelsky aussieht.«

»Meinetwegen. Von Nussbaum.«

Rokar bemerkte das fragende Gesicht seines Freundes und erklärte: »Er ist der Zeuge, der die Morde in Geldern beobachtet hat. Wenn mich mein Gefühl nicht täuscht, wollte Schelsky diesen Tatzeugen aus dem Weg räumen.« Er informierte Tom über Nussbaums Aussage und den Vorfall im Krankenhaus. »Jetzt bist du dran.«

»Schelsky hat einige Monate nach mir bei der Sicherheitsfirma angefangen und dieselbe harte Ausbildung durchlaufen. Das muss im Frühjahr 2011 gewesen sein.«

»Was hat er bei *Blackcloud* gemacht?«

»Das Gleiche wie ich. Den Kopf für andere Leute hingehalten.«

»Den gut bezahlten Kopf, vermute ich.«

»Natürlich. Niemand riskiert sein Leben für einen Hungerlohn. Während meiner Zeit bei *Blackcloud* sind wir uns nur einmal über den Weg gelaufen.« Er dachte kurz nach. »Das muss irgendwann im Sommer 2017 gewesen sein. Ich stand damals in den Diensten eines russischen Oligarchen, Schelsky arbeitete für irgendeinen Scheich in den Arabischen Emiraten. Unsere Chefs haben eine Tagung in Sydney besucht und wohnten zufällig beide im *Park Hyatt.* Wir trafen uns in der Hotelbar, begrüßten uns, nahmen zwei, drei gemeinsame Drinks und gingen später auseinander. In der Branche pflegst du keine engen Bekanntschaften. Einige Monate danach habe ich gehört, dass er *Blackcloud* verlassen hat. Mehr weiß ich nicht von ihm. Ach ja, er spricht neben Englisch und Deutsch auch fließend Arabisch, Französisch und Russisch.«

»Schlaues Kerlchen.«

»Nicht nur das.«

»Wie meinst du das?«

»Die Ausbildung bei *Blackcloud* ist härter als die bei den Sicherungsgruppen des BKA.«

»Inwiefern?«

»Ich beherrsche im Schlaf fast jedes Modell einer Handfeuerwaffe, habe mit Panzerfäusten und tragbaren Luftabwehrraketen gefeuert und bin in der Lage, mit bloßer Hand einen Menschen umzubringen, wenn es erforderlich ist. *Blackcloud*-Agenten können mit Sprengstoff umgehen und haben ein spezielles Sicherheitstraining absolviert, um mit Fahrzeugen gefährlichen

Situationen zu entkommen. Wir wurden zu Kampfmaschinen ausgebildet, Rokar. Unsere Ausbilder haben ausnahmslos bei den *Navy Seals* gedient, bis sie den Verlockungen des Geldes erlagen und nach ihrer aktiven Militärzeit zu *Blackcloud* wechselten.«

»Weißt du sonst noch etwas von ihm?«

»Ich muss nachdenken.« Nach einer längeren Pause meinte Tom: »Er trinkt bevorzugt Weißwein. Chardonnay, wenn ich mich richtig erinnere.« Tom überlegte. »Er hat eine Vorliebe für Kunst. Aber nicht dieses moderne Zeug, sondern die alten Meister.«

»Ungewöhnlich für einen Söldner.«

»Findest du? Außerdem stört mich der Begriff ›Söldner‹. Ich war Personenschützer.«

»War nicht so gemeint. Hast du ein Foto von ihm?«

»Nein. Hat Manni keines?«

»Er behauptet, nein.«

»Ich habe ihn nach einer Kopie der Akte des LKA gefragt. Manni meint, er käme da nicht so ohne Weiteres ran. Außerdem hat er Angst, wegen der Weitergabe von Dienstgeheimnissen belangt zu werden.«

»Da hat er nicht unrecht.«

»Ich weiß.«

Rokar erzählte von dem Mord in Berlin. »Das würde zu dem passen, was du über *Blackcloud* gesagt hast.«

»Was unterstellst du da? Wir waren keine Mörder«, beschwerte sich Tom.

»Du nicht. Aber Schelsky ja wohl schon.«

Tom schluckte. »Wird das LKA den Kerl zur Fahndung ausschreiben?«, fragte er.

»Manni hat nichts davon gesagt. Intern tun sie das sicherlich. Vielleicht findet sich ja etwas über ihn im Internet.«

»Würde mich wundern. Aber lass uns nachsehen.«

Sie wechselten wieder in den Raum, den Tom als Arbeitszimmer bezeichnete.

»Nichts«, meinte er nach einiger Zeit. »Es gibt im Netz keinen Ben Schelsky. Auch kein Foto.«

Rokar zeigte auf den Ausdruck. »Vermutlich ist das das einzige Bild von ihm.«

»Von dem wir wissen. Denkst du dasselbe wie ich?«

»Du meinst den Drohbrief?«

Tom nickte.

»Greti hat irrtümlich fotografiert und die Kamera hat einen Blitz ausgelöst. Das musste den Kerlen auffallen. Da es sonst keine Bilder von Schelsky gibt, will er natürlich nicht, dass Greti mit dem Foto zur Polizei geht. Er weiß ja nicht, dass er darauf kaum zu erkennen ist.«

»Was meinst du, wie sie an Gretis Adresse gekommen sind?«

»Vielleicht sind sie ihr nachgefahren? Oder jemand hat sich das Autokennzeichen gemerkt.«

»Das habe ich mir auch gedacht.«

»Schelsky ist ein Tarnname?«

Tom nickte. »Vermutlich. Aber wenn, sind seine Papiere exzellent. Jedenfalls besser als die, die dein Freund Gilbert Harquin herstellt. Und die waren schon nicht schlecht.«

»Wieso nimmst du das an?«

»Weil ich auch nicht unter meinem Namen Tom Grieg für *Blackcloud* gearbeitet habe. Anonymität ist ein wesentliches Geschäftsprinzip der Firma. Und meine Papiere waren immer erstklassig.«

»Verstehe.«

Tom erhob sich. »Der Kaffee dürfte kalt geworden sein. Möchtest du einen neuen?«

»Bitte.«

Rokar wartete in der offenen Küchentür. Er zeigte auf den Kaffeeautomaten und flachste: »Bestellt die Kiste auch noch die Kaffeebohnen automatisch? Sieht jedenfalls teuer genug aus.«

»Quatsch.«

Wenig später schlürften sie im Wohnzimmer den frisch gebrühten, heißen Espresso.

»Ich würde mich gern in Schelskys Wohnort umsehen.«

»Ich frage mich nur, was ein Besuch dort bringen soll. Das LKA hat garantiert die Franzosen eingeschaltet. Die dortige Polizei hat vermutlich schon alles auf den Kopf gestellt. Wenn Schelsky auch nur einen Funken Verstand hat, wird er nicht nach Hause fahren. Außerdem, was willst du da finden?«

»Keine Ahnung. Trotzdem. Wie heißt der Ort?«

Rokar seufzte. »Neewiller-près-Lauterbourg.«

»Wie bitte?«

Sein Freund wiederholte den Ortsnamen. »Das liegt im Elsass.«

Tom antwortete: »Das sind gut vier Stunden von hier. Kommst du mit? Gegen sechs Uhr könnten wir da sein.«

»Bescheuerte Idee. Aber meinetwegen. Ich habe ohnehin einige Tage Urlaub.«

»Dann lass uns fahren.«

»Vorher hätte ich gern noch einen Espresso.«

49

Südlich des Kalkwerks Flandersbach lag ein See, der nicht für die Öffentlichkeit zugänglich war. Um ihn herum wuchs auf einem bis zu zweihundert Meter breiten Streifen dichter Mischwald, der lediglich von einem Forstweg erschlossen wurde. Schelsky hatte dieses Waldgebiet auf der Suche nach einem Unterstand für die Sprinter mehrmals erfolglos durchstreift und sich schließlich für die Anmietung der nicht weit entfernten Halle in dem Industriegebiet entschieden.

Wie in den vergangenen Wochen holte er seine Helfer am Samstagnachmittag mit dem Mietwagen ab, um mit ihnen in den Wald zu fahren. Sie wohnten in einem unscheinbaren Hotel garni an der Stadtgrenze Wülfraths.

Die jungen Männer stammten aus der Kleinstadt Akhmeta im Kaukasus, nördlich von Tiflis gelegen. Mironov hatte sie ihm vermittelt. Einer hatte in seiner Heimatstadt als Elektriker gearbeitet, der andere als Schlosser.

Schelsky zahlte jedem eintausend Euro die Woche – für sie ein Vermögen. Die beiden waren verschwiegen, stellten keine Fragen und führten die Befehle Schelskys ohne Zögern aus. Vor allem aber verspürten sie nicht die geringsten Skrupel, auch dann nicht, als durch ihr Handeln drei Menschen ums Leben kamen.

Schelsky hielt an einer Lichtung und stoppte den Motor.

»In der Halle stehen noch fünf Kisten mit Schrott«, erklärte er auf Russisch. »Die müssen verschwinden. Wir vergraben sie hier. Sobald das Loch fertig ist, holen wir den Kram.« Er sah seine Helfer an. »Damit wäre dann euer Einsatz beendet.« Er griff in die Seitenablage der Fahrzeugtür und zog zwei Umschläge hervor. »Eure Flugtickets nach Tiflis für morgen früh. Ich bringe euch später zum Flughafen. Und noch fünfhundert Euro Bonus für jeden. Ihr habt gute Arbeit geleistet. Lasst euch in den nächsten Monaten nicht in Deutschland sehen. Die Polizei fahndet nach uns. Noch haben sie vermutlich keine brauchbare Spur, aber das kann sich ändern.« Er lächelte. »Gebt nicht das ganze Geld für Wodka und Weiber aus.« Er gab ihnen die Umschläge. Beglückt zählten die Männer die Scheine.

»Habt ihr im Hotel ausgecheckt und eure Klamotten mitgenommen?«

»Alles in unseren beiden Taschen.«

»Gut. Jetzt los. Ich hole die Spaten aus dem Kofferraum.«

Sie stiegen aus.

Schelsky drückte ihnen die Schaufeln in die Hand. »Seht ihr die Tanne?« Er zeigte auf einen einzelnen Nadelbaum etwa zwanzig Meter vom Waldweg entfernt. »Daneben grabt ihr. Da dürften weniger Wurzeln sein als mitten im Wald.« Er grinste. »Obwohl euch etwas Bewegung sicher guttut. Die Stelle ist außerdem nicht auf den ersten Blick einzusehen.«

»Wie groß soll das Loch sein?«

»Da müssen die Kisten hineinpassen. Ich würde sagen, rund zwei Meter lang und einen breit. Das dürfte reichen. Grabt etwa anderthalb Meter tief.«

Die beiden marschierten zu der Stelle und begannen von zwei Seiten. Sie waren muskulös und harte Arbeit gewohnt. Entsprechend zügig kamen sie voran. Schließlich standen sie bis zur Brust in dem Loch.

Schelsky rief ihnen zu: »Ich hole mir schnell Zigaretten aus dem Wagen. Wollt ihr auch eine?«

Sie verneinten.

Schelsky lief in aller Ruhe zum Fahrzeug, öffnete die Beifahrertür und das Handschuhfach. Darin lag seine Glock mit dem aufgeschraubten Schalldämpfer. Er steckte die Waffe hinter seinem Rücken in den Hosenbund und kehrte langsam zu dem Loch zurück. »Das ist tief genug«, meinte er. »Werft die Spaten nach oben. Dann kommt heraus.«

Sie befolgten den Befehl.

Sie machten Anstalten, aus der Grube zu klettern. Schelsky griff die Pistole und schoss den Männern nacheinander in den Kopf. Die beiden Leichen sackten in sich zusammen und fielen zurück in ihr Grab.

Schelsky stieg hinab, zog die Umschläge aus ihren Hosen, warf die Flugtickets achtlos beiseite und drapierte die Toten übereinander auf dem Grund des Loches. Die leblosen Körper benutzte er als Ausstiegshilfe.

Er holte die Jacken und die Reisetaschen der beiden, kippte deren Inhalt über ihre Besitzer und schleuderte die billigen Gepäckstücke ebenfalls in das Grab. Dann wuchtete er den Benzinkanister aus dem Kofferraum und übergoss alles mit zwanzig

Litern Sprit. Wenn sie bis zur Unkenntlichkeit verbrannt waren, wollte er die Grube zuschütten und die Leichen für hoffentlich lange Zeit verschwinden lassen.

Er warf den leeren Kanister zu den Toten und schaffte einen Spaten zurück zum Wagen. Dann umwickelte Schelsky die Spitze eines trockenen Asts mit Papier, zündete den Fetzen an und warf den Stock aus sicherem Abstand in die Grube. Mit einem Knall entzündete sich das Benzin.

Erschrocken stellte er fest, dass die Flammen höher schlugen, als er erwartet hatte. Der Rauch musste weit zu sehen sein. Mist. Das hätte nicht passieren dürfen. Jetzt konnte er nur hoffen, dass niemand aufmerksam wurde und er das Loch in Ruhe würde zuschütten können. Sicherheitshalber steckte er den Schlüssel in das Zündschloss und legte den ersten Gang ein, um bei einer möglichen Flucht Zeit zu sparen.

Zwanzig Minuten später waren die Leichen verkohlt und Schelsky schaufelte Erde in die Grube.

Plötzlich hörte er Sirenen. Die Feuerwehr? Aus welcher Richtung kam sie?

Er rannte mit dem Spaten los, warf ihn in den Kofferraum und lauschte erneut. Wülfrath lag östlich von hier. Also würde er sich nach Westen wenden.

Er sprang in den Wagen, startete den Motor und gab Gas. Holpernd schoss das Fahrzeug über den Waldweg. Er erreichte die menschenleere Landstraße und bog nördlich ab. Im Rückspiegel blitzte es blau.

Aber er schaffte es. Die Feuerwehr bog ab in den Wald, das Blau verblasste. Auch die Polizei bemerkte ihn nicht. Er drückte auf die Tube, hielt sich aber an die Geschwindigkeitsbegrenzung. Unter keinen Umständen wollte er riskieren, geblitzt zu werden.

Unbehelligt passierte er die sechs Kilometer entfernte Autobahn. Über Ratingen fuhr er Richtung Düsseldorf. Den Spaten entsorgte er auf einem Baugrundstück.

Er ärgerte sich. Das war der zweite Fehler, der ihm in den letzten Wochen unterlaufen war.

50

Es wurde neunzehn Uhr, bis sie in Neewiller-près-Lauterbourg eintrafen. Der Ort war wirklich ein Kaff: höchstens zweihundert Häuser, eine Kirche, zwei Landstraßen, die sich kreuzten, ein einsames Restaurant – es dauerte keine fünf Minuten, da hatten sie den Ortsausgang erreicht.

»Und nun?«, fragte Rokar, als Tom seinen Audi wendete.

»Gehen wir etwas essen. Ich habe Hunger. In der Kneipe fragen wir nach Schelsky.«

Die Fassade des Lokals an der südlichen Ausfallstraße war von seinem Besitzer verschlimmbessert worden. Der Putz strahlte in Hellblau, die zwei Fenster und die Eingangstür am Eck schmückten aufgemalte Simse in Rostrot, mittig zur Straße hin prangte eine Art Wappen, auf das der Name der Kneipe geschrieben stand: *Restaurant de la République.* Ein rotes Namensschild aus Metall bewegte sich an einer Stange sanft im Wind.

Sie parkten wenige Meter entfernt und stiegen aus, um zu der Gaststätte zu laufen. Es war drückend schwül. Am Himmel zogen sich dunkle Wolkenberge zusammen.

Rokar verzog angesichts der gestalterischen Grausamkeit das Gesicht und näherte sich einem der Fenster. Dichte Gardinen verhinderten einen Blick ins Innere. Nur der Schein einiger Lampen zeigte, dass der Schuppen geöffnet hatte.

Eine Speisekarte suchten sie vergebens.

»In dem Laden willst du essen?«, fragte Rokar mit skeptischem Gesicht.

»Wir sind im Elsass. Diese Region ist berühmt für ihre Küche.«

»Gilt das für alle Wirtshäuser?«

»In diesem Ort gibt es keine Alternative, es sei denn, du willst Kohldampf schieben.«

»Sprichst du Französisch?«

»Ach was. Aber hier versteht uns jeder. Hast du die deutschsprachigen Ortsschilder nicht gesehen? Außerdem kann ich Englisch.«

»Na dann.«

Drei alte Männer spielten Karten, Rotweingläser vor sich. Ein Paar mit zwei kleinen Kindern aß am Nachbartisch.

Tom und Rokar suchten sich einen Platz am Fenster.

»Eigentlich ganz gemütlich hier«, meinte Tom, nachdem sie sich gesetzt hatten.

»Klar. Wenn man muffigen Geruch, ausgetretene Dielen und altersschwache Holzmöbel mag, die jeden Moment unter einem zusammenbrechen können«, maulte sein Freund.

»Ich habe dich nicht gezwungen, mitzukommen. Nun mach nicht so ein Gesicht.«

Wie Tom richtig vermutet hatte, sprach die hübsche Servicekraft, die sie bediente, fließend Deutsch. Sie bestellten Wein, Wasser und die Speisekarte.

»Eine Karte haben wir nicht«, erwiderte die junge Frau.

Rokar warf Tom einen vielsagenden Blick zu.

»Ich kann Ihnen Coq au Riesling empfehlen, Sürkrüt royale und Flammkuchen natürlich.«

Tom dachte nicht lange nach. »Für mich den Coq au vin.«

»Ich schließe mich an.« Nachdem die Bedienung sie verlassen hatte, fragte Rokar: »Was zum Teufel ist Sürkrüt royale? Hört sich irgendwie türkisch an, aber das ist es nicht.«

»Keine Ahnung. Frag sie.«

Die junge Frau brachte die Getränke und Rokar erkundigte sich.

»Sürkrüt türkisch?« Sie lachte auf. »Das ist elsässisch und heißt Sauerkraut. Dazu gibt es Schweinebauch, Mettwürstchen, Leberklößchen und so. Ein deftiges Gericht.«

Rokar nickte dankend.

Tom nutzte die Gelegenheit. »Wir möchten einen Bekannten besuchen, haben jedoch dummerweise seine Adresse verlegt. Ben Schelsky. Kennen Sie ihn zufällig?«

»Ich nicht. Aber mein Vater möglicherweise.« Sie rief zum Tisch der Kartenspieler hinüber. Von der kurzen Unterhaltung verstanden die Freunde lediglich einzelne Worte.

Sie wandte sich ihren Gästen zu. »Er wohnt nicht weit von hier. An der Kirche rechts und sofort wieder rechts. In der kleinen Straße stehen nur drei Häuser. In dem alten Bauernhaus lebt Ihr Bekannter. Mein Vater hat ihn aber schon seit Wochen nicht gesehen. Womöglich sind Sie umsonst gekommen.«

Der Kartenspieler rief seiner Tochter erneut etwas zu.

»Vater sagt, Sie sollten sich bei Pierre erkundigen. Er wohnt in dem Haus gegenüber und scheint sein Freund zu sein.

Zumindest sind beide kurz aufeinander vor einigen Jahren zu uns ins Dorf gezogen. Lassen Sie sich den Wein schmecken.«

»Danke.«

Das Essen war exzellent.

»Ich nehme alles zurück, was ich über dieses Lokal gesagt habe«, meinte Rokar und wischte sich mit der Serviette den Mund ab. »Selten ein so tolles Gericht gegessen.«

»Man sollte Äußerlichkeiten nicht zum Maßstab machen«, erwiderte Tom. »Besonders dann nicht, wenn es ums Essen geht.« Er zückte seine Kreditkarte. »Betrachte dich als eingeladen.«

»Danke.«

Tom zahlte, und sie gingen zur Tür.

Kaum hatten die beiden Freunde das Lokal verlassen, wechselte der Besitzer einige Worte mit seiner Tochter, griff danach zum Handy.

Tom parkte den Audi an der Kirche. Die restlichen wenigen Meter legten sie zu Fuß zurück.

Das alte Bauernhaus sah aus, als wollte es jeden Moment zusammenbrechen. Einige der Ständer des rot gestrichenen Fachwerks standen schräg, der Putz in den Gefachen bröckelte. Auch das Dach hatte schon bessere Zeiten gesehen.

An der Tür fand sich weder eine Klingel noch ein Namensschild. Dafür hing an der Fassade unter dem auskragenden Dach die Warnsirene einer Alarmanlage.

Sie klopften. Im Inneren regte sich nichts.

In der Ferne grollte ein heraufziehendes Gewitter.

Rokar schaute nach oben und entdeckte zwei versteckt angebrachte Überwachungskameras. »Würdest du diese Bruchbude mit einer so aufwendigen Anlage sichern?«

»Kommt darauf an, was sich darin versteckt«, antwortete Tom und ging zur Längsseite des Hauses.

Es gab keinen Zaun, der das Grundstück begrenzte. Zwei kleinere Fenster öffneten sich Richtung Kirchplatz. Rollos an der Innenseite versperrten den Einblick.

Sie umrundeten das Gebäude. Unter einem provisorischen Verschlag stapelten sich Brennholzscheite. Ein dort angelehntes Fahrrad rostete vor sich hin.

»Hier wohnt dieser Schelsky?«, wunderte sich Rokar. »Ich weiß nicht. Wenn ich diese Hütte mit deiner Bude vergleiche … Oder hat er weniger als du verdient?«

»Kann ich mir nicht vorstellen.«

»Wenn die Alarmanlage und die neuen Rollos nicht wären, würde ich annehmen, dass niemand in diesem Haus lebt.«

»Geht mir ähnlich. Lass uns diesen Pierre fragen.«

Erste Tropfen fielen. Sie beschleunigten ihren Schritt.

Das Nachbarhaus war in besserem Zustand. Zwei Nachnamen standen auf den Klingelknöpfen. Tom drückte den unteren.

Ein etwa Vierzigjähriger öffnete.

»Entschuldigen Sie die Störung«, begann Tom. »Sprechen Sie Deutsch?«

Der Mann schaute misstrauisch. »Ein wenig«, antwortete er.

Erste Blitze zuckten. Es schüttete wie aus Eimern. Rokar und Tom drückten sich unter das schmale Vordach, das jedoch nicht genug Platz für beide bot. Der Regen durchnässte ihre Haare und lief in ihre Nacken.

»Sind Sie Pierre?«

»Wer will das wissen?«

Tom zeigte in den Regen. »Könnten wir das vielleicht im Flur besprechen, bevor wir völlig durchnässt sind?«

Widerwillig trat der Mann beiseite.

»Wir sind Bekannte von Ben Schelsky und wollten ihn besuchen. Das ist Paolo. Ich heiße Martin.« Er sah sich um. »Wir haben gehört, Sie seien Freunde?«

»Da haben Sie falsch gehört. Wir sind Nachbarn. Mehr nicht.«

»Dann wissen Sie nicht, wann Herr Schelsky wiederkommt?«

»Nein.«

Tom nickte. »Danke. Bestellen Sie ihm Grüße von uns.«

Im Wagen meinte Tom: »Sind dir die gerahmte Rubenskopie und die beiden Bücherkisten aufgefallen, die im Flur standen? Das obere Buch in einer der Kisten war eine Rubensbiografie.«

»Ja«, antwortete Rokar.

»Von wegen Nachbarn. Schelsky bereitet seinen Abgang vor. Dieser Pierre hilft ihm dabei.«

»Das sehe ich auch so. Hast du das Päckchen gesehen, das auf der Kommode lag?«

»Nein.«

»Es war an eine Adresse in Monaco adressiert. Ich konnte gerade noch den Namen Ben Schelsky entziffern. Was heißt ›poste restante‹ auf Deutsch?«

»Woher soll ich das wissen?«

Rokar bemühte sein Smartphone. »Postlagernd. Warum schickt Pierre ein Päckchen nach Monaco, wenn der Empfänger direkt gegenüber wohnt?«

»Gute Frage. Hast du eine Idee?«

»Weil er etwas verschwinden lassen will, das Fremden nicht in die Hände fallen soll.«

»Wie zum Beispiel der Polizei.«

»Bingo. Was meinst du, hat der Kerl uns geglaubt?«

Rokar lachte. »Nie im Leben. Paolo und Dieter. Echt originell. Als Lügner bist du die totale Niete.«

Tom startete den Audi.

Pierre sah den beiden nach, bis sie mit Toms Wagen davonfuhren. Den Freunden entging, dass er etwas aufschrieb. Der Amerikaner kehrte in sein Haus zurück und rief wie abgesprochen die vereinbarte Nummer an.

»Zwei Männer fragten nach dir. Sie sahen aus und haben sich wie Bullen benommen, waren aber keine Franzosen, sondern Deutsche«, sagte er, nachdem sich Schelsky gemeldet hatte. »Ich habe ihr Autokennzeichen notiert.«

»Gib es mir.«

Pierre gab die Nummer durch. »Einer von ihnen heißt Tom Grieg.«

»Woher hast du den Namen?«

»Maxime hat ihn mir genannt. Sie waren so unvorsichtig, in seinem Restaurant mit Kreditkarte zu bezahlen.«

51

Manfred Kollmar war später ins Amt gefahren als üblich. Wieder ein Zahnarzttermin. Jetzt saß er an seinem Schreibtisch und las den Bericht der KTU. Die Befunde ließen keinen Zweifel zu. Die Mercedestransporter waren in der Halle Stadlhubers präpariert worden. Die Spurensicherer hatten kleine Reste der für die Sprengsätze verbauten Kabel entdeckt. Die Metallteile in den Kisten stammten eindeutig aus derselben Produktion. Auch die Pappkartons, in denen sie verstaut waren, entsprachen jenen, die sich in den Sprintern fanden.

Leider war die Personenbeschreibung, die Stadlhuber lieferte, mehr als spärlich. Die nach seinen Angaben erstellten Phantomzeichnungen trafen auf jeden dritten Passanten einer westdeutschen Großstadt zu.

Kollmar hatte zunächst erwogen, die Halle weiter zu observieren, nach einer Diskussion mit seinem Vorgesetzten aber davon Abstand genommen. Zwischen den drei bisherigen Attentaten lagen jeweils sieben beziehungsweise acht Tage. Seit der Explosion in Dortmund waren mittlerweile fast vier Wochen vergangen. Das passte nicht ins Muster. Kollmar nahm jede Wette an, dass in absehbarer Zeit kein weiterer Anschlag bevorstand.

Trotzdem war er sauer. Sie hatten nicht schnell genug ermittelt. Wären sie eher auf die Halle gestoßen, hätten sie die Terroristen vielleicht schnappen können. Es war nicht mehr zu ändern. Wären, hätte. Einfach zu viele Konjunktive.

Verärgert legte er den Bericht beiseite.

Er warf einen Blick auf sein Handy. Mist. Er hatte vergessen, es nach der Arztbehandlung wieder einzuschalten. Nachdem er seinen persönlichen Code eingegeben hatte, meldete das Gerät, dass zwei Nachrichten für ihn eingegangen waren. Beide stammten von Grunwald. Er bat dringend um Rückruf.

»Erik, was gibt es?«

»Ich sitze gerade mit den Kollegen aus dem Dezernat 52 zusammen.«

Kollmar wusste natürlich, dass diese LKA-Abteilung für die DNA-Analyse von Täter und Opfer zuständig war. »Und?«

»Vor vier Tagen wurden bei Wülfrath die Leichen zweier Männer gefunden.«

»Wo genau?«, fragte der Hauptkommissar gedehnt. Das, was nun folgte, würde ihm nicht gefallen, ahnte er.

»Nicht mehr als einen Kilometer von unserem Observationsort entfernt. Am vergangenen Samstag ging gegen achtzehn Uhr bei der Feuerwehr ein Notruf ein. Es wurde ein Brand in einem Waldgebiet am westlichen Stadtrand gemeldet. Da wegen der anhaltenden Trockenheit am Tag zuvor die Waldbrandgefahrenstufe vier ausgerufen worden war, setzte die Feuerwehr unverzüglich einen Löschzug in Bewegung. Die Männer fanden in einer halb zugeschütteten Grube die noch schwelenden Leichen von zwei Personen. Sie waren beide mit einem Kopfschuss getötet worden. Die herbeigerufenen Wülfrather Kollegen haben DNA-Proben der Toten genommen und konnten, da die Hand eines der Opfer nicht so stark verbrannt war, zudem einen halbwegs brauchbaren Fingerabdruck sicherstellen.«

»Ja?«

»Der Abdruck war zu sechzig Prozent verwertbar. Sie haben ihn mit AFIS überprüft. Er deckt sich mit einem der Prints, die wir in den Sprintern und der Halle gefunden haben.«

Kollmar sog hörbar die Luft ein.

»Daraufhin hat uns die örtliche Kripo verständigt. Wie gesagt, sechzig Prozent. Das ist ein Indiz, kein Beweis. Deshalb haben wir eine DNA-Analyse durchgeführt. Das Ergebnis liegt seit einer Stunde vor. Die DNA der Toten ist identisch mit denen aus der Halle und den Transportern.«

Kollmar verspürte einen schalen Geschmack im Mund. »Und der genaue Todeszeitpunkt?«

»Am Samstagnachmittag. Zwischen siebzehn und neunzehn Uhr.«

»Das gibt es ja wohl nicht.« Er hatte es befürchtet. Während sie die Halle dieses Stadlhuber auf den Kopf gestellt hatten, wurden wenige hundert Meter entfernt zwei der Attentäter aus dem Weg geräumt. Er schlug mit der flachen Hand auf den Tisch.

»Es kommt noch besser. Einen der beiden Toten haben wir in unserer Kartei. Er heißt Alexej Popow, geboren 1990 in einer Kleinstadt im Kaukasus. Er ist gelernter Elektriker. Popow wurde vor drei Jahren hinter Magdeburg auf der A2 festgenommen. Der große BMW, mit dem er unterwegs war, war einen Tag vorher bei Hamburg gestohlen worden. Mit dem Diebstahl hatte er nachweislich nichts zu tun. Er war nur der Überführungsfahrer und wurde deswegen zu einer Haftstrafe von sechs Monaten verurteilt, die er in Bochum abgesessen hat. Seitdem ist seine Akte sauber.«

»Da macht jemand klar Schiff.«

»Das ist auch meine Meinung. Es gibt übrigens ein weiteres Detail.«

»Nicht noch mehr Hiobsbotschaften.«

»Ich kann sie dir nicht ersparen. Du hast mir vor einigen Tagen von den Morden in Geldern und Berlin erzählt, bei denen eine Glock zum Einsatz kam.«

Kollmar fröstelte. »Ja?«, fragte er erneut.

»Aus einer solchen Waffe stammen die Projektile, mit denen die Kerle eliminiert wurden. Natürlich kann das Zufall sein …«

»Du glaubst das aber nicht.«

»Nein. Der Fahrer des weißen Porsches war auf dem Weg Richtung Düsseldorf, wie mir die Kollegen vom Staatsschutz berichtet haben. Das Opfer in Berlin war Russe. So wie einer der beiden Attentäter in der Grube nahe dem Steinbruch. Das sind mir einfach zu viele Zufälle.«

Kollmar fuhr mit der Zunge über das Loch, in dem an diesem Morgen noch ein Zahn gesteckt hatte. Die Wunde pochte und schmerzte. Die Wirkung der Betäubungsspritze ließ nach. Zwischen seinen Bandscheiben steckten kleine Messer. Und dann auch noch Grunwalds Anruf.

So begannen die wirklich beschissenen Tage im Leben eines Polizisten.

52

Als er Rokar das letzte Mal in seiner Recklinghäuser Wohnung besuchte, hatte Barack Obama gerade die Vorwahlen der Demokraten für die Präsidentschaftswahl in den Vereinigten Staaten gewonnen. Ein Schwarzer hatte gute Chancen, Präsident der USA zu werden. Welche Hoffnungen sie in ihn gesetzt hatten. Was war daraus geworden? Egal. Besser als der Narzisst, der nach ihm kam, war Obama allemal gewesen.

Tom Grieg sah sich um. Im Wohnzimmer stand immer noch die durchgesessene Ledergarnitur, die Böden der Billy-Regale bogen sich wie damals unter der Bücherlast, und selbst den abgetretenen potthässlichen, giftgrünen Teppich hatte Rokar nicht erneuert. Alles wie gehabt. Nur der groß dimensionierte Flachbildfernseher war neu hinzugekommen.

Im Hintergrund dudelte ein Radio.

»Kaffee?«, fragte Rokar. »Im Gegensatz zu dir kann ich allerdings nur mit simplem Filterkaffee dienen.«

»Völlig in Ordnung«, erwiderte Tom und ließ sich in einen der Sessel fallen. Er versank fast darin, so ausgeleiert war die Federung. Ohne sich beim Aufstehen auf die Armlehnen aufzustützen, würde er diesem Möbel nicht mehr entkommen. »Mit Milch und Zucker.«

»Hab nur Süßstoff.«

Tom verzog das Gesicht. »Besser als nichts.«

Kurz darauf kehrte Rokar mit zwei Bechern zurück. Er drückte seinem Freund einen Löffel in die Hand und setzte sich ebenfalls.

»Ich habe darüber nachgedacht, was wohl das Päckchen enthalten könnte, welches bei diesem Pierre im Flur lag.«

»Und?«, fragte Tom. »Geld?«

»Vielleicht. Aber das glaube ich nicht.«

»Warum nicht?«

»Weil er es bei jeder Bank hätte bar einzahlen und überweisen können.«

»Was vermutest du also?«

»Dokumente. Unterlagen. Vielleicht Ausweispapiere. Etwas in der Art.«

»Warum lässt er sich die Sachen nicht einfach von Pierre bringen?«

»Wohin? In die Bundesrepublik?« Rokar schüttelte den Kopf. »Das Risiko ist zu groß.«

»Oder Schelsky selbst fährt nach Frankreich, und sie treffen sich zum Beispiel in Paris.«

»Das wäre natürlich möglich«, räumte der Kommissar ein. »Letztlich sind das alles Spekulationen.«

Im Radio sendeten sie Kulturtipps. Tom hörte kaum hin.

»Auf jeden Fall wissen wir, dass er sich demnächst in Monaco aufhält. Sei es auch nur, um sein Päckchen in Empfang …«

»… Rubens-Ausstellung im Düsseldorfer Museum Kunstpalast.«

Tom hob eine Hand. »Psst!«

»Ab morgen wird für lediglich drei Tage auch das berühmte Gemälde Das Massaker der Unschuldigen *zu sehen sein. Das Bild wurde 2002 das letzte Mal in Deutschland gezeigt. Kurator Ruttner ist sehr stolz, dass es dem Museum gelungen ist …«*

Tom spannte sich. »Hast du das gehört?«, fragte er.

»Natürlich.«

»Schelsky wird sich diese Ausstellung nicht entgehen lassen.«

»Du meinst, er latscht in ein Museum, um sich verstaubte Bilder anzuschauen, obwohl er in halb Europa gesucht wird? So dämlich ist eigentlich niemand.«

»Schelsky vielleicht doch«, widersprach Tom. »Er liebt alte Meister, soweit ich ihn kenne. Und wie es aussah, hat Pierre eine Rubenskopie und die Bildbände aus seinem Haus geschafft. Ich vermute, er wird sie ihm schicken. Um so etwas in Auftrag zu geben, musst du schon ziemlich verrückt sein. Außerdem gibt es kein Foto von ihm. Wer sollte ihn erkennen?«

Rokar dachte nach. »Du könntest recht haben.«

»Kennst du dieses Museum?«

»Nein.«

»Hast du einen Computer?«

»Sicher. Warum?«

»Ich will wissen, wo die Ausstellung ist.«

Rokar stand auf und holte seinen Laptop. Wenig später zeigte er Tom ein Satellitenfoto seiner Kartenapp. »Das Museum liegt direkt am Rhein.«

Tom sah auf die Uhr. Es war kurz nach elf. »Das sehe ich mir genauer an.«

»Warum?«

»Falls Schelsky da auftaucht, will ich ebenfalls vor Ort sein.«

»Möchtest du mit ihm über alte Meister diskutieren oder ihm das Genick brechen?«

»Letzteres. Aber im übertragenen Sinn. Ich werde ein Foto von ihm machen und ihm nach Möglichkeit folgen. Vielleicht führt er mich zu seinem Versteck.«

»Wann willst du fahren?«

»Jetzt.«

»Ziemlich viele Ausflüge in letzter Zeit.«

»Ist Fotografieren eigentlich immer noch dein Hobby?«

»Ist es. Genau daran dachte ich auch gerade. Ich bin dabei.«

Das Museum Kunstpalast lag unmittelbar am Rhein. Es war in Form eines fast geschlossenen Karrees erbaut, mit einem einzigen Zugang von Süden her. In das Gebäude gelangte der Besucher durch den Haupteingang im westlichen Flügel.

In der Mitte des Innenhofes plätscherte eine Fontäne in einem kreisrunden Bassin, das von vier gleich großen rechteckigen Rasenflächen gesäumt wurde. Rund um das Becken standen Dutzende rote Liegestühle. Auf einigen von ihnen fläzten sich zumeist junge Leute.

»Wir haben Glück mit dem Wetter«, meinte Tom, als sie vom Eingang aus in das Areal schauten. »In den nächsten Tagen bleibt es schön.«

Rokar blickte ihn leicht belustigt an. »Wieso ist das wichtig? Willst du ein Sonnenbad nehmen?«

»Genau das.«

»Bitte?«, wunderte sich sein Freund. »Ich habe mich wohl verhört. Ich dachte wir wollen uns diesen Schelsky schnappen?«

»Ich werde es mir mit einem Buch oder einer Zeitung auf einer der Liegen gemütlich machen und den Eingang im Auge behalten. Schelsky wird mich nicht bemerken. Selbst wenn er mich wahrnimmt, wird er mich nicht beachten, einfach, weil er nicht damit rechnet, ausgerechnet vor einem Museum auf einen Bekannten zu stoßen, den er noch dazu Jahre nicht gesehen hat.«

»Das hört sich nach einem Plan an.«

»Die Rubens-Ausstellung öffnet um elf und schließt um achtzehn Uhr. Dreißig Minuten vor Ausstellungsbeginn setze ich mich in einen der Stühle. Sobald Schelsky erscheint und sich Richtung Eingang bewegt, mache ich mit meinem Handy ein Foto von ihm. Dann rufe ich dich an, und wir treffen uns vor dem Gebäude.«

»Viel mehr als seinen Rücken wird das Bild nicht zeigen.«

»Klar. Es dient auch nicht als Fahndungsfoto, sondern soll dir später die Identifizierung erleichtern. Denn du wirst mich mit deiner Kamera und einem guten Zoomobjektiv im Innenhof ablösen und Schelsky ablichten, sobald er das Museum wieder verlässt. Dann telefonieren wir. Ich warte auf dem Parkplatz unten am Rhein. Ist er mit dem Wagen gekommen, wird er ihn dort abgestellt haben. Ich fahre hinter ihm her. Und sollte er zu Fuß sein, folgst du ihm. Wir halten telefonischen Kontakt.«

»Was, wenn er sein Fahrzeug in einem der Parkhäuser der Altstadt abstellt?«

»Warum sollte er?«

»Weil kein Parkplatz am Rhein frei ist?«

»Das wäre Pech. Egal. Du rufst du mich in diesem Fall an, sagst mir, was für eine Karre er fährt und in welche Richtung er unterwegs ist. Ich versuche, ihn einzuholen. Du folgst mir später mit deinem Wagen. Wie auch immer, wir haben sein Foto.«

»Ich habe schon einleuchtendere Pläne gehört.«

»Wir sind nur zu zweit. Hast du eine bessere Idee?«

»Ihn verhaften.«

»Du allein?«

»Wir könnten Manni informieren.«

»Was willst du ihm sagen? Tom hatte eine Eingebung, und wir benötigen das SEK mit mindestens zehn Mann? Was, denkst du, wird er antworten?«

»Okay. Überredet. Versuchen wir es.«

»Wenn wir ihn zu Fuß verfolgen müssen, löse ich dich nach einigen Hundert Metern ab. Nimm zur Sicherheit deine Dienstpistole mit. Schelsky ist womöglich bewaffnet.«

»Und du?«

»Ich vertraue auf meine Ausbildung.«

»Schützt die auch vor Kugeln?«

Tom schwieg.

53

Am späten Nachmittag fuhr Tom zu seiner früheren Partnerin nach Recklinghausen. Jens wurde heute fünfzehn Jahre alt, und die Feier wollte er unter keinen Umständen verpassen. Er war zwar nicht ausdrücklich eingeladen worden, hoffte aber, dass ihn Greti nicht vor der Tür stehen lassen würde.

Sie öffnete und machte ein erstauntes Gesicht. »Du hast an Jens' Geburtstag gedacht! Oder etwa nicht?« Ihre Skepsis war nicht zu überhören.

»Deswegen bin ich hier.«

»Ich sehe kein Geschenk.«

»In der Jackentasche.«

»Hoffentlich nicht schon wieder Geld?«

»Nein. Ich habe mir Gedanken gemacht.«

»Das freut mich. Das Ergebnis deiner Überlegungen passt in eine Tasche?«

Tom grinste. »So ist es.«

Sie trat beiseite. »Na dann. Komm rein. Er wird sich freuen.«

»Papa.« Jens flog in die Arme seines Vaters. Schnell ließ er ihn wieder los und schaute auf Toms Hände, schließlich an ihm vorbei und erwartungsvoll in den Flur. Er entdeckte auch dort kein Geschenk. Ihm war die Enttäuschung anzusehen. Wenn ihm eine Bemerkung auf der Zunge lag, schluckte er sie hinunter und trottete zurück an seinen Platz.

Tom täuschte vor, den Stimmungswandel nicht zu registrieren. Dann aber tat ihm sein Sohn doch zu leid. »Herzlichen Glückwunsch«, sagte er, zog einen Umschlag aus der Jacke und öffnete ihn. Er gab Jens das erste Blatt. »Deine Anmeldung bei der Fahrschule bei euch um die Ecke. Dort machst du einen Mofa-Führerschein.« Er reichte ihm den zweiten Zettel. »Ein Gutschein für ein Mofa, einzulösen bei dem Händler, der ihn ausgestellt hat. Voraussetzung ist allerdings, dass du den Führerschein auch bestehst. Du kannst dir das Mofa aussuchen, einschließlich allem, was dazugehört.«

Jens bekam den Mund gar nicht mehr zu. »Auch den Helm?«

»Selbstverständlich.«

Erneut fiel ihm sein Filius mit strahlenden Augen um den Hals. »Danke, Papa.«

Tom erhielt einen feuchten Schmatzer auf die Wange. Für einen Fünfzehnjährigen geradezu ein überwältigender Liebesbeweis.

Dann löste er sich von ihm und rannte zur Treppe. »Ich muss nur eben im Internet gucken, welche Modelle es so gibt. Bin gleich wieder zurück«, rief er fröhlich, ohne seinen Lauf zu unterbrechen.

Greti griff Toms Hand und lächelte ihn an. »Danke. Du hast ihm eine große Freude gemacht.« Sie schob sich näher an ihn heran. »Mir auch«, flüsterte sie. Erst jetzt ließ sie ihn wieder los.

»Margarethe«, begann Tom. »Ich …«

»Nenn mich Greti.«

»Aber ich dachte …«

»Ich habe es mir gerade anders überlegt.« Sie zeigte zum Tisch. »Du bleibst doch, oder?«

»Wenn ich darf.«

Sie lachte genau das Lachen, in das er sich damals verliebt hatte.

»Dummkopf«, erwiderte sie und nahm auf dem Sofa Platz.

Tom setzte sich neben sie, was sie anscheinend nicht störte. Er wertete das als gutes Zeichen. »Wo ist Jürgen?«

»Getränke kaufen. Jens gibt am Abend eine Fete. Er hat sogar Mädchen eingeladen.«

»Das hast du ihm erlaubt?«

»Stell dir vor.«

»Aber in seinem Alter …«

»Das meinst du nicht ernst, oder?«

Tom grinste breit. »Was glaubst du?«

Sie knuffte ihn in die Seite. »Idiot.«

»Wo feiert er? In seinem Zimmer?«

»Zu klein und für Vater und mich zu laut. Nein, im Keller. Mein Vater hat endlich seinen Partykeller aufgeräumt.«

»Tatsächlich?«

Seit Tom Greti kannte, war dieser Keller ein Streitpunkt zwischen ihr und ihrem Vater gewesen. Nach dem Tod seiner Frau hatte Jürgen drauf bestanden, keinen Partyraum mehr zu benötigen, und den eigentlich recht geschmackvoll eingerichteten Raum zu seiner privaten Müllhalde erklärt. Seitdem stapelte er dort all die Dinge, die er irgendwann gekauft hatte, die niemand wirklich brauchte, aber die zum Wegwerfen zu schade erschienen. Eines Tages hatte Greti es aufgegeben, den Kellerraum halbwegs in Ordnung zu halten, und ihn einfach nicht mehr betreten.

»Ja. Und völlig ohne meine Hilfe. Willst du ihn dir anschauen?«

Um keinen Preis der Welt wäre er jetzt von ihrer Seite gewichen. »Später.«

»Möchtest du etwas trinken?« Sie machte Anstalten, aufzustehen.

Er griff ihren Arm. »Bitte bleib.«

Sie sah ihn mit einer Mischung aus Erstaunen und Zuneigung an.

»Greti, ich wollte mich bei dir entschuldigen.«

»Für was?«

»Für mein Verhalten damals. Ich war dumm und egoistisch.«

Sie sagte nichts, sondern schaute ihn nur nachdenklich aus ihren braunen Augen an.

Er ertrank in diesem Blick. »Ich verspreche, es wird nicht wieder vorkommen.« Er zögerte. Dann platzte es aus ihm heraus. »Greti, ich liebe dich. Ich habe dich immer geliebt.«

»Ich weiß.« Sie strich mit zwei Fingern über sein Gesicht. »Du hast dir nur selbst im Weg gestanden.«

Er wollte sie an sich ziehen, doch sie schob ihn sanft zurück. »Tom, so schnell geht das nicht.«

»Habe ich denn eine Chance?«

»Die hast du«, erwiderte sie leise.

54

Bereits am späten Vormittag kletterte das Thermometer auf fast dreißig Grad. Von einem strahlend blauen Himmel brannte eine unbarmherzige Sonne.

Tom, getarnt mit einer Baseballkappe und einer dunklen Sonnenbrille, schwitzte in der Hitze. Seine Tarnung war nicht so gelungen, wie er angenommen hatte, denn außer ihm dachte niemand auch nur im Entferntesten daran, in dem schattenlosen Innenhof des Museums auf einem Liegestuhl Platz zu nehmen. Dumm gelaufen. Doch er vertraute darauf, dass ihn Schelsky, selbst wenn er sich über den einsamen Sonnenanbeter wundern sollte, nicht erkannte.

Tom plagte ein leichter Kater, der sich bei diesen Temperaturen trotz des Aufenthalts an der frischen Luft nicht besserte. Im Gegenteil: Jede Minute, die er in der sengenden Hitze verbrachte, verstärkte seine Beschwerden.

Es war spät geworden gestern Abend. Um neun Uhr hatte Greti die Fete ihres Sohnes für beendet erklärt, was dieser nur unter Protest akzeptierte. Bis endlich alle Gäste das Haus verlassen hatten, war es zehn, genau die Uhrzeit, die Greti bei ihren

Planungen anvisiert hatte. Nachdem auch Jürgen ins Bett gegangen war, blieben Tom und seine Ex im Wohnzimmer allein.

Tom hatte keine weiteren Annäherungsversuche unternommen. Er wusste, dass er damit nur die zarte Bindung zerstören würde, die wieder zwischen ihnen entstanden war. Also blieb es beim Reden. Sie unterhielten sich über Gott und die Welt, sparten aber lange die Attentate und den Drohbrief aus, bis Greti selbst das Thema ansprach. »Wie geht es eigentlich Sema? Es muss schrecklich sein, Mann und Kind wegen dieser Verbrecher zu verlieren.«

Tom erzählte ihr das Wenige, was er von Rokar wusste.

»Du solltest die beiden einladen«, hatte sie dann gemeint. »Ihr wart doch früher enge Freunde.«

»Wir alle waren Freunde«, korrigierte er sie. »Du hast dazugehört.«

»Meinetwegen.«

»Würdest du auch kommen?«, hatte er dann gefragt. »Du kennst meine Wohnung noch nicht. Ich könnte uns etwas kochen.«

Sie hatte keinen Moment gezögert. »Warum nicht?«

»Wann?«

»Kommenden Freitag passt.«

»Ich spreche mit den beiden.«

Kurz darauf waren sie schlafen gegangen. Tom hatte wieder im Gästezimmer übernachtet und war mit Kopfschmerzen aufgewacht. Zu viel Kaffee, und auch die wenigen Gläser Wein hatten ihren Tribut gefordert. Er vertrug nichts mehr.

Nach dem Frühstück hatte er mit Rokar telefoniert und sich mit ihm für zehn Uhr in Düsseldorf auf dem Parkplatz am Rhein verabredet.

Und jetzt hockte er in dem Liegestuhl, kämpfte gegen den Schlaf und wartete auf Schelsky.

Der erschien kurz nach der Öffnung des Museums. Tom erkannte ihn sofort. Zielstrebig steuerte Schelsky auf den Haupteingang zu und würdigte seine Umwelt keines Blickes. Tom wusste, dass das täuschte. Sie hatten dieselbe Ausbildung durchlaufen. Auch er checkte, sobald er eine fremde Lokalität betrat, das Areal auf etwaige Feinde und Fluchtmöglichkeiten. Ein solches Verhalten war Tom in Fleisch und Blut übergegangen. Das würde bei Schelsky nicht anders sein. Er hatte ihn mit Sicherheit wahrgenommen, nur hoffentlich nicht als Gegner eingestuft.

Es gelang ihm, zwei Fotos von Schelsky zu machen, von denen eines brauchbar erschien. Tom schickte es Rokar auf dessen Handy und teilte ihm mit, dass er jetzt zum Parkplatz ging.

Dort angekommen, setzte er sich in seinen Wagen und lehnte sich auf dem Fahrersitz zurück. Das Schicksal aller Bullen, Chauffeure und Bodyguards, dachte er. Irgendwo auf irgendwas warten.

Sein Handy klingelte. Greti rief an, um ihm zu sagen, dass er seine Wohnungsschlüssel bei ihr liegen gelassen habe. Sie habe sich heute freigenommen und sei den ganzen Tag zu Hause. Tom antwortete, dass er so schnell wie möglich vorbeikomme. Die genaue Uhrzeit wisse er leider nicht. Es könne früher Abend werden. Obwohl er den Eindruck hatte, dass Greti gern länger mit ihm geplaudert hätte, beendete er das Gespräch. Unter keinen Umständen wollte er Rokars Anruf verpassen.

Der kam dann erst eine Stunde später. Es war kurz vor halb eins.

»Unser Freund hat die Ausstellung verlassen und geht Richtung Rhein. Ich bin dran«, teilte Rokar mit.

Tom richtete sich auf. Durch die Bäume entdeckte er Schelsky, der aber nicht den Weg zu den Stellplätzen einschlug, sondern nach Süden lief, bis er hinter dem NRW-Forum verschwand. Rokar folgte ihm in etwa einhundert Metern Entfernung.

Tom stieg aus, spurtete die Zufahrt vom Parkplatz hoch auf die Rheinuferpromenade und sah Schelsky wieder hinter dem Gebäude auftauchen. Er blätterte in einer Broschüre.

Ein Ausstellungskatalog, vermutete Tom. Oder handelte es sich um eine Täuschung? Hatte er sie entdeckt und wollte sie in Sicherheit wiegen? Tom beschloss, auf der Hut zu sein.

Schelsky setzte seinen Weg in aller Ruhe fort. Er passierte die Tonhalle, überquerte einige Straßen und erreichte schließlich das Mannesmannufer, von dem aus er zum Rhein hinunterging und sich in einem Café einen Platz suchte.

Tom sah Rokar, der fotografierte.

Ein Unbekannter setzte sich wenig später zu Schelsky an den Tisch, überreichte ihm ein längliches Paket, und die beiden wechselten einige Worte miteinander. Kurz darauf entfernte sich der Fremde wieder.

Schelsky zahlte, schlenderte zurück zur Straße, wo er vor einer der Neubauten stehen blieb, einen Schlüssel aus der Tasche zog, die Tür aufschloss und im Innern des Hauses verschwand.

Zwei Minuten später erreichte Rokar das Anwesen, fotografierte anscheinend die Namensschilder der Klingeln, drehte dann um und ging zügig in Toms Richtung, der wie ein Schwein schwitzte.

Sie trafen sich in gebührender Entfernung nördlich des Gebäudes.

»Hat er uns bemerkt?«, wollte Tom wissen.

»Ich denke nicht.«

»Wer wohnt dort?«

»Den Schildern nach zu urteilen, niemand. In den untersten drei Etagen residieren zwei Anwaltskanzleien und ein Steuerberater. Darüber hat ein Augenarzt seine Praxis. Ganz oben sitzt eine ComTec GmbH. Was immer die machen.«

Tom bemühte sein Smartphone. »In Düsseldorf existiert im Telefonbuch keine solche Gesellschaft.« Er steckte das Gerät wieder ein. »Ich denke, wir haben seinen Unterschlupf gefunden.« Tom zeigte auf die teuer aussehende Kamera Rokars. »Was ist mit den Fotos?«

»Was soll damit sein«, erwiderte sein Freund mit einem breiten Grinsen. »Die sind perfekt wie alle Bilder, die ich mache.«

»Angeber.«

»Du wirst ja sehen.«

Sie hatten den Parkplatz erreicht.

»Ehe ich es vergesse. Greti hat angeregt, dass wir uns bei mir zum Essen treffen. Bringst du Sema mit? Etwas Abwechslung würde ihr guttun, meint sie.«

Rokar runzelte die Stirn. »Ich werde sie fragen, bezweifle aber, dass sie mitkommt.«

»Überrede sie. Wie komme ich an die Bilder?«

»Ich kann sie bei dir auf deinen Rechner überspielen.«

»Geht nicht. Ich habe meinen Schlüssel bei Greti vergessen.«

Rokar warf ihm einen mehrdeutigen Blick zu. »Verstehe.«

»Gar nichts verstehst du. Jens hatte gestern Geburtstag, und es ist einfach spät geworden. Ich muss also erst nach Recklinghausen.« Er überlegte kurz. »Weißt du was? Wir treffen uns bei Greti. Ich hole meine Schlüssel, du kannst mit ihr über Sema sprechen, und ich sehe mir derweil die Fotos an.«

»Denkst du, du hättest mich lediglich als Fotografen engagiert?«, fauchte Rokar. Für einen Moment brach die Fassade mühsam aufrechterhaltener Kontrolle zusammen, hinter der er sich bisher versteckt hatte. »Mich interessieren die Bilder ebenso wie dich. Schelsky hat vermutlich meine Angehörigen auf dem Gewissen, falls du das vergessen haben solltest.«

»Entschuldigung«, erwiderte Tom kleinlaut. »War nicht so gemeint.«

Rokar hatte sich wieder im Griff. »Schon gut«, gab er großmütig zurück. »Dann bis gleich bei Greti.«

55

Sie kamen fast zeitgleich in Recklinghausen an.

Greti umarmte Rokar zur Begrüßung. »Das mit deinem Neffen und Bruder tut mir sehr leid.«

»Danke.«

»Wie verkraftet es deine Schwägerin?«

»Sie wurde krankgeschrieben und ist in psychiatrischer Behandlung. Sie vergräbt sich in ihrer Wohnung, obwohl die Ärztin ihr rät, sich unter Menschen zu begeben.«

Greti nickte verstehend. »Was meinst du, kommt sie mit zu Tom?«

Rokar zuckte mit den Schultern. »Ich tue mein Bestes.«

Sie nahm ein Schlüsselbund von der Flurkommode und gab es Tom.

»Dürfen wir deinen Computer benutzen?«, fragte er.

»Wofür?«

»Wir haben Bilder von einem Kerl gemacht, der vermutlich für die Attentate und den Einbruch bei dir verantwortlich ist. Jetzt wollen wir sie sichten und anschließend auf einen USB-Stick übertragen.«

»Ihr habt was getan?« Greti schaute entgeistert von einem zum anderen. »Seid ihr völlig verrückt geworden? Diese Leute sind wirklich gefährlich. Das waren deine Worte. Überlasst so etwas der Polizei.«

»Rokar ist Polizist.«

»Aber du nicht.«

»Ich war Bulle. Außerdem warst du es, die nicht wollte, dass wir Rokars Kollegen informieren.«

»Weil ich mir Sorgen wegen Jens mache.«

»Meinst du, ich nicht?«

»Trotzdem.«

Tom hasste solche Aussagen, die eigentlich keine waren und jede weitere Debatte unmöglich machten. Er wollte schon zu einer Erwiderung ansetzen, biss sich dann aber auf die Zunge. Stattdessen sagte er in versöhnlichem Tonfall: »Wir sollten uns nicht streiten. Vielleicht war unser Vorgehen tatsächlich leichtsinnig. Es ist aber zum Glück nichts passiert. Überlässt du uns nun den Rechner?«

»Sicher.« Auch sie schien nicht zu wollen, dass ihre Auseinandersetzung wie früher eskalierte. »Ich hole ihn schnell.«

Sie kam mit dem Laptop unter dem Arm zurück. Tom fragte: »Wo ist eigentlich dein Vater?«

»Auf seinem Zimmer. Jens ist in der Schule. Die Ferien sind seit Anfang der Woche vorbei. Er muss gleich kommen. Seht zu, dass ihr bis dahin fertig seid. Ich möchte nicht, dass er etwas von euren Aktivitäten mitbekommt.«

»Geht klar.«

Rokar kramte in seiner Fototasche und zog das notwendige Kabel für die Verbindung von Kamera und Computer hervor.

Sekunden später lagerten die Dateien auf der Festplatte des Laptops.

Sie setzen sich nebeneinander an den Esszimmertisch und sahen die Fotos durch. Greti schaute ihnen über die Schulter.

»Die Bilder sind wirklich exzellent«, lobte Tom. »Einige gäben klasse Fahndungsfotos ab.«

»Mein Reden.«

»Was hat Schelsky da auf dem Revers seiner Jacke?«

»Vermutlich ein Medaillon. Wenn es dich interessiert, vergrößere ich die Fotografie.«

»Nein, mach weiter.«

Rokar rief das nächste Bild auf. »Da ist der Kerl, den Schelsky in dem Café getroffen hat.«

»Wer ist das?«, fragte Greti.

»Wissen wir nicht.«

»Warum checkt ihr das nicht schnell?«, wunderte sie sich.

»Wie sollen wir …?« Er tippte sich mit der flachen Hand an die Stirn. »Natürlich. Eine Bildersuchmaschine. Einen Versuch wäre es wert.«

Rokar war schon dabei, das Foto mit einem Bildbearbeitungsprogramm so zu beschneiden, dass nur noch der Kopf des Fremden zu sehen war. Dann lud er es hoch. Das Ergebnis wurde binnen eines Atemzuges angezeigt.

»Über dreihundert Treffer«, gab er bekannt. »Fangen wir an.«

Sie mussten nicht lange suchen. Schon das dritte Bild, das die Suchmaschine anbot, wies eine frappierende Ähnlichkeit mit ihrem Unbekannten auf.

Rokar öffnete die entsprechende Internetseite. »Hier, ein Artikel aus einer Berliner Tageszeitung über ein Treffen von

Parlamentariern.« Er zeigte auf das abgedruckte Foto. »Der Zweite von links, das ist er doch, oder?«

Tom nickte.

»Der Vogel heißt Dimitri Mironov.«

Greti stutzte. »Lass mal sehen«, bat sie und überflog den Zeitungsbericht. »Meine Schwester Beate hat mir von so einem Treffen erzählt. Wartet, das war die Gründung einer … genau, hier steht es ja, Gruppe der Parlamentarischen Freunde Russlands. In dem Zusammenhang ist der Name Mironov gefallen.«

»Was hat Beate mit Bundestagsabgeordneten zu tun?«, fragte Rokar.

»Sie arbeitet für eine Abgeordnete der Grünen. Dieser Mironov soll, wenn ihre Informationen stimmen, mit dem russischen Geheimdienst zusammenarbeiten.«

»Ich höre wohl nicht richtig.« Tom zog den Laptop zu sich heran, tippte den Namen in eine Suchmaschine und überflog die Ergebnisse. »Der Spiegel hat ebenfalls über das Treffen berichtet. Er bezeichnet Mironov sogar als Mitarbeiter des Inlandsgeheimdienstes FSB.«

»Hat Mironov auf diese Behauptung mit einer Gegendarstellung reagiert?«, fragte Rokar.

»Einen Moment.« Nach einer Weile sagte Tom: »Ich kann nichts finden.« Er klappte den Laptop zu. »Die Sache wird für uns eine Nummer zu groß.« Er sah Greti fragend an. »Wir sollten Manni informieren.«

Sie dachte nur kurz nach. »Lasst mich noch eine Nacht darüber schlafen. Ich rufe morgen früh Rokar an.«

Tom nickte. »Natürlich.«

Auch Rokar war einverstanden.

56

Nach der Hitze der letzten Woche brachte ein kräftiges Gewitter den ersehnten Wetterumschwung. Die Temperaturen stiegen in Düsseldorf auch mittags nicht über fünfundzwanzig Grad, und die Schwüle, die einen nachts nicht schlafen ließ, war endlich vorbei.

Ben Schelsky saß auf der Dachterrasse und startete seinen Laptop. Es dauerte nur Sekunden, bis er den Namen und den Wohnort in die Suchmaschinen der Telekom eingegeben hatte. Sofort warf der Rechner das Ergebnis aus. Tom Grieg wohnte in der Bochumer Gudrunstraße. Es war Schelsky ein Rätsel, warum die Leute nicht darauf verzichteten, ihre Adresse anzugeben. Er hätte die Anschrift zwar mit Hilfe von Mironov auch ohne diese Nachlässigkeit herausbekommen, doch es wäre nicht so einfach gewesen.

Egal. Weshalb zerbrach er sich den Kopf anderer?

Sein Telefon klingelte. Er klappte den Laptop zu und nahm das Gespräch entgegen.

»Ich bin's«, bellte ihn Mironov an.

»Ja?«

»Hast du heute schon Zeitung gelesen?«

»Warum?«

»Weil in allen Blättern in der Region um Düsseldorf mit einem Bild nach einem Georgier namens Alexej Popow gefahndet wird.«

Schelskys Gedanken rasten.

»Die Presse schreibt, sie hätten ihn gemeinsam mit einem anderen Toten in einem Waldstück bei Wülfrath gefunden und anhand seiner Fingerabdrücke identifiziert.«

»Verflucht.«

»Das kannst du laut sagen. Du hast mir versichert, die Leichen seien verbrannt.«

»Waren sie auch.«

»Wieso konnten die Bullen dann Popows Abdrücke nehmen?«

»Sag du es mir.«

»Ich weiß es nicht, verdammt noch mal.« Mironov brüllte fast. »Und wie kommen sie an ein Foto?«

»Keine Ahnung. Von mir haben sie es nicht. Ihre Ausweispapiere sind definitiv verbrannt.«

»Das hast du von den Leichen auch behauptet.«

Schelsky schwieg. Dann fiel ihm etwas ein. »Popow hat mir erzählt, dass er schon einmal in Deutschland war.«

»Ja. Vor drei Jahren.«

»Du wusstest davon?«

»Deshalb habe ich ihn rekrutiert. Sie sollten sich wenigstens verständigen können. Der Schlosser hat sogar einige Monate hier gelebt. Auf Montage«, setzte er hinzu.

»Ist damals bei Popow irgendetwas vorgefallen?«

»In einem Gespräch hat er etwas von der missglückten Überführung eines Autos erzählt.«

»Was genau ist passiert?«

»Das hat er mir nicht gesagt.«

»Dann sage ich es dir. Die Bullen haben ihn damals hochgenommen und erkennungsdienstlich behandelt. So ist er mit Bild in der Datei gelandet. Es gibt keine andere Erklärung. Du hast den falschen Mann rekrutiert, Dimitri.«

»Unsinn.« Doch Mironovs Stimme klang nicht mehr so selbstsicher.

»Wie auch immer. Es lässt sich nicht ändern.«

»Sind die Hotelzimmer der beiden sauber?«

»Sie haben es mir bestätigt.«

»Hast du dich vergewissert?«

Jetzt platzte Schelsky der Kragen. »Herrgott noch mal, Dimitri. Was hätte ich deiner Meinung nach tun sollen? In das Hotel latschen und darum bitten, mir die Zimmer anzusehen? Ich habe sie danach gefragt, und sie haben geantwortet. Mehr konnte ich nicht tun.«

»Kennt dich jemand im Hotel?«

»Ich bin nie in dem Gebäude gewesen, falls du das meinst.«

»Und sonst? Du hast die beiden doch abgeholt?«

»Wenn sie keinen Mietwagen benutzt haben, ja.«

»Wurdest du dabei gesehen?«

»Ich kann nicht hellsehen. Das hört sich für mich so an, als wolltest du mir die Schuld an dem Fahndungsaufruf geben.«

»Zumindest hast du nicht dafür gesorgt, dass die Leichen vollständig verbrannt sind.«

»Du hast mir jemanden geschickt, den die Bullen in ihrer Kartei haben. Ich denke, jeder von uns trägt seinen Teil der Verantwortung.«

Mironov unterbrach grußlos das Gespräch.

In einem Wutanfall pfefferte Schelsky das Handy auf das Sofa. »Scheißkerl«, stieß er hervor, hatte sich aber schnell wieder unter Kontrolle.

Er goss Mineralwasser in ein Glas, gab drei Eiswürfel hinzu, nahm einen kräftigen Schluck von dem Kaltgetränk und dachte nach. Was war schon passiert? Die beiden Georgier waren tot und konnten nicht mehr reden. Die Drohung gegenüber dieser Halla schien gewirkt zu haben. Augenscheinlich hatte sie das Bild, das sie im Flughafenparkhaus gemacht hatte, nicht den Bullen übergeben. Irgendwann würde die Polizei allerdings auf die Halla stoßen. Okay, sie hatte ihn vermutlich gesehen und könnte ihn beschreiben. Sicher erstellte die Polizei auch ein Phantombild. Aber diese Bilder waren keine Fotos. Außerdem wollte er nicht mehr lange in Deutschland bleiben. Die Sachlage hatte sich nicht wesentlich verändert.

Schelsky schlenderte zur Balustrade. Hier, abseits des Hauses, wehte der Wind stärker und zerzauste sein Haar. Er stützte sich auf die brusthohe Mauer, schloss die Augen und überließ sich dem angenehmen Gefühl. Für einen Moment dachte er an nichts.

Auf der Straße unter ihm bremsten Autos.

Er sah hinunter. Zwei dunkelblaue Limousinen waren vorgefahren, aus denen Männer stiegen. Sie sprachen kurz miteinander. Dann zeigte einer von ihnen auf die Eingangstür. Schelsky erkannte seine Schweine am Gang. Bullen!

Er reagierte sofort. Er schnappte den Computer, rannte zurück ins Wohnzimmer, raffte Jacke, Pass, Geldbörse und die Glock zusammen, spurtete zur Wohnungstür, verriegelte alle

Schlösser und griff sich die Reisetasche, die gepackt an der Fahrstuhltür stand. Sie enthielt neben Kleidung und Wäsche zum Wechseln auch eine blonde Perücke und einen Schnauzbart zum Aufkleben. Beides hatte er schon vor Jahren anfertigen lassen und führte es bei jeder Aktion mit sich. Dann sprang er in die geöffnete Fahrstuhlkabine. Mit einem leisen Zischen fuhr die Tür zu. Der Aufzug setzte sich in Bewegung. Schelsky hörte das melodische Läuten des Türgongs.

Das Penthouse verfügte über einen eigenen Fahrstuhl, der direkt in den abgetrennten Bereich der Tiefgarage führte, in dem er seinen Porsche geparkt hatte. Er würde den Wagen nicht zurücklassen.

Mit etwas Glück wussten die Polizisten nichts von der Garage. Die reservierten Parkflächen vor den Immobilien waren lediglich für die Besucher vorgesehen. Vielleicht ließen die Bullen sich davon täuschen. Das Parkhaus stand den Bewohnern mehrerer Gebäude zur Verfügung und war von jedem der Nachbarhäuser zu erreichen. Zufahrt gewährte eine Rampe, die von dem Haus, in dem die konspirative Wohnung lag, nicht einsehbar war. Sie führte zu einer Parallelstraße.

Schelsky lief zum Porsche. Mit einer Fernbedienung öffnete er das Rolltor, das diesen Bereich vom restlichen Parkhaus trennte. Er schloss die Wagentür auf, warf Tasche, Laptop und die Glock auf den Beifahrersitz und drapierte seine Jacke darüber. Dann startete er sein Fahrzeug.

Der Porsche schoss unter dem noch nicht ganz geöffneten Rolltor hindurch und die Rampe hoch. Über Einbahnstraßen erreichte er die vierspurige Hauptverkehrsader, die zur Rheinbrücke und weiter zur Autobahn führte.

Er achtete darauf, die zulässige Geschwindigkeit nicht zu überschreiten, denn er wollte weder von einem Radargerät geblitzt noch von einer Zivilstreife angehalten werden.

Zwar war das Nummernschild, welches er von Mironov erhalten hatte, täuschend echt, und auch die dazu gehörigen Fahrzeugpapiere waren exzellent, aber er wollte sein Glück nicht herausfordern.

Unbehelligt erreichte er die Autobahn und steuerte seinen Wagen Richtung Bochum.

Auf der Höhe von Kettwig fiel ihm siedend heiß ein, dass Mironovs Bericht ungelesen auf seinem Wohnzimmertisch lag. Verdammt. Sein dritter Fehler in dieser Aktion. Das würde seinen Auftraggebern mit Sicherheit nicht gefallen.

Er entschloss sich, Mironov zunächst nicht zu informieren. Erst musste er in Erfahrung bringen, was dieser Grieg tatsächlich wusste. Dann würde er sich um den Penner kümmern. Eines nach dem anderen.

57

»Aufbrechen«, ordnete Hauptkommissar Kollmar an.

Nachdem trotz mehrmaligen Klingelns und Klopfens niemand öffnete, hatte der Polizist dem anwesenden LKA-Experten das Feld überlassen.

Der setzte sein Werkzeug an.

Immer, wenn er solchen Fachleuten zusah, wunderte sich Kollmar, dass die Zahl der Wohnungseinbrüche allen Unkenrufen zum Trotz seit Jahren zurückging. Dabei war es doch so einfach, eine Tür aufzubrechen, auch ohne mit Brecheisen oder ähnlich plumpen Gerätschaften zu hantieren. Man benötigte nur etwas Übung.

Der LKA-Beamte schob eine Picking-Pistole in das erste Schloss. Das elektrische Gerät summte, schließlich knackte es vernehmlich im Zylinder, und der Sperrriegel war geöffnet. Auch bei der Tür dauerte es nur Sekunden, bis der Schließmechanismus kapitulierte.

Die Polizisten drangen mit gezogenen Waffen in die Wohnung ein.

Doch der Vogel war ausgeflogen.

Systematisch durchsuchten sie die Räumlichkeiten.

Auf der Dachterrasse stand auf einem Tisch ein halb volles Glas Mineralwasser.

Kollmar stutzte.

Kohlensäurebläschen stiegen darin auf. Die Eiswürfel waren trotz der sommerlichen Temperaturen noch nicht geschmolzen. Es dauerte einen Moment, bis er realisierte, was das bedeutete.

Schelsky hatte das Penthouse erst vor Minuten verlassen. Es kam für seine Flucht nur ein Weg infrage: der Fahrstuhl.

»Der Kerl hat uns ausgetrickst«, brüllte er. »Grunwald, zum Aufzug. Er ist durch den Keller raus.«

Der Hauptkommissar lief zum Lift, drückte die Anforderungstaste und trommelte ungeduldig mit den Fingern gegen die Aluminiumverkleidung, bis sich die Tür endlich öffnete. Gemeinsam mit Grunwald stürmte er in die Kabine, und sie fuhren ohne Halt bis in die Tiefgarage.

Den Wagen Schelskys konnten sie weit und breit nicht entdecken.

»Fahndung«, befahl Kollmar. »Weißer Porsche mit französischem Oldtimer-Kennzeichen. Sofort.«

Grunwald griff zu seinem Telefon. »Kein Netz«, meinte er unmittelbar darauf mit zerknirschtem Gesicht. »Wir müssen wieder nach oben.«

Kollmar stöhnte vernehmlich.

Wertvolle Zeit verging, bis endlich der Alarm ausgelöst worden war. Kollmar schätzte, dass Schelsky ihnen etwa eine Viertelstunde voraus war. Das reichte, um an einem Samstagnachmittag eine der Autobahnen rund um Düsseldorf zu erreichen.

Im Penthouse hatte die mittlerweile eingetroffene Spurensicherung ihre Arbeit aufgenommen.

Kollmar ging zur Balustrade der Dachterrasse, stützte sich ab, um seinem Rücken etwas Erleichterung zu verschaffen, und schaute in die Tiefe. Ihre Fahrzeuge waren gut auszumachen. Er hörte das Motorengeräusch eines abfahrenden Wagens von einem Nachbargrundstück. Schelsky musste ihr Eintreffen von hier beobachtet und sofort die Flucht ergriffen haben.

Frustriert ließ sich Kollmar in einen der Liegesessel fallen. Sie waren so nah dran gewesen.

Kurz darauf trat Grunwald an seine Seite. »Jede Menge Prints. Im Bad liegt eine Zahnbürste. Die DNA-Analyse dürfte keine Schwierigkeiten bereiten. In den Schränken etwas Unterwäsche, zwei Hosen, einige Shirts und Hemden. Ein paar Schuhe im Flur. Neben dem Fernsehgerät lag ein Geldbündel. Fünfhundert Euro in kleinen Scheinen. Er muss es wirklich eilig gehabt haben.«

»Kein Wunder. Er hat uns gesehen. Habt ihr irgendwelche Unterlagen gefunden?«

»Einen Bildband über Rubens, eine Fernsehzeitung und dann das hier.« Er reichte seinem Chef ein eng beschriebenes Blatt, welches die Spurensicherer in einem Kunststoffbeutel verstaut hatten.

Der kniff die Augen zusammen. »Ist das Russisch?«

»Keine Ahnung. Jedenfalls eine kyrillische Schrift.«

»Das ist Russisch«, legte sich Kollmar fest. »Haben wir dafür einen Übersetzer im Amt?«

Grunwald schüttelte den Kopf. »Falls es überhaupt Bedarf gibt, erledigt das ein Übersetzungsbüro in der Innenstadt. Wir haben mit denen einen Pauschalvertrag.«

»Gut. Ruf dort an.«

»Das habe ich versucht. Es meldet sich lediglich der Anrufbeantworter. Vor Montag ist keiner zu erreichen.«

»Dann nehmen wir ein anderes.«

»Das ist leichter gesagt als getan. Ich weiß nicht, ob Übersetzungsbüros so etwas wie einen Notdienst haben. Außerdem muss die Ausgabe von weiter oben autorisiert werden.«

Kollmar sah seinen Stellvertreter verblüfft an. »Ich hab mich wohl verhört?«

»Du läufst Gefahr, sonst auf den Kosten sitzen zu bleiben. Und der Job dürfte an einem Wochenende nicht gerade billig werden.«

Kollmar war fassungslos. »Sind wir eigentlich nur von Korinthenkackern umgeben? Wie soll man da seine Arbeit erledigen?«

Grunwald zog es vor, nicht zu antworten.

Das Handy des Hauptkommissars klingelte. »Ja?«, bellte er.

»Rokar hier.«

»Du hast mir gerade noch gefehlt.«

»Wir hatten vereinbart, dass ich dich um diese Zeit anrufe.«

Natürlich wusste Kollmar, dass sein Freund recht hatte. Als Rokar ihn vor vier Stunden darüber informierte, dass Tom Grieg und er am Tag zuvor Schelsky identifiziert und seinen Aufenthaltsort in Düsseldorf ermittelt hatten, wäre er vor Wut beinahe durch das Telefon gekrochen, weil er diese Nachricht so spät erhielt.

»Du hast Informationen zurückgehalten«, hatte er ihm vorgeworfen. »Schelsky hätte schon längst hinter Gittern sitzen können, wenn du mir die Sache mit der Rubensaffinität eher mitgeteilt hättest.«

Doch dann hatte er sich beruhigt und zugestimmt, dass er Rokar über den Erfolg ihres Zugriffs informieren würde. Der nur mühsam unterdrückte Ärger des Morgens überschwemmte ihn erneut.

»Er ist weg. Er hat uns gesehen und ist getürmt.«

»Dumm gelaufen.«

»Das ist alles, was du dazu zu sagen hast?«, brüllte Kollmar mit hochrotem Gesicht. »Ich sollte deine Vorgesetzten in Kenntnis setzen, damit sie dir ein Disziplinarverfahren anhängen. Wir hätten ihn schon in dem verfluchten Museum schnappen können.«

Grunwald blickte erstaunt und zog unwillkürlich den Kopf ein.

»Tu, was du nicht lassen kannst«, erwiderte Rokar gelassen. »Denk nur daran, dass du ohne uns nichts von der Wohnung, nichts von Monaco und erst recht nichts von diesem Mironov wüsstest.«

Der Hauptkommissar holte schnaufend Luft. Sein Blick fiel auf das Schriftstück vor ihm. »Du hast mir erzählt, dass Tom für ein Sicherheitsunternehmen in Russland gearbeitet hat.«

»*Blackcloud*, ja.«

»Kann er Russisch lesen?«

»Frag ihn. Er steht neben mir. Ich reiche dich weiter.«

Es dauerte nur Sekunden, bis Tom sich meldete. »Lange nicht gesehen, Manni.«

»Ja, ja. Für einen Small Talk unter ehemaligen Freunden habe ich keine Zeit. Beherrschst du die russische Schrift?«

»Leidlich.«

»Das reicht. Ich schicke Rokar gleich das Foto eines Textes in kyrillischer Schrift. Schau dir bitte das Schriftstück an und sag mir, ob der Inhalt mehr ist als Werbung für den Kauf einer Ferienwohnung an der Adria. Tust du das für mich?«

»Sicher.«

»Danke. Sag Rokar, ich habe das mit dem Disziplinarverfahren nicht so gemeint.«

»Ich werde es ihm ausrichten.«

Kollmar beendete das Gespräch, zog Einmalhandschuhe an, fingerte das Dokument aus dem Beutel, drapierte es so, dass es gut ausgeleuchtet war, und lichtete es ab. Dann schickte er den Text an Rokars Handy.

»War das der Kollege aus Recklinghausen?«, erkundigte sich Grunwald.

»Ja.«

Wieder klingelte Kollmars Telefon. Er sah auf das Display. Ein Mitarbeiter des LKA. Der Hauptkommissar hörte zu, bedankte sich und sah zu seinem Stellvertreter. »Das war Schäfer. Er hat die Videoaufzeichnungen vom Flughafen erneut gecheckt und mit den Fotos abgeglichen, die uns meine früheren Freunde geschickt haben. Auf einem dieser Bilder ist, wenn man es nur weit genug vergrößert, auf dem Jackenkragen eine Art Abzeichen zu erkennen.«

»Ich erinnere mich.«

»Es handelt sich um zwei miteinander verzahnte Wolken. Das Symbol von *Blackcloud*. Und jetzt halte dich fest. Der Mann, der auf dem Flughafen mit dem Attentäter Moussa gesprochen hat, trug ebenfalls ein solches Abzeichen.«

»Wir konnten den Kerl doch nicht erkennen?«, wunderte sich Grunwald.

»Sein Gesicht nicht, weil er den Kopf stark nach vorn gebeugt hatte. Sein Jackenrevers schon. Schelsky war in der Abflughalle und hat den Briefumschlag übergeben, in dem sich vermutlich der Wagenschlüssel befand. Ich bin mir sicher, dass er auch die drei Sprinter angemietet hat.«

Erneut meldete sich sein Handy. Rokars Nummer.

»Kollmar?«

»Tom hier. Du hattest recht. Es ist Russisch. Und keine Werbung.«

»Sondern?«

»Eine Art Bericht über die Attentate.«

»Wie bitte?«

»Ja. Irgendwer listet detailliert die Anschläge auf und deren Konsequenzen.«

»Du meinst die Toten?«

»Die spielen nur am Rande eine Rolle. Sie werden als Kollateralschaden beschrieben.«

»Dann hat dieser zynische Begriff mittlerweile auch Eingang in die russische Sprache gefunden«, stellte Kollmar fest.

»Das kann man so sehen. Aber es ist in diesem Zusammenhang nur von drei Toten die Rede. Zwei in Düsseldorf, einer in Dortmund.«

»Ein Versehen?«

»Glaube ich nicht.«

»Was meinst du stattdessen?«

»Der Fahrer des Mercedes am Flughafen wird nicht zu den Kollateralschäden gezählt. Das heißt für mich …«

»Dass sein Tod beabsichtigt war«, vervollständigte Kollmar den Satz.

»Genau.«

»Du sagtest eben, die Opfer wurden eher beiläufig erwähnt. Was steht in dem Bericht noch?«

»Viel mehr Raum wird der öffentlichen Reaktion auf die Attentate eingeräumt. In welcher Zeitung sind Leitartikel erschienen, wo und wann gab es Fernsehberichte und wo wurden Kundgebungen gegen eine angebliche islamistische Unterwanderung durchgeführt. Dann werden die Aktivitäten diverser Gruppen in den sogenannten sozialen Medien beschrieben. Schließlich stellt der Verfasser dar, welche Auswirkungen das alles auf die Wahlpräferenzen der Bundesbürger haben dürfte. Das Ganze liest sich wie ein Report, mit dem eine Werbeagentur ihre Auftraggeber über den Erfolg einer Kampagne informiert. Sachlich, dennoch überzeugend: Euer Geld war gut angelegt. So in der Art.«

»Wer ist der Adressat?«

»Davon steht da nichts. Aber wenn du mich fragst: der russische Geheimdienst. Und da jemand ziemlich weit oben.«

»Das passt zu der Vermutung, dieser Mironov wäre ein Mann des FSB.«

»So ist es. Manni, wir haben in ein Wespennest gestochen.«

»Ich habe es geahnt.« Mit leiser Stimme setzte Kollmar fort: »Cui bono? Wem nutzt es?«

»Ich habe dich nicht verstanden.«

»Das war auch nicht für dich bestimmt. Danke, du hast mir sehr geholfen.«

Sie verabschiedeten sich.

Kollmar schaute Grunwald ernst an. »Ich muss den Direktor informieren.«

»An einem Samstagnachmittag?«

»In diesem Fall selbst dann, wenn es Mitternacht an Heiligabend wäre.«

Er atmete tief durch und stellte die Verbindung her.

58

Lothar Ketterling, Innenminister in NRW, stand wie so häufig am Fenster und sah auf den Rhein hinunter. Der Ausblick beruhigte ihn, das Ritual hatte etwas Meditatives, bei dem er seine Gedanken fliegen lassen konnte.

Seine Sekretärin servierte Kaffee und Gebäck, wenig später traf sein Staatssekretär Klaus Brandler ein.

Sie begrüßten sich.

Nachdem die Vorzimmerdame eingeschenkt und das Zimmer verlassen hatte, holte Ketterling von seinem Schreibtisch einen Schnellhefter, auf dessen erster Seite unübersehbar in Dunkelrot die Worte »VS vertraulich« standen. »Hast du den Bericht gelesen?«

»Natürlich.«

»Deine Meinung?«

»Wir sollten den Inhalt vollständig öffentlich machen. Es wird uns im Wahlkampf helfen, wenn wir nachweisen können, dass Russland versucht hat, Einfluss auf die Bundestagswahl zu nehmen, insbesondere mit Aktionen, die Menschenleben gefordert haben und die zynisch als Kollateralschaden beschrieben werden.«

Der Minister legte seine Stirn in Falten. »Können wir das wirklich belegen? Dieser obskure Bericht enthält keinen Adressaten oder Absender. In der gestrigen vertraulichen Sondersitzung des Innenausschusses haben die Rechtspopulisten erklärt, dass keinesfalls bewiesen sei, dass der russische Geheimdienst hinter den Anschlägen stecke. Auch wenn es mir schwerfällt, tendiere ich dazu, ihnen recht zu geben. Es gibt Indizien für eine Einflussnahme, gewiss. Aber ein Beweis? Da bin ich skeptisch. Unabhängig davon hat der Vertreter der AfD ausgeführt, dass sich seine Partei von allen Versuchen Dritter distanziere, die demokratische Wahlentscheidung des Einzelnen zu manipulieren.«

»Das ist politisches Blabla.«

»Du hast ja recht. Aber diese Behauptung werden die AfD-Verantwortlichen gebetsmühlenartig wiederholen. In einer Presseerklärung, die nach der Sitzung veröffentlicht wurde, beharren sie darauf, die Anschläge gingen auf das Konto radikaler Islamisten.«

»Tatsächlich?«, wunderte sich Brandler. »Das ist mehr als dreist.«

»Es wird ihnen abgenommen, trotz gegenteiliger Indizien. Über sechzig Prozent haben in einer von Infratest durchgeführten Telefonumfrage der Aussage zugestimmt, die Anschläge seien von Islamisten ausgeführt worden.«

»Wann wurde die veröffentlicht?«

»Ich habe es heute Morgen im Radio gehört.«

»Ist die Befragung repräsentativ?«

»Infratest behauptet das natürlich.«

»Du sprichst dich also dafür aus, die Ergebnisse des LKA weiterhin unter Verschluss zu halten?«

»Abgesehen von dem, was bisher schon durchgesickert ist, ja. Zumindest bis wir hieb- und stichfeste Beweise haben. Das ist übrigens auch die Politik der Bundesregierung. Ich habe heute Morgen mit meinem Kollegen im Bund telefoniert. Er hat mit der Kanzlerin gesprochen. Ball flach halten, heißt die Devise.«

»Also alles unter den Teppich kehren. In Ordnung. Ich werde das Ministerium entsprechend instruieren.«

Ketterling sah den Staatssekretär prüfend an. »Du scheinst anderer Meinung zu sein?«

»Erinnerst du dich an die Aussage, die der frühere Vorsitzende dieser Partei vor vier Jahren von sich gegeben hat?«

»Welche meinst du?«

»Ich zitiere: ›Man darf kein Geld von einer fremden Macht annehmen, denn man kauft einfach keine Politik. Damit verliert man Glaubwürdigkeit‹. Wir sollten ihm dieses Zitat um die Ohren hauen.«

»Sie werden agieren wie immer und den Ball mit Verve in unser Feld zurückschlagen. Ein Feuerchen anstecken, nach der Feuerwehr rufen, lautstark die Verurteilung des Brandstifters fordern und auf den Hinweis, sie hätten doch das Feuer selbst gelegt, mit Empörung reagieren – nach diesem Motto sind sie vorgegangen und werden sie weiter vorgehen.«

»Das hört sich wie eine Kapitulation an.«

»Vielleicht. Doch bevor wir den Hauptverdächtigen nicht gefasst haben …« Ketterling griff zur Kaffeetasse. »Ich befürchte nur, der Kerl wird nicht aussagen. Das war bei allen bisherigen Morden, in die der russische Geheimdienst verwickelt gewesen sein soll, nicht anders. Das ist wie bei der Mafia. Das Schweigegebot steht über allem.«

»Was ist mit dem Verbindungsmann zum FSB?«

»Du meinst Mironov?«

»Genau.«

»Nachdem das LKA öffentlich nach diesem Schelsky gefahndet und ein Foto von ihm veröffentlicht hat, ist Mironov in das nächste Flugzeug Richtung Moskau gestiegen, heißt es.«

»Was für ein Zufall. Kaum spekuliert die Presse, macht sich einer der Verdächtigen dünne. Hat die Bundesregierung darauf reagiert?«

»Das Außenministerium wird den russischen Botschafter einbestellen und ihm deutlich machen, dass eine mögliche Wahlbeeinflussung durch Dritte als Störung der guten Beziehungen der beiden Staaten untereinander aufgefasst werde.«

Brandler reagierte empört. »Gute Beziehungen? Ich habe mich wohl verhört.«

»Ich kann deinen Unmut nachvollziehen. Aber hier geht es um nationale Interessen der Bundesrepublik. Da müssen, das hat mir mein Kollege in Berlin verdeutlicht, lokale Befindlichkeiten zurückstehen. Mironov wird zur Persona non grata erklärt, der russische Botschafter fährt wieder in sein Amt, und alles geht weiter wie bisher.«

»Nur dass insgesamt acht Menschen sterben mussten und die Rechtspopulisten in der Wählergunst zugelegt haben. Die Schlagzeilen der vergangenen Tage, die Stimmungsmache gegen Flüchtlinge – das hat die Wähler der AfD mobilisiert. Die Partei legt in den Umfragen zu. Wenn sich das auch in den Wahlergebnissen niederschlägt, profitiert Russland. Schöne Scheiße.«

»Es freut dich vermutlich, dass die AfD im Innenausschuss erklärt hat, sich aus diesen *Parlamentarischen Freunden Russlands* zurückzuziehen.«

»Natürlich höre ich das gern. Die betreiben auch nichts anderes als AfD-Wahlkampfhilfe. Und das völlig offen.«

»Der Verein wird aufgelöst, heißt es in einer Erklärung der russischen Botschaft. Die Russen geben der Bundesregierung dafür die Schuld. Angeblich habe sie hinter den Kulissen Druck auf die Mitglieder ausgeübt, sodass sich diese aus Angst um ihre Karrieren zurückgezogen hätten.«

Brandler schaute verzweifelt. »Was für eine Posse.« Er nahm einen Keks. Kauend meinte er: »Ich frage mich, welchen Preis die Hintermänner eigentlich für die ganze Aktion gezahlt haben. Bestimmt nicht wenig. Was wohl acht Tote kosten? Ich kann nicht so viel fressen, wie ich kotzen möchte.«

»Tucholsky?«

»Nein. Der Satz wird dem Maler Max Liebermann zugeschrieben.«

59

Noch während seiner Flucht hatte Ben Schelsky telefonisch ein Zimmer in einem Hotel in der Bochumer Innenstadt reserviert. Unmittelbar neben dem Hauptbahnhof gelegen, wurde es häufig von Kurzzeitreisenden frequentiert, Geschäftsleuten zumeist. Das versprach Anonymität.

Den Porsche stellte er in einem Parkhaus auf der anderen Straßenseite ab. Bevor er den Wagen verließ, versteckte er sein Kraushaar unter der blonden Perücke und klebte den Schnurrbart an. Schließlich setzte er eine große Brille aus Fensterglas mit dicken schwarzen Rändern auf, was sein Aussehen weiter veränderte. Er vermutete, dass nach ihm gefahndet wurde. Wahrscheinlich besaß die Polizei ein Foto von ihm. Diese verdammte Halla hatte das Bild vom Flughafen also doch an die Bullen weitergegeben. Er hatte sie unterschätzt. Aber bis zu seiner Entdeckung hätte er auch Stein und Bein darauf geschworen, dass das Penthouse am Rhein sicher war. Eine weitere Fehleinschätzung.

Beim Einchecken hatte er eine Woche im Voraus bezahlt und einen grippalen Infekt vorgetäuscht. Deshalb wolle er unter keinen Umständen belästigt werden, sobald das Nicht-Stören-Schild an der Tür hing, auch nicht, wenn das Zimmer gereinigt werden müsse. Ein üppiges Trinkgeld für das Zimmermädchen hatte dafür gesorgt, dass dieser Wunsch zum Befehl wurde.

Kurz nach dem Gespräch an der Rezeption hatte ihn Pierre telefonisch darüber informiert, dass die französische Polizei sein Bauernhaus durchsucht hatte. Sollten sie. Es gab dort nichts, was für sie von Interesse war, von seinen Fingerabdrücken und Ähnlichem abgesehen. Kein wirkliches Problem. Dieselben Spuren fanden sich ohnehin im Penthouse. Er musste sich bei zukünftigen Aktionen nur besser vorsehen.

Drei Tage verließ er das Hotel lediglich, um in einem der Schnellimbisse der Innenstadt etwas zu essen und zu trinken. Eine Flasche spanischer Brandy und der Fernsehapparat halfen ihm, die Zeit totzuschlagen.

In den Nachrichten sendeten sie einen Fahndungsaufruf. Das Foto zeigte ihn vor dem Museum in Düsseldorf. Er war also beschattet worden. Hatte da auch dieser Grieg seine Finger im Spiel?

Nach drei Tagen lähmender Warterei wagte er sich für längere Zeit ins Freie. Der erste Fahndungsdruck war vorbei, denn in den täglichen Nachrichtenmeldungen wich die Berichterstattung über ihn bedeutenderen Ereignissen. Nichts war so alt wie die Zeitung von gestern.

Schelsky unternahm einen längeren Spaziergang quer durch die Innenstadt zum Stadtpark, schlenderte die Gudrunstraße entlang, um einen Eindruck zu gewinnen.

Grieg wohnte nicht schlecht: eine Mehrfamilienvilla im Stil der Sechzigerjahre mit neuen Fenstern, einer frisch gestrichenen Fassade und einem gepflegten Vorgarten mit kunstvoll geschmiedetem Eisenzaun, der das Grundstück zur Straße begrenzte.

Von einer Bank in der direkt gegenüber gelegenen Parkanlage beobachtete er das Gebäude einige Stunden. Niemand betrat in dieser Zeit das Anwesen. Da keine spielenden Kinder im Garten zu sehen waren, schloss er, dass hier wohlhabende Singles oder Paare wohnten.

Um sicherzugehen, sprach er die Briefträgerin an, die drei Häuser weiter Postsendungen in die Kästen stopfte.

»Entschuldigung, ich suche Katja Grieg. Sie soll in der Gudrunstraße 6 wohnen. Dort findet sich jedoch nur ein Tom Grieg auf den Klingeln. Können Sie mir weiterhelfen?« Er lächelte die Postbotin an.

»Katja Grieg?« Sie schüttelte ihr blondes Haar. »Soweit ich weiß, wohnt in der Sechs nur dieser Tom. Aber auch noch nicht lange. Erst seit einigen Monaten.«

»Vielleicht darüber?«

»Nein. Da lebt ein älteres Ehepaar, die häufig auf Reisen sind. Sie lassen sich ihre Briefe ins Postfach schicken. Die Wohnung ganz oben gehört einem Fußballprofi des VfL. Der bekommt so gut wie nie Post. Sonst kann ich Ihnen nichts sagen.«

»Herr Grieg ist momentan nicht zu Hause. Wann könnte ich ihn denn erreichen?«

»Er ist nicht da? Komisch. Eben hat er noch ein Schreiben entgegengenommen.«

»Möglicherweise hat er die Klingel nicht gehört. Leider habe ich keine Zeit mehr, um es erneut zu versuchen. Vielleicht treffe ich ihn morgen an. Was meinen Sie?«

Sie zuckte mit den Schultern. »Zumindest arbeitet er nicht auswärts, denn er ist meistens da, wenn ich die Post austrage.«

»Danke.«

Zurück im Hotel prägte er sich den Stadtplan ein. Die Gudrunstraße war von der nächsten Autobahnausfahrt nicht viel weiter als fünfhundert Meter entfernt. Damit stand sein Fluchtweg fest. Ein Problem war womöglich die Parkplatzsituation in der Straße. Egal. Dann müsste er eben etwas laufen. Er hatte ja keine Eile. So wie es aussah, lebte Grieg allein. Eine frühzeitige Entdeckung war also nicht zu erwarten.

Morgen am frühen Abend würde er den Punkt Tom Grieg von seiner Liste streichen. Blieb nur der Penner. Doch was machte es für einen Sinn, ihn jetzt noch auszuschalten? Er dürfte längst ausgesagt haben. Was er wusste, wussten mittlerweile auch die Bullen. Warum ihn also aus dem Weg räumen? Bei Grieg stellte sich die Sache anders dar. Zu viel Ungewissheit. Handelte es sich bei ihm und seinem Begleiter wirklich um Polizisten? Falls nicht: Operierten sie allein oder im Auftrag? Wer waren diese möglichen Auftraggeber? Konnten sie ihn persönlich gefährden? Auf diese Fragen erwartete er Antworten. Hatte er sie, würde er Deutschland verlassen. Wenn er die Nacht durchfuhr, wäre er am nächsten Vormittag in Monaco. Einige Tage Ruhe, und er würde Richtung Marseille aufbrechen, um von da die Fähre nach Oran in Algerien zu nehmen. Niemand, auch nicht Mironov, wusste von seinem Haus am Mittelmeer. Dort war er in Sicherheit und konnte sein weiteres Vorgehen planen.

Das Essen musste allein wegen Gretis erstem Besuch in seiner Wohnung ein Erfolg werden.

Tom Grieg kochte für sein Leben gern. Besonders die italienische Küche hatte es ihm angetan. Deshalb war er gegen Mittag nach Dortmund gefahren, um in einem italienischen Supermarkt speziellen Schinken, Käse und Nudeln zu besorgen, die sonst nur schwer erhältlich waren. Die Rinderfilets stammten von einem Biometzger in Bochum, Champignons, Tomaten und Brokkoli vom Markt. Rot- und Weißwein lagerten in seinem Keller, Grappa und Brandy sowie die Espressobohnen in der Küche. Das Mineralwasser war in San Pellegrino abgefüllt worden, gekauft hatte es Tom in einem örtlichen Getränkemarkt, außerdem diverse Säfte.

Er stand im Freitagnachmittagsstau auf der Rückfahrt von Dortmund auf der A 40, als sein Telefon klingelte. Rokar. Tom nahm das Gespräch entgegen.

»Wir sind bei Greti und wollen jetzt losfahren«, verkündete sein Freund. »Sollen wir noch etwas mitbringen?«

Tom sah erschrocken auf die Uhr. Es war knapp halb sechs. »Wir waren für sieben verabredet.«

»Nee, sechs.«

»Meinetwegen. Ich bin aber nicht fertig, wenn ihr kommt.«

»Steht wenigstens der Wein kalt?«

»Was denkst du denn.«

»Dann ist alles kein Problem. Wir trinken und gucken dir bei der Arbeit zu. Bis gleich.«

Schelsky hatte einen Parkplatz direkt vor dem Haus gefunden. Er schlenderte den gepflasterten Weg zur Haustür, die er kurz musterte. Er grinste zynisch. Da leisteten sich die Leute teure Eigentumswohnungen mit optisch beeindruckenden Massivholztüren und sparten dafür an den Schlössern. Ein Standardzylinderschloss stellte für ihn keine Herausforderung dar.

Sicherheitshalber drückte er den Klingelknopf. Niemand öffnete.

Schelsky zog das Werkzeug aus der Tasche. Er benötigte nur Sekunden. Dann sprang die Tür auf, und er betrat den Hausflur. Der Eingang zu Griegs Wohnung war zwar etwas besser gesichert, dieses Schloss stellte jedoch ebenfalls kein Problem dar.

Er betrat die Wohnung.

Nachdem er alle Räume inspiziert hatte, setzte er sich im Wohnzimmer in einen der Sessel, die Glock mit dem aufgeschraubten Schalldämpfer auf dem Schoß, und wartete.

Tom stellte den SUV in der Auffahrt direkt am Eingang ab. Die anderen Eigentümer waren nicht anwesend, er hatte den Parkplatz für sich allein. Das Ehepaar über ihm unternahm derzeit eine Kreuzfahrt am Polarkreis, der Fußballprofi spielte heute Abend irgendwo auswärts und kehrte erst am nächsten Tag zurück. Zeit genug für Tom, seinen Wagen später umzusetzen.

Er griff sich zwei der vier Tüten und die Mineralwasserkiste, stiefelte zur Haustür, schloss auf und platzierte die Wasserkiste so, dass sie die Tür offen hielt. Er wollte vermeiden, gleich mit den restlichen Lebensmitteln unter dem Arm mit seinem Schlüssel hantieren zu müssen. Auch seine Wohnungstür ließ er aus diesem Grund unverschlossen. Über den Flur betrat er die Küche, stellte seine Einkäufe auf den Tisch und stutzte. Er meinte, aus dem Wohnzimmer ein Knarren gehört zu haben. Nur kurz. Nur einmal. Fast so, als ob jemand erschrocken stehen geblieben war.

Bei seinem Einzug hatte er ganz bewusst die alten, wunderschönen Holzdielen nicht durch neue ersetzt, sondern nur schleifen und versiegeln lassen. Wie so häufig bei solchen Dielen, knarzten einige von ihnen, wenn man sie betrat. Doch jetzt war alles ruhig. Hatte er sich geirrt? Oder war da jemand?

Er schnappte sich eines der Küchenmesser, schlich zum Wohnzimmer und lauschte an der Tür. Nichts.

Langsam schob er sie auf und blickte in den Lauf einer Pistole mit Schalldämpfer.

»Mit dem Rücken vor das Bücherregal. Aber ganz langsam«, befahl Schelsky.

Tom gehorchte. Trotz der Perücke und des falschen Bartes erkannte er ihn sofort.

Auch in Schelskys Miene regte sich Erkennen.

»Du?«, fragte er gedehnt. »Hast du dich damals nicht Svensson genannt?«

»Lange her.« Tom verlagerte sein Gewicht auf das Standbein.

»Ganz ruhig, mein Lieber«, fauchte Schelsky. »Und lass das Messer fallen. Ich möchte dich nicht erschießen. Der alten Zeiten willen«, setzte er hinzu.

Tom gehorchte. »Wie hast du mich gefunden?«

»Das könnte ich auch fragen. Bei dir war es ein Coq au vin im Restaurant de la République.«

Tom dachte nur kurz nach. Er hätte sich ohrfeigen können. »Die Kreditkarte«, stellte er fest.

»Genau. Sehr unvorsichtig.«

»Bei dir war es dein Autokennzeichen.«

»Das dachte ich mir.« Schelsky machte eine Pause. »Für wen arbeitest du?«

»Für niemanden.« Tom überdachte seine Chancen. Er hatte keine Illusionen. Ein Angriff auf einen Mann wie Schelsky, der zwei Schritte von ihm entfernt eine Pistole auf ihn richtete, musste zwangsläufig scheitern, Einzelkämpferausbildung hin oder her. Andererseits war er sicher, dass ihn sein Gegner niemals würde laufen lassen. Er bliebe nur so lange am Leben, wie dieser glaubte, Informationen von ihm erhalten zu können. Eine Chance hatte er allerdings. Rokar würde jeden Moment auftauchen. Also galt es, Zeit zu gewinnen.

»Erzähl mir keinen Scheiß. Du bist Profi wie ich. Wir arbeiten nicht auf eigene Rechnung. Also, wer ist es? Die Amerikaner?«

Tom schwieg.

Schelsky kam noch etwas näher.

Jetzt war er fast in Schlagweite. Leider nur fast.

»Es sind die Amerikaner. Ich sehe es an deinen Augen.«

»Was du nicht alles siehst.«

»Warum bist du hinter mir her?«

»Wo steckst du, Tom?« Rokars Stimme aus dem Flur.

Schelskys Aufmerksamkeit wurde durch den unerwarteten Eindringling abgelenkt. Er drehte den Kopf ein wenig, um die Tür im Auge zu behalten.

Diesen Augenblick nutzte Tom. Er sprang vor und schlug mit der Linken den Waffenarm seines Gegners beiseite.

Der Angriff überraschte Schelsky. Die Glock fiel zu Boden.

Tom versuchte, mit der rechten Handkante einen Schlag gegen den Hals seines Kontrahenten zu platzieren, doch Schelskys hochschnellender Arm verhinderte die Attacke. Allerdings gelang es Tom, mit der linken Faust den Solarplexus des anderen Mannes zu treffen.

Schelsky sog die Luft ein, fiel aber nicht. Dafür deckte er Tom mit einer Serie von Faustschlägen ein, die dieser kaum abzuwehren vermochte. Sein Nasenbein brach, Blut schoss aus einer aufgeplatzten Augenbraue. In diesem Moment wusste Tom, dass er den Kampf verlieren würde. Er wollte sich auf den anderen werfen, doch dieser wich mit einer schnellen Körperdrehung aus, trat gegen Toms rechtes Bein und brachte ihn so aus dem Gleichgewicht. Tom stolperte und stürzte.

Blitzschnell bückte sich Schelsky, hob seine Waffe auf und zielte auf den Liegenden.

Ein Schuss fiel.

Ben Schelsky stöhnte. Die Glock rutschte aus seiner Hand und knallte scheppernd zu Boden. Er ging auf die Knie, presste die Handfläche auf die Schulterwunde, drehte sich langsam um und lehnte sich mit dem Rücken an das Bücherregal. Sein Hemd färbte sich rot.

Tom sah auf.

Breitbeinig stand Rokar in Combat-Stellung im Türrahmen, seine Dienstwaffe in beiden Händen. Mit dem Fuß trat er gegen die Glock und beförderte sie so außer Reichweite.

Tom rappelte sich auf. »Du bist genau zum richtigen Zeitpunkt gekommen. Eine Minute später …« Er ließ den Satz unvollendet.

Sein Freund antwortete nicht.

Tom fiel auf, dass er zitterte. Die Anspannung, dachte er.

Greti und Sema erschienen im Wohnzimmer. Greti hielt sich mit vor Angst geweiteten Augen die Hand vor den Mund. Sema erstarrte zur Säule.

»Tom, die Glock.«

Der verstand. Er hob die Waffe auf, sicherte sie, entfernte das Magazin und steckte es in seine Hosentasche.

Sein Freund trat an Schelskys Seite.

»Du hast meinen Bruder und Sohn auf dem Gewissen«, erklärte er, hob die Waffe und drückte den Lauf auf die Schläfe des Mörders. »Jetzt wirst du dafür bezahlen.«

Schelskys Gesicht verzerrte sich zur Grimasse.

Toms Gedanken rasten. Was hatte Rokar da gesagt? Schelsky hatte seinen Sohn ermordet? War Moah etwa …? Oh Gott. Jetzt verstand er. »Rokar, nein«, bat Tom. »Tu es nicht. Bitte.«

»Er ist ein verdammter Mörder.«

»Sicher. Aber du bist Polizist, kein Richter. Und erst recht kein Henker.«

Das Zittern seines Freundes verstärkte sich. Es war ihm anzusehen, wie er mit sich kämpfte.

Sema trat an die Seite ihres früheren Geliebten. »Du hast es mir versprochen. Bitte«, flehte sie.

Er zögerte, sah die Mutter seines Sohnes lange an und meinte nach einer gefühlten Ewigkeit mit belegter Stimme: »Tom hat recht. Ich darf es nicht. Das geht gegen alles, woran wir glauben.« Rokar ließ seine Waffe sinken, legte sie wie betäubt auf den Tisch und ging ein paar Schritte zurück. Er zückte seinen Dienstausweis und murmelte: »Kripo Recklinghausen. Ben Schelsky, Sie sind verhaftet. Sie stehen in Verdacht …«

Schelsky grinste breit. Was für ein Schlappschwanz, sagte seine Mimik.

Sema schüttelte fassungslos den Kopf. »Ich habe an dich geglaubt«, schrie sie ihn an. Tränen liefen über ihre Wangen. »Dich geliebt. Und was machst du? Enttäuschst mich immer wieder.« Sie drehte sich zur Seite, nahm Rokars Pistole und richtete die Waffe auf den Verletzten.

Schelsky erstarrte.

»Für Hawar und Moah«, murmelte sie. »Allahu Akbar.«

»Nein«, rief Rokar und wollte ihr in den Arm fallen. Doch er kam zu spät. Sie drückte ab.

Der Schuss hörte sich an wie eine Explosion. Greti schrie auf. Rokar war weiß wie die Wand. Sema legte die Pistole zurück und wandte sich ab. In Schelskys Stirn klaffte ein hässliches Loch.

Rokar reagierte als Erster. Er griff Semas Arm: »Ruf ein Taxi, fahr sofort in deine Wohnung und zieh dich um. Wirf das, was du trägst, in eine Altkleidersammlung.«

»Weshalb?«, fragte Sema entgeistert.

»Die Schmauchspuren«, erklärte Rokar. »Danach nimmst du ein Bad und schrubbst deine Hände und Unterarme, bis sie schmerzen.«

»Was hast du vor?« Sie schaute ihn verwirrt an.

»Frag nicht. Tue, was ich gesagt habe.« Er schob sie Richtung Flur. Sie folgte seinem Befehl.

Tom ahnte, was kam.

Rokar griff zum Telefon, nachdem sie verschwunden war, und wählte. »Manni«, sagte er mit belegter Stimme. »Ich habe gerade Ben Schelsky erschossen. Kommst du bitte persönlich vorbei?« Er gab die Adresse durch und beendete das Gespräch.

Tom zögerte keinen Augenblick. Er schnappte sich die Glock, lief in die Küche, streifte sich Einweghandschuhe über, reinigte Waffe und Magazin gründlich, um seine Fingerabdrücke zu entfernen. Dann zog er Jacke und Hemd aus und drückte, nachdem er mit bloßem Oberkörper zurückgekehrt war, die Pistole Schelsky in die Hand. Schließlich krümmte er dessen Zeigefinger. Der Explosionsknall war kaum zu hören. Das Projektil blieb im Sofa stecken. Er steckte die Handschuhe in die Hosentasche und ließ die Glock neben dem Toten zu Boden fallen.

Rokar sah Tom lange an.

»Es war Notwehr«, sagte der. »Schelsky feuerte auf dich, nachdem er mich überwältigt hat und du geschossen hast, um ihn kampfunfähig zu machen. Aber er hat nicht getroffen und einen zweiten Schuss angesetzt. Du bist ihm zuvorgekommen. Du musstest, um dein und unser Leben zu retten, ein weiteres Mal von der Waffe Gebrauch machen. Das werde ich bezeugen.« Er lief zur Wohnzimmertür, wo er sich umdrehte. »Ich verbrenne die Handschuhe, gehe mich schnell waschen und anziehen. Selbst wenn ich früher mit Manni befreundet war, möchte ich ihn nicht halb nackt empfangen.« Tom versuchte ein Lächeln.

Rokar hatte Tränen in den Augen. Seine Züge entspannten sich.

»Ich werde Toms Aussage bestätigen«, versicherte Greti.

»Danke«, antwortete ihr Freund. »Ich danke euch beiden.«

Dreißig Minuten später traf das LKA ein. Nichts wies mehr darauf hin, dass die drei Zeugen irgendetwas verheimlichten. Obwohl Hauptkommissar Manfred Kollmar angesichts des auffälligen Gleichklangs der Aussagen ein dummes Gefühl beschlich, behielt er seine Bedenken für sich.

Drei Wochen später wurde der Fall als abgeschlossen zu den Akten gelegt.

60

Das Ruhrpotttrio war in einem angesagten Restaurant im Essener Stadtteil Rüttenscheid zum Abendessen verabredet.

Manfred Kollmar, der häufiger in dem Lokal verkehrte, hatte einen Tisch für fünf Personen reserviert, aber Margarethe und Sema hatten unabhängig voneinander abgesagt. Margarethe behauptete, Jens pflegen zu müssen, der mit einem grippalen Infekt im Bett lag, Sema erklärte, sich nicht wohl zu fühlen. Sie würde in letzter Zeit von Migräneanfällen geplagt. Das sei gestern Nacht wieder der Fall gewesen.

Rokar, der Tom in Bochum abgeholt hatte und mit ihm nach Essen fuhr, hielt die Gründe der Frauen für vorgeschoben. Sema gehe die Hinrichtung Schelskys nicht aus dem Kopf und Margarethe wolle wohl Manni nicht gegenübertreten, meinte er. Vielleicht habe sie Angst, seinen möglichen Fragen nicht standzuhalten und sie alle zu verraten.

»Vermutlich hast du recht.« Tom nahm seine Brille ab und putzte sie. »Der Dreck kriecht immer an den Rand«, beschwerte er sich.

»Du hast deine Kontaktlinsen noch nicht wiedergefunden?«

»Eine schon.«

Rokar lachte und steuerte seinen Wagen auf den Parkplatz des Restaurants.

»Ihr kommt allein?«, wunderte sich Manni, der sie in der Kneipe erwartete.

Rokar tischte ihrem Freund die Entschuldigungen der beiden Frauen auf.

»Schade.« Es war Manni nicht anzusehen, ob er ihm glaubte. »Dann sind wir drei eben unter uns. Fast wie früher in Münster.«

Die Bedienung brachte die Speisekarten, und sie bestellten die Getränke, später ihr Menü.

Die Küche bestätigte den Ruf des Restaurants. Das Essen war ausgezeichnet.

Ihr Gespräch drehte sich zunächst um die alten Zeiten, dann berichtete Tom von seinen Erlebnissen als Bodyguard.

Schließlich kam Manni zur Sache. »Ich habe euch noch nicht erzählt, dass die Ermittlungen über die Vorfälle in Toms Wohnung nun endgültig abgeschlossen sind.«

Tom und Rokar fiel ein Stein vom Herzen.

»Unseren Ergebnissen zufolge hat Rokar eindeutig in Notwehr gehandelt. Die Akte ist geschlossen.« Er räusperte sich. »Trotzdem bleiben Fragen.«

»Welche?«, fragte Rokar unsicher. Für ihn ging es nicht nur um seine berufliche Existenz, sondern auch um die Freiheit Semas.

»Nach eurer Aussage hat Rokar auf Schelsky gefeuert, um ihn daran zu hindern, auf Tom zu schießen. Richtig?«

»Ja«, erwiderte Rokar, und Tom nickte bekräftigend.

»Du hast ihn auch getroffen, aber er konnte trotzdem zurückschießen. Wir haben das Projektil im Sofa sichergestellt. Daraufhin hast du einen zweiten Schuss abgefeuert, der ihn getötet hat. Eindeutig Notwehr. War es so?«

»Korrekt«, antwortete Tom.

Manni fixierte Rokar mit seinem Blick. »Was ich nur nicht verstehe, ist, wie ein ausgebildeter Einzelkämpfer wie Schelsky, der noch dazu ein intensives Schusswaffentraining absolviert hat, aus wenigen Metern Entfernung an dir vorbeischießen konnte. Der erste Schuss in die Brust hat ihn ja nicht kampfunfähig gemacht.«

Rokar wurde heiß und kalt.

Tom sprang ihm bei. »Die Schüsse sind fast zeitgleich gefallen. Wahrscheinlich hat Rokar einfach schneller reagiert und ihn zuerst getroffen. Schelsky hat nur noch aus einem Reflex heraus abgedrückt.«

»Hm.« Manni schien nicht überzeugt und zögerte mit einer Erwiderung. »Wisst ihr, was ich glaube?«

Tom und Rokar hielten die Luft an.

»Nein?« Er machte eine Pause. Endlich setzte er fort: »Ich denke, dass Tom richtigliegt. Es gibt ja auch keine andere Erklärung. Nur bei Rokar und Schelsky fanden sich Schmauchspuren an Händen und Kleidung. Außerdem war Schelsky ein skrupelloser Killer. Was bringt es, abgeschlossene Geschichten aufzuwärmen.« Er grinste breit. »Ich hätte vermutlich ebenso gehandelt.« Er ließ offen, was genau er damit meinte. »Und nun lasst uns über etwas anderes reden. Tom, wie bist du eigentlich an die ganze Kohle gekommen, mit der du deinen Lebensunterhalt bestreitest? Du wirst ja keine Bank überfallen haben, oder?«

Erleichtert erzählte Tom von den Tipps des Bankers, den er in Katar kennengelernt hatte. »Bitcoins waren das eine. Das andere waren Apple-Aktien. Ich habe beides zu einem Zeitpunkt gekauft, als sie relativ billig waren.«

»Tja, so ist das«, seufzte Manni. »Der Teufel scheißt eben immer auf den größten Haufen. Trinken wir noch einen?«

»Klar.«

»Sollen wir zahlen?«, fragte Rokar zwei Stunden später. »Ich habe morgen Dienst und muss früh raus.«

»Sicher.« Tom winkte der Kellnerin und bat um die Rechnung. »Ich lade euch ein«, erklärte er, um möglichen Widerspruch im Keim zu ersticken.

»Großartig.« Manni lächelte. »Dann können wir uns ja öfter treffen.«

»Warum nicht? Mich würde es jedenfalls freuen.« Tom schaute in die Runde.

»Mich auch«, bekräftigte Rokar.

»Also abgemacht«, stellte Manni fest.

Alle drei hoben ihr Glas.